日◎本
推理大师
长篇佳作丛书

零的蜜月

高木彬光◎著 施元辉◎译

海峡出版发行集团
海峡文艺出版社

图书在版编目(CIP)数据

零的蜜月/(日)高木彬光著;施元辉译. 一福州:海峡文艺出版社,2019.7
ISBN 978-7-5550-1893-3

Ⅰ.①零… Ⅱ.①高…②施… Ⅲ.①推理小说一日本一现代 Ⅳ.①I313.45

中国版本图书馆 CIP 数据核字(2019)第 100650 号

零的蜜月

(日)高木彬光 著 施元辉 译

责任编辑	何 莉
出版发行	海峡文艺出版社
经 销	福建新华发行(集团)有限责任公司
社 址	福州市东水路 76 号 14 层 **邮编** 350001
发 行 部	0591—87536797
印 刷	福州德安彩色印刷有限公司 **邮编** 350008
厂 址	福州市金山工业区浦上标准厂房 B 区 42 幢
开 本	890 毫米×1240 毫米 1/32
字 数	200 千字
印 张	8.25
版 次	2019 年 7 月第 1 版
印 次	2019 年 7 月第 1 次印刷
书 号	ISBN 978-7-5550-1893-3
定 价	28.00 元

如发现印装质量问题,请寄承印厂调换

目　　录

第一章　落叶的火焰

尾形悦子背向着蔚蓝的天空，紧咬着嘴唇，不停地打扫着院子。她出神地凝视着黑色的地面，认真而又机械地将枯叶扫在一起。

邻居上音乐学院的女孩子正弹着钢琴。琴声划破星期日清晨的宁静，流泄进来。她弹得很用功，连在前不久才结束的奥林匹克运动会期间，这琴声也一刻未曾停止过。

刚才开始反复弹奏的是肖邦的练习曲——作品十的第三段：《离别曲》。

悦子暗自默默地希望她转到别的曲子上去，免得这忧郁哀婉的旋律过于搅乱她的心。

这支曲子的离别、哀伤的调子里，溶化着爱和被爱的追忆，这对于悦子是难耐的。

那次离别没有给自己留下甜蜜的记忆，相反的只是心灵的创伤。唉！同样是肖邦的曲子，为什么不弹奏鸣曲《葬送》呢？这倒符合自己现在的心境啊！

悦子在落叶堆前蹲下去，从围裙的口袋里拿出一盒火柴和一个信封。信封里是一张结婚请帖。悦子已通知对方，她身体欠佳，不能出席他们的婚礼了。

悦子划了根火柴，将火苗移到信封上，然后扔到落叶堆上。信封熊熊地燃烧起来，落叶开始冒烟。悦子摘下眼镜，用裙襟擦干涌出的泪水。

真快，已经一年了……那是很可笑、可悲的恋爱。不，不是相恋，是单相思。对于自己演独角戏似的悲哀和苦恼，她当然没有理由去埋怨谁，是自己不好，爱上了朋友的情人！

悦子将易燃的落叶拢在一起，又划了一根火柴。这回，落叶燃起了火苗，悦子祈祷着：但愿这红色的火焰，把自己心中隐藏的映像悄悄地烧得一干二净。

如果过去的格言是对的话，时间将能够医治自己心灵的创伤。一年前，她说着“祝你们幸福”的话和他告了别。然而，要是能早日真正地心池无波地说这些客套话，那该多好！

“悦子，来送客人！”从走廊里传来母亲泰子的叫声。

悦子略微偏着头想着，客人，是父亲——律师尾形卓藏所关照的年轻律师通口哲也，并非稀客。我从来没有送客的习惯，为什么今天偏要叫我送客呢？

悦子没有再想下去，她放下笤帚，摘下围裙，跑到大门口。邻居的钢琴声，不知什么时候变得激昂起来——还是肖邦的练习曲，作品十的第十二段《革命》……

通口哲也告别了卓藏，正要坐进自己的车里。他年纪比悦子大三岁，今年二十九。外表显得比年龄大，他很注意修饰自己，总是衣冠楚楚。从外表装束来着，看不出一丝不经心的地方，这大概是他天性的不苟和神经质性格的反映吧。

“失礼了，我以为你会多坐一会儿……”

悦子道别后，通口亦异乎寻常地、笨拙地点点头，眼镜内的一双细眼似乎放出和平常不一样的热切的光。

“对不起，今天因为有别的事……改日再来……”

奇怪，本来律师能言善道，可今天却结结巴巴地，好像喉咙里堵着什么东西一样。

“小姐……”他拉着车门，看着悦子，犹豫地叫道。

“什么?”

“不，没什么……”

通口哲也欲言又止，慌张地开动了车。车朝着自由丘车站方向驰去。悦子目送车转过弯后才回到门口。

哲也怎么了……可能发生了什么令人担心的事情，来找父亲商量吧。

然而，父亲的脸上找不出一丝担心的影子，岂但如此，他的嘴边还泛着微笑呢。

“悦子，来，有话和你说。”

悦子不由自主地看着父亲，心中感到疑惑和不安。

那么……或许……

悦子的表情变得生硬了，刚才烧的信封的灰烬浮上了眼前，她觉得心灵的伤口又张开了。

走进书斋，卓藏背对着放满法律书籍的书架，坐到扶手椅上。二十年的检察官生活，十年的律师生活，从前者的最高位置——东京高等检察官时代开始，他在家的大部分时间是在这间屋子里度过的。悦子常想，这书斋好像就是一部大六法全书。

卓藏开门见山道:“悦子，我不说你可能也觉察出来了，通口君希望你做他的妻子。”

悦子叹了口气，垂下了眼睛。

“我觉得这不错。你母亲也说，这是求之不得的婚姻。通口君性情好，是个前途有望的青年。他聪明，有事业心。当然，这些无须重复了……实际上，过去我也希望，通口能够娶你，但是，从我们这方面提出这件事，似乎觉得有点强求的样子……”

通口哲也在学生时代就死去了父亲，此后，卓藏在各个方面关照他。这位老法律家虽然对什么人都很谨慎，但和通口，却无话不谈。

“那么，你的看法如何？结婚是人生大事，不能草率做出决定。不过，对方是自己人，比一般的求婚者容易判断了。”

悦子低着头，没有回答。卓藏语含惊异地问道：

“你……难道讨厌通口吗？”

“不能说讨厌，也不能说特别喜欢。”

卓藏叹了口气，点上一支烟。

“悦子，你已经二十六岁了，再也不是憧憬梦一般甜蜜恋爱的年纪了，应该以更现实的眼光观察事物……男女之间的爱情，只有结婚以后才自然萌芽，我和你母亲之间就是这样。恋爱不是爱情的产物而是激情的产物。据统计证明，恋爱结婚的离婚率比介绍结婚的离婚率要高。”

父亲这些话，到底是人生经验还是为了说服自己而杜撰的理论？不过作为检察官和律师出身的父亲，说这些话是可以理解的，但悦子在听着这番高论时，考虑的却是另外一回事。

当然，从表面上看，这门婚事是无可挑剔的。想求得比这更好的婚姻，至少可以说是奢望。

作为父亲，他也一定想培养自己的接班人。两个孩子，其中，哥哥和明违背了父亲的意愿，进入三星贸易公司，现在纽约分店工作……

这门婚事，要是在一年前，自己可能服从父亲的意愿，马虎将就，点头应允。

然而，对于现在已经尝过那种感情滋味的她，尽管是单方面的，想要同体味不到特别爱情的对方结婚，那就像嚼沙子一样难受。

悦子早就打定主意，绝不和判事、检察官、律师这些法律界人士结婚。这就如触到禁咒一样，不仅医治不了心中的创伤，反而划破了新的伤口。

但是，悦子不能将心里微妙的想法告诉父亲，说服父亲。

“悦子……”卓藏以训诫的口吻道：“这不是父母偏爱。你聪明、脾气好，一定能成为好的妻子和母亲，可是，怎么说呢?你的优点，别的男人是看不到的，能承认你的长处的人，可以说就是有眼力的人了，是你的知心者了，有这样的机会，我看不要轻易放过。

“父亲!”悦子终于开口。“通口的心思我明白，父亲的话我也懂。但要给我一些时间考虑……”

“当然可以，两三天足够吧?”

悦子十分为难，两三天怎么够呢?

“我所说的，要更长一点时间。”

“一星期左右?”

“我……”

卓藏瞪着悦子：“这无须一个月才能答复的事，你应该知道。这么说，你要拒绝这门婚事?”

“我……还没有做好结婚的准备。”

“答应这门婚事，并不等于马上举行婚礼。订婚有半年，思想准备该充分了吧?”

“父亲……现在我不想和任何人结婚……”

“悦子!”

卓藏皱起了眉头，眼睛里射出一道严厉的光。

每当父亲板起这样的脸孔时，悦子就感到害怕。这回，悦子觉得，父亲二十年检察官生涯所锤炼的像锥子一样的目光，一下子将自己心中的秘密像对付被告一样，给挑出来了。

“我不是瞎子和傻瓜……去年秋天，你发生了什么事，你不说，我大概也能观察出来。想想当时的种种情形，你暗中喜欢了谁，你以为我就看不出来吗……当然，名字我不说！你的心情我理解。这确是一次痛苦的考验。现在，你应该消除这痛苦的回忆，对方的两个人，不久就结婚了，你也该为自己寻找新的幸福努力啦！”

悦子的眼泪夺眶而出。确是这样，自己也曾这么想。所以刚才把信和落叶一起烧掉了。然而，这不是靠理智就可以很快地切断的感情。

“你也知道，我最近健康不佳，血压相当高，稍为有点事就感到疲劳，常常有种不祥的预感在我心头闪过……不管如何，在我健康的时候，早一日见到你当新娘，就感到放心。这是爸爸我现在最大的愿望。而你，年纪越大，好姻缘的机会就越少了，你也要下决心呀。”

悦子也看出父亲近来迅速地衰老了。本来身体就不好，常常请医生看病，而最近，似乎三十年生活的疲劳一齐涌了出来一样。因而，被父亲这样当面一说，她心里就像刀扎一样难受。

但是，自己也不能这样就应允父亲的劝告。这不仅违背了自己的意愿；轻率答应，对通口也没有好处。悦子感到似乎什么地方会有这样一个人——虽然自己不能像对“他”那样怀着那种深情对待这个人，但至少自己愿意接近，并愿意同这个人结合在一起。

“爸爸，你的话我明白了。“悦子终于下了决心道：“您能不能给我三个月时间呢？我还不能抱着一结婚就自然产生爱情的那种想法来决定自己的一生……”

“对，你说得对。”卓藏的表情缓和了。

“就是说，从现在开始和通口接触三个月，然后才明确答复……”

“不是这样。”——悦子没有勇气这样回答父亲。如果在这里说出绝对不想和法律家结婚的话，那么就要认真考虑父亲的血压了……她清楚地记得，当哥哥和明说出不参加司法考试时父亲的沮丧样子……悦子只好默默地点了点头。

“这么说，通口虽然经常来家里，但你们俩单独接触的机会还很少啰……看来，你的话对，爸爸可能操之过急了吧。”

抱着得救和卸去重压的心情，悦子走出了父亲的书斋。

对于通口，不喜欢也不讨厌，这是灵魂的真言。不可思议的是，似乎自己心里的天平倾向于讨厌那一边。

总而言之，尽管不愿意，也得答应通口哲也的约会。

如果三个月的接触中，能达到完全忘记“他“的程度，喜欢上通口哲也……

这是自己希望而又似乎不可能发生的事。从前，自己和通口虽然常见面，但对他却是如同陌路相逢。对这样一个人，难道会突然产生爱情吗?

其实，在悦子心里，现在没有一个自己所愿意与他同心相结的男人。在此以前，只有在独身法律家以及法律家的成年子弟们所组织的“木芽会”① 的时候，悦子才有和异性接触的机会，而且她发誓不和法律家结婚。因此，出席这种酒会的所有男人当然都在选择之外了。

对悦子来说，三个月时间，完全不能指望有什么结果。

---

① 即交际的聚会，此名是法律家的子弟们自己取的。

这是两天以后的事。

“尾形小姐，有您的包裹。”

听到邮递员的声音，悦子走到门口。她看着像是装着书的小包裹，不由得侧着头思索。家里经常会收到寄给父亲的邮包，那都是法律家们寄给父亲的新的著作。奇怪的是，这次的收件人写的却是自己的名字。寄件人是冢本义宏——这个名字她似乎在什么地方听到过，一时却又记不起来。

悦子疑惑地将包裹拿回自己的房间。她当然预想不到，这个小包裹在后来会使自己的命运发生了巨大的变化。

打开包裹，里面是一本书，标题是《经营学入门·各论篇》，是一本五位作者的合著。

目录当然有送主的名字：工业经营学，冢本义宏（千代田大学副教授）。开始时，悦子感到莫名其妙，但当她看到千代田大学五个字时，情不自禁地微笑了。

这是一个半月前的事：

从东京车站送走朋友回家的路上，悦子口渴，走进地下名街中的吃茶店。店很挤，只好坐双席。当时，坐同一桌子的就是这个冢本义宏。

年纪大约三十上下，他好象根本不注意自己，专心地看着书，过了好一阵子才扫了一眼手表，慌慌张张地跑出去了。

之后，悦子马上注意到桌子上遗忘着一个小布包袱，肯定是这个人的。悦子赶快拿起那个包袱，算完账，去赶那个人，对方却已经淹没在东京车站的茫茫人海中，怎么找也找不到了。

回到吃茶店等失主去而复还呢？还是将包袱送到车站遗失物保管处？悦子踌躇了。她又一次端详着包袱。打开一看，她发现里面有一个大信封，上面印着“千代田大学经济系研究室”

横首用粗体签字笔写着“冢本义宏”四个字。

刚好，悦子有事要去千代田大学附近。与其将包袱交给车站服务员，倒不如顺便送还失主，更为周到。信封上既然写着的是研究室，对方一定是教师，或至少是助教，到办公室一问，马上就会知道的。

当悦子将包袱送去时，冢本义宏喜出望外，高兴极了。

“谢谢，实在麻烦您了！现在回忆起来，当时在店里想问题想入神了，将这些东西忘在那里。要是失去它们，可了不得呢！总之，里面放着一些用钱也买不到的贵重资料……”

连贵重物品也会遗忘的迂阔性，这是作为学者性格的一个表现，反而博得了悦子的好感。在这种充分表现失而复得的激情的谢词中，使人觉得他好像是个大孩子……

“说实在的，因为不知道忘在什么地方，感到特别担心。想打电话问那个吃茶店，又想不起店的名字，想追回去寻找，又有怎么也不能脱身的会议……”

重复完长长的、郑重的感激的话语之后，冢本说，最近自己的书将要出版，为了表示谢忱，想送一本给悦子。拒绝他反而感到失礼，只好将自己的住址和名字告诉了他。这件事，悦子本来已经忘得精光了。

悦子把书捧在手上，冢本义宏的脸形浮上了眼前。虽然，对于细细的眼睛和鼻子记得不太清楚，但对那乱蓬蓬的头发和似乎有阴影的长脸，好像学究式的热切的眼睛和文静的举止，却记得相当清晰。那时所得的印象绝不是坏的。

悦子接着翻开了书，开始浏览义宏写的部分了。工业经营学，这门学问还是初次听到。一页也不看，对特地寄书来的作者总觉得对不住。

标题写的是入门，看来内容并不深奥吧。可是对连经营学的 ABC 也一无所知的悦子来说，还是有晦涩难懂的地方。不过文章倒写得比较通俗，读起来比预想的要轻快些。

当悦子读完十页左右时，发现书中夹着一张细长的象书签一样的纸。

“啊，这……”

悦子不由得皱起了眉头。这不是一张小纸片，而是一张音乐会入场券预售票。是伦教交响乐团，东京公演一周后——十一月五日的入场券。

“又糊涂了！”悦子小声地自言自语道。这个糊涂人，将入场券夹在书里，忘记取出，糊里糊涂，把书送到自己这里来。

“真是需要人照顾的人呀！”悦子自语着，走出了房间，给千代田大学经济系研究室打电话，冢本义宏好像正巧等在房间，马上接了电话。

当悦子表示了对他送书的谢意，并提到入场券的事情时，对方笑道：“噢……那是我一点小小的心意。那一天，你手上不是拿一本《名演奏家故事》吗？我想，你可能喜欢古典音乐。”

“不，我不能接受这高价的入场券！”

“别在意，那张入场券反正是多余的，请别客气……我现在要上课了……”

电话一下子挂断。悦子就这样呆呆地站在那里。说实在的，自己也很想去听伦敦交响乐团的音乐会，然而对方把这作为送还遗失物的答礼，她觉得受之有愧。要是就这样送还人家也未免……

这时候，电话铃响了，悦子接过电话：“我是尾形……”

说完后，耳边响起了预想之外的男子的声音。

“喂，是悦子吗？我是通口。”

悦子感到自己的脸开始僵硬了。

“前天，谢谢你了……请问？十一月五日晚你有时间吗？我这里有两张歌舞伎头一场戏的入场券……是四点半开始的夜场，我想，如果你有时间的话……”

肯定，父亲已经将自己说的想和通口接触一段时间的话传达给了通口，对方必定是想赶快创造条件。

“那个……您这样特意给我弄到了票，可是……”

悦子半无意识地说出了拒绝的话。

“实在对不起，我已经有了五日晚的伦敦交响乐团的第一场预约票了。”

“是吗，真遗憾，这么说，悦子喜欢音乐……知道了，以后还有机会……”

通口哲也好像绅士似地，没有坚持拉悦子去。悦子放下话筒，看着手里的入场券。冢本义宏也去听吗？一定去的，如果这样……

悦子将自己已经开始淡薄的记忆集中起来，在脑子里形成冢本义宏的侧面像。胸中涌出了一股说不出的淡淡而又朦胧的期待之情，而且逐渐膨胀起来……

说不定……他就是自己所期待的“那个”人……

十一月五日晚上，悦子穿上自己最喜欢的银鼠色西服，去上野的东京文化会馆。从家里出来，心的跳动随着走近会场而逐渐加剧了……

“我怎么啦……”

登上上野公园的斜坡，悦子暗自问自己。为什么对这个仅会过一次面，而且只是一面之缘的对方，自己的意识却是这样莫明其妙的强烈呢？是想避免和通口哲也结婚的心情的反作用吗？在提出这门婚事之前，做梦也没有想到冢本义宏啊，人的心理变化是何等的微妙……

不能焦急！悦子对自己警告。要是苦于三个月之内还不能物色到结婚对象这种紧迫观念的话，就要产生不可想象的后果，甚至会沦为色鬼的饵食。当然，冢本义宏这位学究式人物应不会是色鬼吧，也许可能是个已婚者……今天是不能肯定他会来听音乐的……

悦子走进会场，买了份节目表。节目表附有音乐唱片，内中还收有原预定率本乐团访日的、在四月份已去世的大指挥家皮尔·莫顿的演奏曲。

在走廊搜寻了一遍，没见到冢本，只好怏怏回到大厅就座。右座是不认识的中年妇女，左席空着，直至开演，这个位子还没有人坐。

乐团的名誉理事长阿瑟·布里斯卿，走上舞台，指挥演奏日英两国国歌。

第一个节目是布里斯卿自己创作的芭蕾舞剧《逼将舞》。①

悦子以前曾在皇家芭蕾舞团公演时，看过这个舞蹈。当听到这个音乐时，眼前自然浮现出了那时舞台的美妙情景。

跟在女王身后的穿白色服装的骑士；鹤立鸡群似的穿黑色服装的女王；白色和黑色的“棋子”，他们飘忽旋转的舞姿，十分和谐优美地穿插映衬……色彩还是和过去一样鲜明。

演奏结束以后，会场响起了激烈的掌声。俨然有英国贵族气派的、端正的七十三岁的老指挥以优雅的姿态谢幕。悦子也着迷似地不停地鼓掌。

掌声终于停止了，悦子才发现冢本义宏站在自己身旁。

“对不起，没有按时来。迟到了，突然闯进来不好，只好站在后面听。”

---

① 用舞蹈表现国际象供的棋步，即如何将死对方的王将。

仍然是笨拙的寒暄话，面前站着的他和几天来悦子脑海中所描绘的幻影，全然不一样。是自己将对方相当理想化了。悦子想着，不禁苦笑了一下。

当然，看了英国绅士的典型，打扮潇洒的布里斯卿以后，对义宏的外表评价比原来苛刻了。他的头发仍然是乱蓬蓬的，领带歪向两旁，上衣的袖口还沾着墨笔的粉，而本来是黑色的皮鞋也磨成近灰色了。这个人的外表是邋遢的。

通口哲也是绝不会以这种装束出现在人们面前的。

然而，这个人的身上有一种使人感到说不出的温暖和亲切感，而这些在爱矫揉造作的通口哲也身上是感受不到的。

忽然悦子想起有人说过，不修边幅的男人反而能打动女性的心，心里不禁愣了一下。

“感谢您的厚意!”

悦子正要说些感谢的话时，却被对方用手势轻轻地拦住了。

“哪里哪里，您能够来，我真感到荣幸。今天的节目比我想象的好，色彩鲜明，富有质感，特别管乐尤其精彩……”

“我拜读了先生的佳作。”

对方在津津有味地谈音乐的话，为何自己却插进不相干的话呢？悦子自己也深感奇怪。义宏却高兴地接口道：

“那太好了！那样枯燥的书。您对经营学感兴趣吗?”

“不，过去没读过……只是法律方面，由于父亲是律师，自己作为门前的小僧，学了一点……读了佳作，觉得经营学比想象的有趣。”

“这正是著者所希望的，最近似乎有点经营学热，这方面的书比较畅销，出版社希望我们尽量写一些一般读者能懂的通俗书。写到什么程度，能否如愿，也的确要动一番脑筋的。”

“这本书对我这样的人来说虽也有些深奥的地方，但总的来说那些内容讲得还比较通俗易懂。”

“什么地方难呢?”

悦子坦率地将自己的感想告诉了对方。义宏仔细地听着，不断地点着头。

下半场开始了。这回是一个年轻的、有气魄的名叫科林戴维斯的指挥走上台，节目是贝多芬第一交响乐和捷克音乐家德沃夏克的第七交响乐。

悦子一开始就沉醉在美妙的音乐声中，对旁边的冢本义宏一点也不注意。

直至演奏结束，悦子才突然想到旁边的人。要是旁边坐着的是通口哲也，他的存在是不能叫你如此安静地听音乐的。这种自然的安乐感，是不是因为身旁有自己喜欢的异性而感到满足呢?这和人们平时的结婚生活所感受的是否一样?悦子在心里问自己。

悦子和义宏并肩走出了会场。凉风使人感到深夜的冷寞。水银灯的乳白色的光，照在西式楼房的墙上，给人一种神秘离奇的感觉。

“小姐!”冢本义宏结结巴巴地开了口。“请原谅，实际上，那张入场券是我的小小的诡计。”

“诡计?”

“是的……我送的书，您要是看也不看就塞进书架或是什么地方……那样您就不会发现那张入场券了，因为这是一本枯燥的书……”

悦子迷惘地看着对方，这个人究竟要说什么。

“那么，要是我没注意到，你想又怎么样呢?”

义宏没有回答。不知为什么，青白的路灯照到他身上，使人觉得那影子是孤独疲乏的。或许这个人和自己一样，是个曾经尝过失恋痛苦的人。悦子突然这么想。

沉默了一会儿，义宏冷不防地说："我是今年春天刚从关西转任来的，初来乍到，人地生疏，您还能和我见面吗?"

悦子低下头，视线落在他那脏鞋上。她出于女性的本能，想：看来是个单身汉吧。

"可以……"

声音低得像自语，悦子答应了。几片落叶被风吹得发出沙沙的声音，从两个人的脚边飘过去。

第二章　失恋木偶人

音乐会过后刚好一星期。十一月十二日下午一点，尾形悦子和冢本义宏又见面了。场所是千代田大学附近的叫“冥思”的吃茶店。

其间，悦子也和通口哲也约会，但她觉得这只不过是履行不可推卸的义务。哲也肯定不是坏青年，用理智无法判断自己喜欢他还是嫌恶他。自己的性格是外向的，若是轻轻松松地和哲也接触下去，说不定会喜欢起他来，可是……这样一想，悦子感到对不起父母了。

“冥思”是一个普通的吃茶店。借用哲人帕斯卡名著的书名，店里比较宁谧，倒真有点冥思的气氛。咖啡特别可口，看来，冢本义宏似乎十分满意。

义宏比约会的时间晚到了二三分钟，头发仍旧乱蓬蓬的，鞋似乎擦了一下，虽然不发亮，但灰的地方擦黑了。他说：“您来了，原来想，是不是人家不搭理，稍微有点不放心。”

悦子轻轻地笑了。没有装饰的言语，似一缕清泉流进了自己的心田。

“不，倒是先生方面……现在是上班时间，先生方便吗？”

“人家都说，大学教员唯一优越的地方，就是与其他人比起来，可以由自己自由支配的时间多一些。今天下午没事……噢，请不要叫我先生，第一你不是学生，而且，这样称呼太过于拘束了……你如果根据外国的叫法用我的姓叫我不自在话，就用我的名字称呼我吧！因为我们日本人通常是直呼名字的。”

如果是过去，让悦子对一个只见过两、三次面的男人，亲昵地叫“义宏”，那的确会感到很不自在，但今天悦子还是笑着点头了。

“那么……悦子，我们去什么地方好呢？”

“我，随便！”

“说实在的，我从昨天开始就想该到什么地方才好呢！可我是个很无见识的人，怎么也想不出个好地方。如果在京都倒有几处可以一边散步一边谈话的所在，在这方面，东京实在不方便。”

“是这样的！”

“我在美国住了一年，学习了跳舞入门，但因自己很笨拙……总踩到别人的脚上。日本的舞厅，也没有我这样三十岁人安心跳舞的气氛。时间还早呢，虽然是很平凡的溜达，但我却想离开这市中心，呼吸新鲜空气。”

“是的，今天天气很好。我也不喜欢这吵吵闹闹的地方。”

“那么……到向丘游园怎么样？”

“好！”

悦子虽然同意，但想到第一次谈心，对方就说没有地方去，那以后怎么办呢？悦子有点失望！不过，也可以认为正因为第一次谈心，对方才特地这样小心谨慎吧。

两人立刻朝新宿走去，到了小田急线的向丘游园。平日的公园，游人不多，两人默默地绕着公园走着。虽则如此，悦子并不感到乏味，和义宏在一起，总觉得心灵得到了休息。

“恋爱是激情的产物”，悦子暗暗想起父亲的话，又勾起一年前自己所经受的、灼痛自己心的感情来了。

而现在对义宏所感受的东西，和那种感情完全不一样。如果这不是恋爱，又究竟是什么呢？是友情，难道对一个只见过两次面的异性能产生友情吗？

“坐一会儿吗？”

义宏说着，朝长凳走去。悦子也在他旁边坐下来。天空一片湛蓝，树叶也被染上了颜色，风是凉爽的！义宏从口袋里拿出香烟，用现在已经见不到的，过时的汽油打火机点上火。

这一带除了他们以外，见不到人影，四周静悄悄。

“悦子，你谈过恋爱吗？”

香烟挟在他的双指间，淡淡的烟雾向上飘散。义宏突然脱口而出，这样问道。

“谈过。”

悦子不想向对方撒谎，她用微笑来掩盖她欲哭的心情。“不过，那只是单恋……最初自己就知道这是不可能的。可是，你为什么要问这个呢？”

“不知为什么我总觉得，像你这样的人是不是也谈过恋爱。那么，你现在还想那个人的事吗？”

悦子沉默了一会儿，显得很孤独地答道：“那个人已经结婚了。”

义宏默默地、不停地吸着烟，过了一阵，像自语又像对她诉说：“我有痛苦的记忆，事情多少和你不同，只能说是一种失恋……其后不久，我作为富布赖特提案的留学生去了美国，我觉得这是心机一转的好机会……”

义宏自嘲地苦笑了，面颊稍稍抽搐着，是一种奇妙的、不端正的表情。

“时至今日，心灵所洞开的门窗，还没有得到填补……尽管经营学产生于美国，自己也学到很多东西，但总觉得生活是空虚的。在异国的土地上，几乎没有相识的人，几句无聊的寒暄，只能使神经受到折磨。大概是这种生活的影响吧，留学生中有不少人患有精神失常症之类的病，稍有不堪忍受就走向自杀的道路……”

“我总觉得……”悦子欲言又止。

“所以，只要稍有闲暇，我就一个人走啊走。我想，让自己的青春和鞋底一样地消磨掉。我喜欢去的地方都是常人所不屑去的，如哈里姆区、曼哈顿西部的黑人街这样的地方。这是因为这些地方有悲剧气味——它拥挤着那些被失业和贫困鞭打着的人们。”

义宏是否有什么不能用“失恋”一词概括的特殊的经历呢？从他的谈吐中，使人觉得他的心似乎受到过重大的打击。

按照常情，实现并完成留学美国心愿的学者，这种聪明才智的人，是不会感伤到这步田地的。

“然而，现在回想起来，那完全是自寻烦恼，将自己置身于悲剧之中。悲伤这东西，长期服用，会造成一种中毒……而当对一件什么事不感伤时，反觉得缺少点什么似的。

“这么一来，悲伤倒变成一种奇妙的乐趣了……当然，这样是得不到幸福的。”

悦子突然吓了一跳。这些话好像描绘出了自己一年来隐秘的心理活动。

“如果继续这种状态，我就要走上自我毁灭的道路。但是侥幸的一个机会，我发现了治疗失恋的特效药。”

“治疗失恋的特效药？”悦子睁大眼睛问。义宏却像弹簧一样霍地站了起来。

"悦子，和我一起去我世田谷代田的宿舍楼。我给你看从美国带回的特效药。这种药，不仅对于失恋，甚至在绝望的时候，也有奇效的。这以后，由于有这种药，我经受住了几次痛苦的考验。"

"这个，不是酒和麻药吗?"

义宏笑了。他的脸颊还是古怪地歪着。

"这种药不是吃的，走。"

去一个还不怎么了解的男人宿舍，对于悦子这样的姑娘，需要下很大的决心。但悦子抑制不住对失恋特效药的好奇心。而且，心里对义宏有一种特殊的信赖感，觉得这个人不会有越轨行为的。

"那么就去看看。"

悦子低声答应着，站了起来。

冢本义宏住的地方，离小田急线的世田谷代田车站约走五分钟，是一座钢筋混凝土的团地式三层楼。义宏的房间在三楼东角的301室。

"稍为有点乱。"

义宏解释着带悦子走进去。确实，屋子呈现出男单身汉固有的混乱状态。地也扫得不干净，但住这样的房子是会使人感到舒畅的。和式屋子六畳①、西式屋子六畳，厨房饭厅旁边是澡堂和厕所。

"请这里坐。"

义宏把悦子让进西式屋子的沙发上。

---

① 同叠。一块草席的宽度。

“挺好的住房。”

这话不是恭维，悦子确是这样想的。

“噢……对于现在日本的单身者来说，这房子似乎过于宽敞了，不过结婚时能省去搬家的麻烦。”

“最近，要结婚吗?”

悦子自己也觉察出，说这话时，声音是发颤的。义宏看着悦子许久。

“我觉得订婚还为时过早呢!”义宏语含欢关地答道。悦子低下头，感到心跳迅速加快了。

“什么都没有，喝点红茶吗?”

“这，让我来。”

悦子终于抬起头说。

“是吗，这就托你了……厨房的架子上放着茶叶和糖，杯子和勺子在茶柜里，我这就去取治失恋的特效药。”

义宏走进和式屋子，当他打开隔扇门时，悦子看到桌上堆满书和笔记本，连墙的旁边也堆满了书。

悦子一边烧水，一边陷入不着边际的想象之中。

如果是经营学者，那就不同于律师、检察官，法律这一行没有关系！看来自己是能和他很好相处下去……自己的性格本来好像适合当朴素学者的妻子……悦子想象着有朝一日和冢本在这里共同生活的情境时，不觉脸红起来。

沏了茶，回到客厅，只见桌子上放着一个奇怪的木偶人。是一个坐在灰色木架上，哭丧着脸，表情滑桔的黑小人。它两只手抱着两半已经破碎的心。是一个少见的木偶人。

“这就是医治失恋的特效药。用电池开动的玩具，名字叫‘破碎的心’就是失恋木偶人的意思。好像美国人很喜欢这个玩具，我是在柯里岛的一个夜店买的。当时买这个玩具的时候，店里正放着名叫《伤心旅店》的音乐，是欧文斯普雷斯尔唱的。”

义宏按了一下台架上的电钮，于是这黑色木偶人使开始表演悲伤的情景了。一双眼睛滴溜溜地转动着，扭动着身子，表现出哀叹的神情，接着，拼命地将两爿心接在一起。

“表演得真好！”义宏自言自语地说：“我最初见到这个玩具时，好像被人浇了一盆冷水，又好象见到一块魔镜——它将自己悲惨而又滑稽的模样映出来了……我看了一会儿，觉得可笑，流着眼泪笑了……最后竟笑不出来了……你看这黑家伙，他是那样的悲伤，却又不死心，拼命极力地认真地企图连接两爿破碎的心……”

悦子深深地点了点头，似乎被这木偶人的表演所感动而流下了眼泪。但这不是悲伤的泪，义宏的一句句肺腑之言渐渐地化开了自己心间的冰壁。

“知道吗，过去我是把这木偶当作自己的知音者，而起了护身符的作用。可是现在看来，终于不需要它了，把它送给你吧?!”

悦子用手帕揩干眼泪，微笑道：“谢谢，我也觉得我好象将也不需要护身符了！”

接着是无言的缄默，双方相互地凝望着。差不多同时，将手伸向茶杯。

门口，电铃响了。

“谁?”

义宏嘟噜着走到门口，隔扇门开着，从洋式屋子可以清楚地看到卧室、厨房和进来的门口。

是收款人吧？悦子心里想着。当她看到一个推开义宏、径直走进厨房的是二十七八岁的人时，不禁吓了一跳。

这人的长相非常令人讨厌，异样的尖利的三角眼，左颊爬着一条蚯蚓似的刀伤，薄薄的嘴唇给人以冷酷的印象——这些，在大街上聚集的流氓无赖之徒身上是司空见惯的。更有甚者，这个人的相貌又使人感到他有一种狡黠的智能的东西，这种堕落的狡黠更令人生畏。悦子想，这种相貌可算是人们所说的凶相吧！

“噢，原来客人是一位小姐，那打搅了！”

来人狠狠地望着悦子，用粗鲁的口气说。悦子觉得似有一条虫在身上乱爬的恶寒。心里琢磨着，这究竟是什么人，和义宏有什么瓜葛？

“是的，现在不便，以后来怎么样？”义宏说。

悦子虽然看不到义宏的脸孔，但他的表情一定如嘴嚼苦虫似的难堪。他的话使人感到在拼命遏制涌上来的愤怒。

“那么，我就不好办了，到那边商量去……”来人说。

后面是小声的嘀咕，悦子没听出来。说完以后，义宏好像从里面的兜里掏出什么交给对方。

“那么，义宏，又麻烦你了！……小姐，打搅您了，祝您愉快！”

只有这最后时刻，他才用有礼貌的话道别，这个人卑下地笑着出去了。义宏耸了耸肩膀回到客室。他的脸色很苍白，脸上带着无可发泄的愤怒和不安。

“实在失礼了……他叫渡边博，是我的远房亲戚，经常跑到我这儿来借钱，我拿他毫无办法！”

“是这样的！大凡这么好的家庭，总有一两个不成器的亲戚和熟人。我父亲是律师，所以我也常常听到这些话。”

尽管为了避免刺激对方，才应付了地说出这些话。但悦子内心仍抑制不住不安和困惑。事情果真如义宏所言，那么他自己的脸色为什么这样苍白呢？渡边博要是来借钱，态度为什么如此过分地蛮横呢？悦子没有在心里进一步追究下去。她只想，一定是族中隐藏着什么复杂的纠葛，而自己现在还没有资格去查问。

“我要走了……今天实在感谢你！”

望着昏暗的窗外，悦子站起来了。

刚才温暖的气氛，好像被从房缝里钻进来的冷风驱散了一样，被这位不速之客破坏了。

义宏没有挽留悦子再坐一会儿，只简单地说：“好，送你到车站吧。”

这一天，悦子的心开始萌出新的爱情之苗，同时也开始冒出深切的不安和疑惑。

第三次约会就这样平静地过去了。两个人的心进一步接近。现在和通口见面，对悦子来说越来越痛苦了。

十一月二十六日，第四次约会。悦子正好在约定的四点半来到“冥思店”。义宏早来了一步，正同一位同年纪高个子的人喝着咖啡。悦子正踌躇着不知如何是好时，义宏站起来向她招手。她鼓起勇气，走近桌子。

“这位是我们大学法学系的副教授川路达夫君。是我学生时代以来同舟共济的好朋友，我们都是补欠的。”

川路达夫比冢本义宏更有大学教员的风度。他带着度数很高的眼镜，表情严厉，浑身上下穿戴整齐。一泛起微笑，给人以亲切的感觉，声音也像女人似地柔和。

“我叫川路……我已经听冢本君说过您几次了，据说令尊是律师。”

“是的，他叫尾形卓藏……您认识他吗？”

“原来是东京高检的检察官先生。”

“……不过十年前他已经不在那里工作了。”

“这么说，我和他见过一次面，先生大概记不得了，因为那时，我还是个小青年。”

“您的专业是刑法，还是什么?”

“实际上我的专业是刑事诉讼法。校方让我担任讲授刑法的专论。一般地说，私立大学薪金低，人才使用比较乱。”

川路达夫大为叹息。这时，一位三十七八岁左右的妇女走近桌子，是一位很漂亮的美人。鲜艳的和服同她的年龄也很相称，只是那稍稍往上吊的湿漉漉的眼睛，不知为什么使悦子感到可怕。

“冢本先生!”

女人以歇斯底里的尖厉的声音叫道。

义宏如安着弹簧的木偶人，站起来，一动不动。

“这……太太，失礼了!”义宏紧张地寒暄。

“想和你谈谈!”女人毫不客气说。

她以充满敌意和嫉妒的眼光，向悦子投去狠狠的一瞥。

“对不起，想叫冢本先生出去会儿，好吗?”

女人不容分说地把冢本拉到角落的座上。川路达夫皱着眉头，叹息着，看着他们两人。

“她是谁?”

当悦子战战兢兢地低声问时，达夫压低了声调：

“是冢本他们教研组的教授夫人——荒木道代。我告诉你，她是我们大学的头号泼妇。谁要得罪了她，为了报复，她就要在荒木教授或另外第三者面前说三道四、搬弄是非。”

“那么这位太太和义宏……”

悦子说到这里，收住了话头。达夫稍为慌忙地答道：“请不要想到那里去。在处理女性关系上，他是一个不会犯什么过失的人……虽然乍一见很呆板，但他很聪明，一向以谨慎而闻名。说实在的，把他放在千代田大学，是个浪费。事实上，去年前，他一直是京洛大学的副教授……”

说到这里，川路达夫急忙刹住。

悦子又开始疑虑了。将大学分等级可能不对，但谁也不能否认，现实中人们对大学的评价是大为径庭的。有一流大学，三流大学或者驿弁大学（日本人所说的小地方大学）等。从这种意义上看，京洛大学要比千代田大学高出一二格。

当然，近来在人事变动方面也有例外，有不少这样的例子，譬如在一流大学的讲师没有希望提上去，那就到二流大学当副教授。而京洛大学的副教授，还作为同级的副教授转到千代田，这无论如何解释都是奇怪的。

悦子想，是不是其中还有不可告人的交易呢？譬如京洛大学和千代田大学，从副教授升为教授的年限不同也是自然的。如果被答应几年之后提为教授，从而舍名求实，这也是可能的吧。

悦子以前就听人说过，相当多学者都有虚荣心，把学位看得很重。从研究设施来看，一流大学和二流大学有天渊之别。因此，一般说来，纵使出名晚些，还是想留在一流大学。

如果义宏转任是合乎情理的，川路达夫岂能不知其中的秘密？当话题转到这个问题时，为什么要慌慌张张急忙刹车呢？难道义宏有什么特殊的经历，京洛大学时代，有什么秘密纠葛之类吗?!

想到这里，悦子感到脑袋发麻了。

不过，当义宏回到座位时，悦子就不再往下探索了。

可能都是自己忧心过度吧……由于过于意识他的事，甚至思维到无聊的事上了。

荒木道代只怒视这边，连一句告别的话也不说，径自朝门口走去。望着她的背影，川路达夫说道：“她的事，我对悦子小姐说了。”

义宏猛地抓起杯子，一口气将水喝干，大声地叹了口气。

“是吗……对不起……她是一个色狂……不，说这话失礼了！”

义宏瞧着悦子，欲哭似地苦笑了。川路达夫好像没听见他的话，看了看表道：“总之，你也该早结婚……对于我，不知道有没资格说这话……好，失礼了！”

这一天，两人的约会，是以最普通的形式度过的。吃过饭以后，他们俩到“斯卡拉座”影院看法国音乐电影《吉布尔的雨伞》。之后，又在街上散了一会儿步。最后到吃茶店喝茶——这是和其他普通的恋人们一样的活动。

就在这很平凡的约会的最后时刻，却偶然发生了一件意料之外的事情。晚上九点半，两人刚巧来到“杏仁“水果店，坐在二楼的吃茶部喝茶。这间店铺坐落在有乐町车站前，属于所谓朝日街，是闲聊的好地方。

本来，悦子对这次约会是满意的，这会儿，荒木道代令人厌恶的态度、川路达夫有点神秘的言谈，都被暂时撂到一边去了。

几次见面到如今，悦子感到和义宏之间的距离被亲切地缩短了。在电影院里，她的手突然被义宏紧紧地握住，这种接触使悦子感到兴奋。

再过五分钟……再过五分钟—— 这种念头使悦子延迟了告别的时间。现在唯一担心的是，回家后如何向父母解释。严厉的父亲如果知道自己和通口以外的男子散步到深夜，一定会翻脸发火的……

悦子正担心的时候，突然听到谁在什么地方发出金属般的惊呼。接着，通道那边乱哄哄起来了，在这二楼两侧同时响起了“失火了，赶快逃啊——”的喊叫声。

紧接着，一瞬间，整个二楼出现了不知何故的混乱。客人们一窝蜂地冲到楼梯口，外面的骚乱，越来越激烈，这座房子什么地方失火了。

“义宏！”

悦子惊叫着，当看到义宏的脸时，她惊呆了。

这一瞬间，她感到义宏的脸色比火灾更可怕。他恐怖地呆立着，揪着自己的脖子，使劲地拉着自己的领带，撕开衬衣领子——于是悦子清楚地看到了他的脖子周围有一道火伤的痕迹。

义宏恐怖地睁大着眼睛，呆若木鸡。嘴唇变成了青紫色，哆嗦着，战栗着，就象梦游病者发作一样。

“义宏！”悦子悲痛地又叫了一声，跑到他的身边，使劲猛烈地摇晃着他的身体。义宏这才恢复了神志，叫了一声“悦子！”忙将她抱着跑了出去……

出来以后，悦子略为平静了些。她在乱糟糟仓皇逃出的人群中，像回忆一场恶梦似地望着几辆消防车来救火。从自己逃出的房顶上，熊熊的火焰正向黑色的天空升起，映红了半边天。

悦子又把视线转移到义宏身上，他，依旧一动不动地呆立着，瞪大眼睛看着火柱，几乎和刚才一样的神情，揪着脖子……

悦子想，这个人可能遇见过相当恐怖的火灾。

当然，火灾对谁来说都是可怕的，但是义宏的表情却十分反常，只能认为他对火灾怀有什么特别的强烈观念那样的东西。

是不是义宏身上有被大火摧残的地方呢？他的脸时时抽搐着，仿佛动过整形手术似的……虽则如此，当听到叫喊失火时，作为男子汉，应不至于丧魂落魄到那样严重的地步。越是知道火灾的可怕，越是应当赶快争分夺秒地逃出危险地带才是啊！

悦子不是心理学者，不知道这究竟是怎么回事。凭常识，她知道，“高所恐惧症”，或是“闭所恐惧症”患者，都有这样的异常表现，这种人是不乏存在的。他们的反应对于正常人来说，是不易理解的。这样说来，超越正常人所理解的火灾恐怖症这样的东西大概是存在的了。

悦子脑海中总想用理智来判断义宏的反常，但仍然遏制不住不安和焦虑的情绪。望着义宏的样子，她不知所措了。终于，她鼓起勇气叫着义宏的名字。义宏猛然回头，脸上泛起了带有苦恼和哀愁神情的微笑。

“对不起，出了意外的丑了！我对火灾有恐怖的记忆……这件事，以后什么时候有机会告诉你……”

他的话很正常，可是紧接着是病态的行动，他突然不避众人的眼，紧紧地搂住了悦子。似乎不这样，悦子就会跑掉，再也见不到了。

各种各样的感情狂乱地在悦子的胸中翻卷着，她在义宏猛烈的拥抱中颤抖。

不知什么时候，火停住了。人群开始散去。有一个醉汉看着他们俩，说着下流话，从人群中穿过走了。

义宏终于松开手，他们俩一句话也没说，朝着车站那边走去。

别了义宏，悦子一个人在回家的路上，心中乱成了一锅粥。她清楚地感到自己开始爱上了义宏，这不是普通恋爱小说所描绘的火一般的恋爱，但肯定是一种恋爱。她深深感到，她心中张开的大空洞在和义宏相处的时候，被填满了。

但另一方面，使悦子害怕的是，义宏身上所笼罩着的奇异的阴影究竟是什么？

渡边博的问题，转到千代田大学工作的秘密，刚才火场上发生的情景……也许以上这些实际上并不是什么了不起的大事，自己的担心是思虑过度。她感到奇怪的是，尽管通过四次约会，大体了解了对方的心情，但义宏却从来没有主动地向自己谈过一次他自身的事。

悦子突然想起表演失恋木偶人时，义宏说过“这以后，我经历了几次的考验……”，这些话当不至于意味着他有过几次失恋吧？或许它意味着，过去义宏在恋爱以外的问题上，有过几次痛苦的记忆？他对木偶表现出那样强烈的兴趣，一定是这个原因。

“你有什么样的经历，为什么不对我讲？”悦子喃喃自语。但另一方面，她觉得仅就这些疑点自己实在没有勇气向他提出质问……

但是只有一件事她是最清楚的。那就是义宏需要自己。对于他，自己是这个世界上唯一的安慰和救护。这不是没有根据的，这是在那突然的拥抱中，悦子以自己女人的肌肤深深感觉到了的。

第三章　疑　惑

十二月十三日，星期天。

早晨，悦子正准备和义宏一起乘车外出游玩。这是在四天前的约会时，义宏向悦子约好了的。

“这个星期日和朋友一起到芦之湖去，回来时，吃山鲸——野猪肉，你也去好吗?”

义宏总是那样，以讷讷的语调问。

“我不会开车，那位朋友有一部车。我在美国时曾想学开车，可那里的人都有车子，随便乘谁的车都很方便。所以，自己就不知不觉学懒惰起来了，没学成……悦子，你吃过野猪肉吗?”

“没有。”

“那就一定要去。一提起野猪肉，有些人感到恶心，其实野猪肉味道可好了。别的野兽肉煮过火或烧过头会发硬，而野猪肉却越烧越软，这是它的特征。”

“和你的朋友一起去，你们不方便吧?”

“怎么会呢……相反，和你一起去我倒好了……对方是今年五月才结婚，刚半年吧，我可羡慕得了不得!”

"他叫什么名字?"

"小池祥一。工作和你父亲一样，是律师。他和我们兄弟从儿时起就有交往，我想给你介绍介绍。"

"你的兄弟?"

"噢，这个，对不起……关于哥哥的事，我还没有谈过吧。他叫信正，比我大两岁，现在东邦化成研究所工作，一年到头尽和那些奇怪的化学符号打交道。"

"是吗，那么别的家庭成员呢?"

"双亲早就死了，另一个弟弟也在大约一年前死去了。"

悦子这时才放心地松了一口气。哥哥在东邦化成这样的大公司工作，又是在研究所，弟弟是大学的副教授，这一家谁都是有才能的。到什么地方都会被认为是出色的门第。义宏之所以至今没有谈自身和家庭的事情，只是因为还没有机会吧。悦子这样想着，于是就愉快地答应了义宏的邀请。

"我也有些神经过敏了吧，竟对一些小事作此神经质的猜测!"悦子对着镜子，又稍稍将原来的化妆改变了一下，悄然自语着。义宏说，小池祥一夫妻将在早晨九时半到义宏的宿舍接他，悦子必须在这之前到达那里。

这时镜子里现出母亲泰子的脸，可能由于光线阴暗的缘故，母亲的脸色显得出奇的苍白。悦子愣了一下，回过头来，母亲以固有的口吻问道:"悦子，你出去吗?"

"是，是约会。"

"和通口吗?"

"是……是……"

泰子停了会儿，然后以母亲亲昵关切的语气说:"你和通口，从那以后究竟怎么样? 父亲很不放心。你回家，也从来不说!"

悦子黯然地低下头。

“妈，我……”

“这些日子，有一个叫冢本的人经常给你来电话。他是谁?”

“是千代田大学经济系的教师，专攻经营学的。一个偶然的机会认识了他……并不是什么奇怪的人。”

“果真那样就好了……可是那个人的事为什么到现在一点儿也不告诉妈呢?虽然，你已经是成年人，不必像小孩子那样，什么事都向父母汇报。可是，看到近来的你，妈总有点担心!”

悦子想，索性现在把一切都告诉母亲。但转念一想，即使母亲站在自己这一边，可那严厉的父亲会采取什么态度呢?再说自己现在还不能下决心和义宏结婚。算了吧，现在就要出去了，这短短的时间，也不可能把事情说个透彻。

“我自己干的事，心中有数。也没有使妈妈不放心的地方。”

悦子回答了一句。母亲长叹了一声:“悦子，你过去可不是那种向父母撒谎的孩子……”

“撒谎?”

“通口已决定今天和爸爸一起出席一个人的婚礼，难道在这之前你和他约会吗?”

悦子的脸色唰地白了。

“你……竟然骗起我了!我和你父亲一起生活了三十多年，也学了点‘诱导寻向’的方法了。

“讨厌!妈妈真讨厌!”

“不要误会，孩子，妈妈为你好，希望你有一个幸福美满的婚姻。”

“不知道!我的事，你别管!”

悦子提起手提包，走到门口，穿上鞋，头也不回地跑出了家门。热泪顺着她的白净的脸颊流了下来，滴入脚下的土地，这是她有生以来第一次淌下的痛苦的泪。

她知道，如果自己执意无论如何也不愿意和通口结婚，父母是不会强迫的。反之，自己物色的对象要是出色的话，双亲还应该是高兴的。

女儿嫁给大学的教师，什么样的家庭都会感到体面，而决不会丢脸。父亲宠爱女儿，他不会坚持自己女儿的对象非得律师不行。

只是……自己觉得，和义宏结婚一定会遭到父母的反对。

早上，望着蓝色天空时的美好愉快的心情，一下子被无名的冷风吹散了。悦子怀着沉重的心情，来到义宏的宿舍楼。

正要按义宏房间的电铃时，像触了电一样，她把手缩回来了。房间里传来了激烈的争吵声。

“话虽这么说，要是那件事泄露了……”这是陌生人的声音。

“算了吧!”义宏愤怒的叫喊着。

接着，双方压低了声音，听不清楚了。悦子感到全身的肌肉都麻木了，她木头人似地站着。是谁使义宏如此激怒?

突然，门打开了。一个怒耸着肩膀的人跑了出来。原来就是那个叫渡边博的小子。当他看到悦子时，歪着嘴唇龇牙丑笑。

“怪不得……象赛跑前的竞马一样激愤，原来如此!”

渡边博回过头，向走到门口边的义宏投去嘲弄的语言。

“好了……总之，今天你给我滚!”

“我还要来。俗话说，打搅人家恋爱的家伙——不受欢迎。”

渡边博又一次盯着悦子，放松了肩膀，走了。义宏哭丧着脸，将悦子接进房间。

“每次尽让你看到意外的场面，谅必感到厌烦吧?和我交往不觉得讨厌吗?”义宏自嘲似的说。

“不……但是……”悦子忍不住流下眼泪来，她出神地偎依在义宏身边。从早晨起就郁积在胸中的激情，如同破闸的水奔泻了出来。

“你，怎么和这种讨厌的人来往呢？尽管是亲戚，他也太过分了。早就该不理他！”

义宏咬着嘴唇，眼神发呆，仰着头看着天花板。“真的，谁都会这样想，坦率地说，他有些地方，我也受不了。只是，他是我的救命恩人。”他的语调是沉重和黯淡的。

“救命恩人？”

“是的。那还是儿时的事了，也就是那次战争时的事。那时的他是一个很普通的少年，谁能想象会变成现在这样的令人讨厌。当时他有些地方倒有点像孩子王……”

“战时，是不是因为空袭还是什么？”

“是……我们躲避的防空洞附近落下了燃烧弹。那一带一下子都成了火海，人们发狂地逃出去。可我和大家失散了，不幸脚骨头折了。怎么成了这样，象做梦一般，记不起来了。总之，我走不动了……”

义宏出神地望着远方，继续说道：“尽管如此，我还是想爬着逃出去。因为火势很大，怎么挣扎也出不去。我想，该是自己的末日到了吧……”

“是他帮助了你吗？”

“是的。他把比自己大两岁的我，抱到旁边的一辆双轮拖车上，拼命拉着逃出了火海。多亏了他，现在我才活着……”

悦子心中的疑云，被风吹散了。她感到眼前开朗豁亮。义宏接着轻轻地叹了口气说：“想来，也可以说我老早就报了他的恩了，多年来，我一直关照他。但是，救命之恩用金钱是报答不了的啊！这可能是奇怪的感情复合体，所以，尽管讨厌，我还是不能抛开不理他……”

这是心地多么善良的人啊！悦子想着．高兴地闪出了泪花。

“真对不起，我不知道这件事，刚才说了不通情理的话……其实，上一回，我就看到了你脖子上的火烧伤痕了，是那时烧的吗？”

“不……这……”义宏有些难堪。“那以后还有一次。我再次遇到了可怕的火灾，脖子的火伤伤痕是那一次得的。”

“啊……”

悦子从心底里发出了叹息。由于两次遇到了这样的火灾，患上极端的火灾恐惧症，这又有什么可以大惊小怪的呢？

“好……不说这些了，小池君就要来了……噢，好像来了。”

电铃响了，义宏打开了门。悦子跟着出去，门外站着的是穿制服的警官。

“失礼了！”

警官稍稍举手敬礼，走了进来。从旁边无意地看着义宏的悦子又吓了一跳。

一瞬间，他脸色突变，僵硬、呆木；放在背后的拳头紧紧地拽着，颤抖着，声音也变样了：

“究竟……什么事？”

“昨天夜里，这个楼的一层跑进了小偷。”

警官这么一说，义宏开始慢慢地放松了左手的拳头。

“所以，特地检查一下，这家有无被害？”

“没有……”

“昨晚，有没有听到什么奇怪的声音？或者，有没有见到可疑的人？”

“不，没有。”

“是吗？百忙中打扰你们了，这一带经常发生盗窃事件，你们千万要多加小心。”

警官又致了举手礼，出去了。和他擦身而进的是小池祥一和他的妻令子。义宏的脸上现出松了一口气的表情，他把悦子介绍给他们。

小池祥一和义宏同龄，看来是一个精力充沛的人。他，身材魁梧，仪表堂堂，给人的印象是，作为一个律师，他是博学多才的。

小池的妻令子，即使从女人的眼光看，也是一位令人倾倒的美人。年纪大约二十四五，穿的西服是最时髦的，好似从时装本中剪出来的那样。结婚戒指上的那块宝石，也值几十万元。悦子觉得被他们的气派压下去了……

“是尾形先生的小姐……初次见面！“小池祥一以轻松的态度开始和悦子说话。“那是两三年前的事了，由于一件民事诉讼，我有机会接触了尾形先生。当时先生是原告方面的首席律师，我是被告方面的末席律师。不用说，当时是对立的，但是我对先生非常佩服。当然，像先生这样的老练律师，我这样的年轻人根本不是对手。”

悦子适当地寒暄着。心里想着别的事。刚才的那一幕还在她的脑子里盘旋着：义宏对警官的反应，异乎寻常。

坐进小池祥一的车，出发以后，悦子还在思索着这件事。

诚然，警官突然来询问，对于心中无愧的人，情绪也会不好的，但义宏当时的动作，却表现出反常的畏惧。而当明白了是盗窃事件的调查时，他的紧张才有所缓和。

是不是他有犯罪的经历呢？她胡乱猜测起来，随即她又打消了念头。有这种经历的人，是不能在有名的大学当什么副教授的。

但他为什么又如此惧怕警官？悦子找不出解答的理由。结果，悦子对义宏的疑惑，就像一个奇怪的气球，有时膨胀，有时收缩，变得难以捉摸了。

没有办法！悦子歪睨着坐在旁边的义宏的侧脸。似乎什么地方存在着阴影，然而，无论拿多么不怀好意的眼光看他，也无法想象他是一个坏人。

坐在前边的小池夫妇，好像很愉快。他们尽情享受着新婚生活的欢乐。自己要是结婚后能像他们一样幸福就好了。悦子想着，心里感到一种不可言状的不安。

十二月十九日下午七时左右，悦子和义宏来到赤坂的一家叫作“香华园”的中国饭馆里。两人平静地对面而坐。悦子想，今天似乎不会发生什么使人烦恼的事了，这么静静地坐着，感情的细流默默地潜入各人心间，她感到幸福重新回到了她的怀抱。

可是，当他们要离开饭馆时，又发生了一件出乎意料的不愉快的事。只是这回脸色变了的不是义宏，而是悦子。

悦子抬头，看到两个人一起走进饭馆，一个是穿着礼服的六十岁左右的老人，另一个就是通口哲也。她的心不由得一沉。

哲也好像一下子就注意到了悦子，在门口停了一下，用锐利的目光朝这边扫视。悦子赶紧闭上了眼。当然，要是在别的时候，她是不至于这样紧张的，只是因为今早在电话中，悦子编造了个似乎有理的借口，要通口将今晚的约会改为明天。谁知这会儿又偏偏被他撞见了呢！自己现在真像是现行犯被人抓住了……

哲也一定是深为气愤的。他可能会走过来，在讥讽的寒暄之后，问对方的男性是谁吧。接着，他可能会将一切全盘都告诉父亲。

悦子闭着眼睛想着，现在一点办法也没有了。由它去吧！她惴惴不安地睁开眼睛。

哲也似犹豫不决地盘算什么，终于下了决心，一步一步向这边蹭来。

一波未平一波又起，刹那间，事态又向奇异的方向发展了，悦子简直不相信自己的眼睛了。

和哲也同来的老人喊着："义宏，这不是义宏吗?"他瞪大眼睛朝这边走来。

义宏慌慌张张地站了起来。

"好久不见了，变得很出色了，都快认不出来了。"

"熊谷先生还很健壮，这比什么都好！"

义宏虽然还了礼，但表情显得忸怩不安。究竟是因为老头的超乎常情的激动而不好意思呢，还是由于对方是自己极力避而不见的人？老头压低了声音，开始和义宏谈什么了。

悦子听不清两人的对话。她注意到通口哲也正盯着自己慢慢地走过来。

两人一行的两组，分别认识对方一行中的一个，这并不奇怪。这时，如果由女方主动向对方介绍的话，也许是不合礼貌的。但是悦子再也不能无动于衷了。当哲也刚走到跟前，她就站了起来，用热情的语调说："让我来介绍一下，这位是千代田大学经济系副教授冢本义宏先生，这是律师通口哲也……"悦子本想，这么一来自己可以占上风，结果反而弄巧成拙。这是多么奇特而唐突的介绍，以至于使和老人谈话的义宏，刹那间也发了愣。只有通口哲也十分镇定地说："初次见面，我是通口。"

哲也用尖利的探询的目光看着义宏，以检察官的语调重复了一遍："初次见面！"

义宏像被告似地慌忙还礼，紧接着是一阵难堪的沉默。悦子甚至感到充满杀气腾腾的气氛。

“我们现在就走吧。熊谷先生，再见！”

好像察觉了悦子的情绪似的，义宏道别后，把手搭在悦子肩上向门口走去。悦子怎么也挣不开搭在自己肩上的义宏的手。

“刚才的场面倒很离奇……那位叫熊谷的老年人是先父的熟人；可是悦子，您认识那位律师……真让人慨叹世界是狭窄的啊！……”

在寒冷的夜里，肩膀被义宏搂着，悦子浑身在战栗。

“和他认识，也是由于你父亲的关系吗？”

“是。”

再也不能忍耐下去了，当走到周围没有人影的地方时，悦子终于鼓起勇气说了出来：

“义宏，爸爸劝我和那个人结婚。”说完后，她静默着，等待义宏的回答。不，她暗暗地期待着胜似语言的表示。只有这样，自己的心才能平静。

然而义宏什么话也没有说，只是更加用劲地搂着她的肩膀，他似乎并不想用更积极的行动。侧面看去，他那奇妙地扭歪的脸上的表情，正反映出他心中激烈的矛盾。那是愤怒还是激动？

悦子想哭，她真想放声大哭一场……

悦子熬过了那一个难眠之夜。

想借口生病，回绝哲也的约会，但这又容易被人看穿。正左右为难时，哲也开车来接她了。

今晚肯定要谈起昨夜的巧遇了，悦子做好了应付的思想准备。可是就像故意作弄自己似的，哲也却闭口不谈。他那表情，仿佛在说，“放心吧，昨晚的事我早忘了！”

这反而使悦子感到难堪了。她如坐针毡，惴惴不安。

在令人发窘的约会进入最后的阶段，即他们到银座的餐厅吃饭的时候，哲也终于打破了沉默。

“昨晚那位叫冢本的先生，果真是千代田大学经济系的副教授吗?”

这若无其事的语气，似乎包含着钢铁般强硬的东西。

“当然。你怎么问起这个呢?”

“不，我想要是大学的副教授，怎么会认识那个怪人……悦子，你知道那个熊谷的真面目吗?”

“不知道。”

“熊谷总吾——这是相当有名的右派头子。”

“右派?”

“嗯。他从战前起就是顽固的右派头子。他组织的‘兴国国人会’政治团体，虽然和最近那种进行敲诈勒索的暴力团体不一样，这也是事实……但是，因为至今，还公然打着昭和维新，天皇亲政的旗号，所以被认为是一伙反时代的家伙。据说在那次安保骚动中，他带着部下的年轻人，自己也缠着白钵卷，闯进游行队伍……不管是被叫作精神右派还是什么，其实和行动右派毫无区别。”

“那你怎么也和这样的人接触?”

“最近，他的部下发生了纠纷，我偶尔也接受了当他们的辩护律师的要求。所以有必要和那个老人进行各种各样的接触。说实在话，对那些家伙的行动，辩护是困难的，你也知道，在那种情形下，律师必须做些力所能及的事。”

通口哲也一把抓过杯子，一口气把水喝干。

“事件是这样的。三个年轻人，路经正在进行罢工的工厂时，只是由于无谓的事，故意寻衅，冲进了纠察队。这些家伙如斗牛似的，见到红颜色的东西，就横冲直撞……我没有办法，只好辩护说纠察队方面也有挑衅行动。可是，老家伙却说，他们的行动是出于忠君忧国的至诚云云……”

悦子十分焦躁不安，心不在焉地听着通口哲也的叙述。

义宏怎么认识这么奇怪的人物？究竟他们之间是什么关系？说是父亲的朋友，是真的吗？

考虑到这里，悦子心中的不安又开始膨胀了。

“除了相当老的人以及别的特殊的例外，作为学者，一般地说，尽管交往左派，但于右派却敬而远之。可那位冢本先生却有点异样了。”

“那么，你向熊谷打听了他们之间的关系了吧？”

“当然。但是那位老人含糊其词，不肯透露事实真相。我所得的印象是，他好像从冢本家接受了什么恩义，说出和自己的关系，于冢本先生不利。在这方面，他们倒是很讲义气的。即使你以检察官的身份进行公事询问，他也会避而不答……”

通口哲也的每一句话，都像锥子一样的刺痛悦子的心。上了汤，开始吃饭了，但她却吃不出饭菜的一丝儿滋味。

饭后，喝咖啡，哲也皱起眉头，喃喃自语地说道：“悦子……我在这里说出这样的话，你会感到突然……我觉得，只有和你才能建立美满的家庭，只要有你作为内助力量，我是能成为出色的律师的。”

经过几次约会，哲也才第一次讲出这个话。他的脸上浮现出意志坚决的神态。

“当然，这不是我一时的感情冲动，或意气用事，才想要你做我的妻子。而是因为我已经得出了这样的结论：作为我一生的伴侣，再也没有比你更好的女性了。”

悦子什么也没有回答。从刚才那些话可以看出，通口哲也虽然古板，但却可靠、可信。作为丈夫来说，在平均分数上，恐怕比义宏要高。

但是，对于这样一位事事精于算计，缺乏温柔之情的他，悦子却反而产生了一种反感情绪。

“所以，直至你答应我为止，到什么时候我都要顽强努力，不管你现在是什么态度，我都不罢休。”

哲也端起咖啡碗，一饮而尽，眼睛里闪出热烈的光。

“假如，出现了我的情敌……”

转眼之间，他好像要将怀子捏碎似地，恶狠狠地放在接盘上。

“看吧，他最后是要跌倒的……”

第四章　过去的伤痕

十二月二十二日晚，悦子被女友柴崎隆子邀请到家里作客。

隆子是悦子在“木芽会”中认识的好友。去年春和外交官柴崎胜彦结婚。这次外务省紧急令，要他到巴黎赴任。今晚举行告别酒会，悦子稍晚到场，隆子特地跑到门口接她。

“你来了，快请进！”隆子热倩地把悦子引进屋内，将她的大衣挂好，又接着说：“大家都到齐了，今天是妇女的酒会，尽是些知己，请大家不要拘礼。我那位和大家见面打个招呼后就到二楼看书去了。”

“这以后一较时间不能相见，确是遗憾，但去巴黎，那多好啊，祝贺，祝贺！”

“说实在的，不值得道喜。在女子大学学法语是半瓶子醋，这会儿着急起来了，赶快请老师，买了《灵格风》，嗨，临时抱佛脚，怕远水难解近渴了。”

隆子说着，又将悦子接进客厅。来的是七位年轻妇女，里边有龙田恭子，不，该是雾岛恭子了！

这并不是意外的事。悦子也预料到了，然而当她们的视线碰到一块时，悦子感到胸部被勒紧了。

悦子和人们寒暄之后，最后来到恭子面前。无法比喻的想念之情和莫名其妙的窘迫，在悦子心中扭成一团，很不是滋味。

“恭子，好久不见了……恭喜你新婚了!”

“谢谢!”

恭子大大的眼睛里，一瞬间掠过断云似的影子。但那天生的温柔明快的微笑，马上又回到她那丰腴的圆脸上。结婚还不到两个月，还未脱离姑娘的稚气，但给人的印象，她比以前安详多了。这或许是从她作为幸福的新妻的意识和自信中所自然产生的一种性情的变化吧。

“悦子，我很想见你呢!”

虽然是短暂的极为平常的寒暄话，却包含着真挚之情，悦子感觉到自己的眼角发热了。由于恭子对自己怀着一如既往的友情，悦子深为高兴。而自己至今一直想回避恭子的心情，是可悲的。

去年秋天……痛苦的回忆又袭上悦子的心头。

那时，恭子的父亲龙田慎作律师，被作为杀人嫌疑犯而受到全国点名通缉……恭子的未婚夫、检事雾岛三郎为此而想辞职，被劝留住了，不仅如此，反而接受了检察此事件的任务。

检事和嫌疑犯的女儿，如何相爱也是无法见面的。

悦子受恭子之托，当了他们之间的秘密联络员，卷入了这个事件之中。就在不断和雾岛的会面之中，悦子的心中不知不觉地暗萌了对三郎的爱恋之情。

对方是自己朋友的未婚夫——这可以说是不正当的恋爱，是从一开始就注定没有希望的恋爱。

但是恋爱本身并没有固定的逻辑。虽然为了对得起和恭子的友谊，尽力为她奔波，但也不止一次地闪过这样的念头：万一恭子那边有什么不测的话……她虽然特别严厉地责备过自己，但友情与恋情的矛盾，自己无论如何也无法摆脱。

结果，当事件解决以后，悦子将她的感情透露给了三郎，告别了他，并发誓再也不想见他了。

将结婚请帖和落叶一起焚毁，对悦子来说是痛苦的，但又是自然的。

悦子极力从脑子里排除痛苦的记忆，默默地握着恭子的手。大概由于在这两个月和义宏的接触中，心灵的创伤迅速地痊愈了，心里显然比原来平静了许多。在两只手的紧紧相握中，悦子感到了温暖的友情。

说实在的，自己现在的感觉是，既不否认还羡慕恭子，但又不想见到三郎，然而原来对恭子的恶感和嫉恨已经消失了。

“咱们过一会儿好好谈谈。”悦子轻声地对恭子说。

酒会后，悦子请恭子到吃茶店，将自己心中的烦恼告诉了她。

悦子本来早就想将这一切告诉恭子，征求她的意见，只是由于自己方面甚感拘束而闷在心中。在酒会中，双方的隔阂消除了。恭子问道：“悦子，你好像有什么烦恼似的。只要是你的事，我一定尽力而为。”这一说，悦子的勇气增强了。

当恭子听完悦子详细的叙述以后，叹了口气说：“一个人每天抱着怀疑别人的心情过日子，实在是令人难受的。所怀疑的要是自己所爱的人、所依赖的人，那更是不堪设想了……甚至想到不想活了。悦子，你很痛苦，这我理解。

“去年，你比我现在更难受吧？”

“这个，你先别说，现在是你的事。按理说，你和通口结合是稳妥的。家庭和周围的人这祥劝你，也是合乎情理的，我不想劝你这样。至少，现在这种状况，和通口结婚，你会对冢本藕断丝连，恋恋不舍的。”

悦子轻轻地点头道：“我可能对义宏还不能完全信赖，我想，要是我能够坚决的相信他，无论发生什么事，无论旁人说什么也毫不动摇，那该多好……”

“这不是用语言能表达的，完全地相信一个人，说实在的，那很困难。”

恭子一瞬间脸色暗淡了起来，但马上又恢复原状。

“悦子，我是这样想的……世上由于无谓的误解，或行动的不一致造成不和，产生没有必要的敌对心情的事例，是不少的。事后却后悔，自己当初怎么会想得那么多呢？怀疑这玩意儿也是一样，待到后来真相大白了，‘哦，原来如此’这样的事特别多。”

“话虽这么说，但那个人的情形……”

“我听了你的话，忽然想起冤枉这个词，所谓冤枉，大多是由若干普通的、细小的怀疑，不断重复，然后发展成大嫌疑，于是……”

两个女子都是律师家庭出身，在这一方面的知识，普通的姑娘是无法比拟的。尤其恭子，被卷入了在某种意义上可以说是冤案的事件中，由于这种亲身经历，当然极为自然地联想到这上面。

“那么，对义宏也可以这样说吗？也是一些本来无所谓的小小疑惑，偶然地重叠在一起吗？”

“这，我当然没有把握断言……如果你对冢本的疑点，充其量不过一两个，那么你何须这样陷入烦恼的泥潭中呢？”

“是吗？我觉得也是……”

“比如，冢本从京洛大学转到千代田大学，使人感到奇怪，而实际上，并不是什么了不起的事。大凡学者之间，表面上看，人皆以为学问第一、实力第一，而一旦进入他们的圈子中一看，你就不难发现，他们也有那种封建意识的色彩。即使在京洛大学，大概也存在那种学阀式的派系斗争，如果因为某种缘故，和主任教授发生了冲突的话，那么留在原大学就永无出头之日了。找一个新天地可以另辟蹊径，比如转到平常有联系的千代田大学，这并非不可能的。这样的事情，表面是无法觉察的，到京洛大学了解，真相也未必能清楚，冢本本人或许也不愿说。”

“这件事，我也想过，但川路为什么慌慌张张地就住了口呢?”

“无论在什么场合，人都有为朋友保密的义务。那一次你和川路不过是初会，他也许怕你发生误解吧。”

“的确可以这样认为……可就怕万一那个人……”

“就算冢本在京洛大学作为学者作了什么不轨的事，那么，他怎么可能再在千代田大学继续任教呢？大学的教师对于丑闻不是特别敏感和严厉吗?”

“对。”

悦子情绪平静多了，恭子松了口气，接着说：“冢本说，他之所以认识被称为右派头子的熊谷总吾，是因为他是父亲的熟人的缘故，你怀疑这可能不是真实情况，这是没有根据的。因为熟人的关系有各种各样。比如，你和某个人在街上走，偶尔遇到托你父亲辩护的前科六犯的头头什么的，那位头头向你打招呼道，‘一直得到你父亲的关照’结果怎样——”

“哦，就是说，和我一起走的人偶尔也认识这个人，而又不知道我是律师的女儿——”

“是呀，那么和你一起走的人，就想你可能是前科六犯中某犯人的女儿，而慌忙逃避了你。”

她的恰当的比喻，使悦子请不自禁地笑起来了，疑云顿时消散了，心里开始感激恭子，觉得还是和她商量好。

“话虽这么说，但一切都往对冢本有利方面解释，可能会跑到另一个极端；对他的疑惑还会蕴藏在心中，这就容易造成日后的痛苦，最好还是直接向冢本……”

“我也几次这样想，但要直接问他这些问题，总觉得羞怯……说实在的，我感到多么可怕……”

“我理解你的心情。在高高兴兴见面时，插进这些大煞风景的话，谁都会感到扫兴的。不过，如果真的考虑同冢本结婚，终归要他揭开这层面纱的。你也不必要想，一次就能谈及这所有的问题。花时间一个一个地弄清楚不好吗？就像那次你向他问起渡边博的事那样，巧妙地见机行事，各个击破，不是所有问题都能水落石出了吗？”

“对……就这样。实在感谢你的帮助！”

结果，除了得出“等着瞧吧”的结论外，目前别无他法。

使悦子感到惊讶的是恭子的成长。过去在她面前，自己总是以姐姐自居；而这一回完全颠倒过来了。当然，旁观者清，但是悦子深深感到，恭子变化的原因在于她结婚了。

过了年不久，悦子和义宏的关系一下子达到高峰。

从年末到年初，义宏留学时代的恩师来日本，义宏带他到关西旅行，直至一月十日，他们第一次见面时，义宏还非常忙，连坐下来好好谈话的时间都没有。通口哲也两天到家露一次面以后，就没有什么联系了。说是年初开始上班的几天，京都方面有审理案件云云，这对悦子是无所谓的。

一月十五日，义宏约悦子在涩谷一家叫“研究”的吃茶店等他。这次和义宏在一起的是身材相似的，比义宏大几岁的人。

“悦子，向你介绍一下，这是我的哥哥信正。刚好得便，一起来这里……”

虽然话很平常，但悦子知道，义宏进行的是求婚的程序——把对象介绍给自己的亲人。

信正的脸形和义宏并不相像，浓浓的眉毛，眼睛炯炯有神，尖尖的鼻子，额头有点扁平。整个脸形象刀切似的，方方正正。而皮肤底下似乎蕴藏着刚毅倔强的内质。

悦子最初对义宏的哥哥，有望而生畏的感觉。但在交谈中，这种感觉消失得无影无踪了。而信正也好像对悦子开始有了好感。

“弟弟有许多傻乎乎的呆子劲，这方面还望你多多关照。他有无经济学者的才能，作为研究化学的我，一点也不知道。但是经营学怎么说也是一门迎合群众心理的学问，可是义宏比我还不懂人情世故……这可能是在公司谋生的人，和关在象牙之塔里的人所不同的地方吧！”

“照哥哥说的，我是一个糟透了的人，到现在为止，他还没说我一句好话！”

义宏苦笑着说。在第三者面前，兄弟俩开玩笑，奚落着对方，使悦子觉得他们兄弟关系很融洽。

“不，我承认你的长处，但是对这位小姐，我罗列你的长处有什么用？作为你的哥哥，倒不如把你的缺点清楚地告诉对方好……你说呢，小姐？”

悦子微笑着点头，信正滔滔不绝地接着说下去：“我这个弟弟不善于待人接物，对人情世故一窍不通。他要是能稍为注意自己的边幅，也许给人的印象会好一些。我提醒他几次，他还是旧性难改。再说，他脾气随和，这不坏，但过于敦厚，容易吃亏。我还想，作为一个学者，学一点故弄玄虚那样的东西，还是有必要的……总之，还希望悦子以后在这方面多多指教他。”

不懂人情世故——悦子几次推敲这句话，话中好像包含着如恭子所说的，义宏从京洛大学转到千代田大学，是因为和主任教授冲突之类原因的意思……不懂人情世故，一方面这肯定是他的缺点，另一方面也可以说是他专心致志性格的表现。

接着，兴致勃勃的信正请他们到一家俄国菜馆吃午饭。当三个人吃着凉菜，喝完一瓶啤酒以后，悦子对信正已经感到不拘束了。

“信正哥，您研究的是什么？”

“我们目前研究的，是所谓高分子化合物、合成树脂系统。这个系统，在学问方面，未知的地方还很多。正因为这样，我对之兴趣很浓。我好像在自吹自擂，这个系统可以说是现代化学的最尖端。例如聚胺酯、聚酯、聚乙烯、聚丙烯，这些词你可能听过几次吧，你知道聚这个接头语是什么意思吗？”

“是不是多的意思？音乐方面说到复调青乐就是重复旋律法，对位法的意思。”

“我是音乐的门外汉，说复调音乐，我不知道是什么意思。化学方面如被问到聚，首先想到高分子化合物、重合体是没错的。我专攻的是聚酯树脂和制造尼龙的有聚酯的主要成分。树脂方面就更复杂了，有醇酯树脂、不饱和聚酯等。好了，不谈这些了，义宏已经不耐烦了。”

信正高高兴兴地吃完了饭，在店前和两人告了别。

“真是个好哥哥。”目送着信正的背影，悦子对义宏轻声道。

“是啊……不过，他说我不懂人情世故，可他本人也有一段他人想不到的经历呢。他有一度谈恋爱失败了，有一个女的，跑到家里来，硬要嫁给他，使他十分尴尬。”

接着义宏以舒心的语气对悦子说：“我今天第一次见到哥哥在初次见面时，尤其在一个女人面前，这样健谈。他平时在不怎么相识的对方面前只说些最小限度的话。”

这一天，义宏说必须给《经营研究》杂志写稿，悦子到傍晚就告别回家了。这天，悦子因为被介绍给信正而感到格外高兴。她暗暗地想，该是和义宏进行深入谈话的时候了。

但是，这种乐观明朗的气氛，却没有延续多久。

“悦子，到书斋去，有话说。”

晚饭后，父亲卓藏板着脸，阴沉地对她命令道。悦子全身凉了半截。自己从儿童时代起，只有特别顽皮挨克的时候，或是有些话刺痛了父亲时，才看到过这样的脸孔。

悦子像拖着千斤重链似的，跟在父亲的后面。

“据说，最近你和一个叫冢本义宏的人来往，是吗？”父亲开门见山地问道，语气是那样的尖锐、严厉。悦子咬着嘴唇，轻轻地点头。

“你喜欢他吗？”

卓藏将手按在额上，慢吞吞地说：“我想尊重你的意见，也不想强迫你和通口结婚，对方又是大学的教师，可以说是门好婚姻。但是——”

一瞬间，卓藏抬起头，好像判若两人，决然地说：“冢本这个人是例外，父母是坚决反对你和这个人结婚的。”

“为什么……为什么？”

悦子脸色发青，双腿微微抖动着。对义宏的过去所产生的疑惑，在脑海中如烟云般地扩胀起来了……

“悦子，好好听着：不管对方本人是何等样的优秀人物，一旦谈到婚姻问题，在很大程度上就必须考虑他的血统关系和家庭情况。沉溺在热恋的情网里，可能认为这些是不成问题的，但一旦睁开眼睛，清醒过来的时候，这些因素，却会成为破镜的潜在原因！”

“我并不是非要你嫁给家世好的人或有钱人的子弟，但是按照人之常情，不具备起码的条件，我是不将自己的女儿嫁出去的。”

“……义宏的亲人……哥哥也是优秀人物，是东邦化成研究所的工科博士……”悦子轻轻地反驳。

“他的哥哥和他本人是没有问题的。悦子，你听过关于冢本他父亲的什么事吗？”

悦子答不出来。这么说，义宏从没说过关于自己父母的真实情况，他只笼统说过，父母都已不在人间。

“对了吧！事实俱在，他没有勇气说出来——他的父亲冢本晋之助是在狱中死去的人！”

“狱中死去的？”这句话像一柄重锤猛击悦子的脑袋，她觉得天旋地转，眼前父亲的脸好像分成两三个，从三个地方瞪着自己。

“你们这一代年轻人不知道。冢本晋之助，从某种意义上说，是相当著名的人物，他原来是国史学者，狂热的国粹主义思想的信徒。好像他和在东京裁判对、成了战犯的大川周明等有深交。他将纳粹的理论加进日本传统的神国思想中去，这种学说，对年轻的军人们有相当的影响。在战争气氛很浓厚的当时，他一次又一次地检举、弹劾有良心的、和平主义的学者，故被奉以‘私设特高’① 的绰号。”

卓藏略微降低声调说：“对于这样的人物，受终战的打击，当然要比别人强一倍，在有名的八月十四日终战前夜的反乱中，

---

① 指私立的特别高级检察厅。

他率领几十名民间人士参加了闯入内宫、企图夺取天皇的录音盘，射杀师长、火烧铃木贯太郎首相私邸等暴乱。恐怕在当时，他将学者最后的一点理性都丢光了。”

悦子傻呆地听着父亲的话。这些，原来就是缠绕着冢本义宏身上的阴影所在……父亲是这种不幸的历史人物，他使义宏一直痛苦至今吧?!

“这次叛乱，一夜之间就被镇压下去了。由于首谋者的陆军将校发誓在皇居前自杀，所以一被释放，就都剖腹自尽了。据说，参加叛乱的民间人士也都在爱宕山、代代木等地自杀了。就是这位冢本晋之助却未自杀，他消匿了三个月之后被逮捕了。在终战后的混乱时期，由于还是旧刑法时代，预审什么都没有开始，在未经判决的情况下，他病死了，所以好像还没有正式的记录……”

卓藏提着水壶往杯里倒水，脖子一仰喝干了。

“当然，这种犯罪和廉耻罪不一样，吉田原首相在战时，还被关进拘留所呢，也有正直的思想家死在监狱的例子。冢本晋之助虽说是反面的例子，他参加了叛逆行列，如果考虑终战时的纷乱背景，不是不可以同情的。只是，他为什么不和同伙们一起自杀呢？所以如果在狂信者的称号下，再给照一张卑怯者的标象，对他来说也是恰如其分的。”

“但是……爸爸!”

卓藏用手势阻挡了悦子的开口。

“等一下！关于他的问题，不仅他父亲一件事。他辞去京洛大学转到千代田大学，也好像有什么奇怪的事介在其中。据说，前年末，他到山阴深山的温泉，那天他住的房子失火了，他受大火所伤，好不容易被救出来，当时和他在一起的弟弟被烧死了。”

义宏所说的第二次经历的火灾，该就是这次吧？可他没有告诉我在那次火灾中死了弟弟……悦子想着，脑子里一阵发胀。

“据说冢本副教授，不久就恢复了健康，以后冢本好像变成了另外一个人，三月末，他自动转到了千代田大学。”

“是因为受死去了弟弟的打击的原因吗？”

“事情好像并不那么简单。他的弟弟也有问题，详细的事，正在调查中。他弟弟好象也干了什么坏事……按常识，弟弟因事故死了，不至于要改变工作地点……这是三年前的事了，据说，他和关西财界的一个相当有势力的经理的女儿谈恋爱，最初女方的父母十分满意。结果就在将要订婚前，失败了。其原因，固然有他父亲那一件事，但更直接的似乎是他弟弟的事……”

悦子的眼泪夺眶而出，一想到义宏因为父亲和弟弟的问题，多么痛苦和伤心时，她的心像是要裂开似的疼痛。

“这样的事，不是他的责任，更不是他的罪！”

“你说得对。对于被迫背着两个十字架的冢本，我也同情。假如因为别的机会，我认识了他，而后即使知道了这些事实，我是不会把他的名字从朋友的名册上删去的……但是谈到结婚，就不能这样了。无论什么理由，在亲属中有两个罪人，那么这一家的血统中，就有可怕的东西在遗传着——这样说并不夸张。有人说过，天才和狂人，只隔一张纸。尽管活着的两个兄弟看来多么优秀，难道他们身上不掺杂着死去的父亲和弟弟身上的狂人的血液么？”

卓藏缓和了语气，说服道：“悦子……断绝和他的关系，确是痛苦的事。但是这种痛苦，只要稍加忍耐就可以克服。世上那么多男子，为什么偏要和有这么多问题的男子结婚呢？虽然有问题的父亲和弟弟已经死了，今后直接的影响也可能不会发生。但那种狂人的血性难保不再出现在孩子的身上。这样不仅你的一生，而且到下一代的孩子都是非常痛苦的。”

悦子无法忍受涌出来的眼泪，父亲的话很对，和这种具有不止一个恶劣条件的人结婚难免要受人歧视。

但是卓藏的话，现在在悦子心中却产生了完全相反的效果。至今对义宏所怀有的疑惑和不安，无形中都被说明清楚了。

义宏的情况若如所言，因为弟弟的事，多次被警方传呼，对警察怀有病态似的厌恶之感，也是不足为奇的。他如果害怕弟弟的问题暴露出来，避谈第二次失火事件，那么川路副教授为他的转任问题保密，也是很自然的。因为父亲是那样的人，从而认识熊谷总吾，更是可以理解的了。

悦子想起了那次在有乐町失火场上，第一次被义宏搂抱的情景，那时自己的直觉是对的。义宏确实需要自己，对于他，自己是他尝过长期痛苦之后，初次找到的欢乐和救助。

这些感情在悦子的心中翻卷激荡，卓藏是全然觉察不出来的。他以如卸重负似的心情顺口道：“关于他弟弟的问题，还可能无法完全说服你，更详细的不久就会知道了。因为托通口在京都工作之余进行调查，可能不要花费很长时间。”

“通口？”

悦子的神情突然爆发似地激动起来，她蹒跚地站起，感到胸口炸裂似地疼起来。父亲那套大道理一下子飞跑了。在餐厅，下宣战书式的哲也的脸，以可憎的面目在她眼前浮现。

卓藏似乎也意识到自己失口，刹那间显出茫然不知所措的神色。他马上镇定了下来：“你以为通口告诉我的，是歪曲事实吗？他不是那样卑鄙的人，只是因为他担心你才……”

“够了！”连自己也预想不到的激烈的言语，火山爆发似地冲口而出：“即使那是事实，我也要和义宏结婚。刚才所说的一切和义宏都没有关系。义宏的父亲是国粹主义者，一人做事一人当，我也没有资格责难人家。因为我自己的父亲，在战时，作为检察官，也为军队侍奉过……”

“悦子，你！”

卓藏脸色发黑，太阳穴的血管卜卜地跳着，拳头挥舞着。好不容易他才强压住愤怒。

“你到底说了些什么，你！不知道当时的实情，不许胡说！战时，我不理军部的蛮横，为了维护法律的尊严，我尽了最大的努力！”

“战争结束以后，差不多所有的日本人都说自己是反战主义者，反过来大谈什么民主主义，好像把过去的事全都忘却了一样。相比之下，冢本晋之助虽然走错了路，但可以说是相当纯粹的，光明正大的。”

在激动中，悦子迸出了火一般的语言。此时她却不知自己到底要说什么了。

“悦子，我已经那样将事情区分开来说明了，你还执拗地要坚持自己的歪理吗?”

我……我……”

悦子抬起泪水盈盈的眼睛，直盯着父亲，在无意识中，从嘴里冒出了奇怪的谎言：“我……已经不能和别人结婚……我已经有他的孩子了……”

“什么?”

卓藏踉跄地站起来，一个猛力的巴掌落到悦子的脸颊上。这是悦子生来第一次经历的！

“你这混蛋……爸爸养了你这样的女儿！”

悦子伏在桌上大哭起来了。卓藏一瞬间好像老了十岁，一动也不动地直挺挺地呆立着。

“你!”不知什么时候，母亲泰子来到书斋。她提高嗓门道：“请你原谅，我注意不周到……但是事情既然如此，是不是要改变原来的想法，冢本是个大学教师，也还是个出色的人……只是对不起通口……”

悦子突然站起来，父母也来不及劝阻，她就从书斋跑出去了。

第五章　零的结婚

“这么晚了，发生了什么事？这样的神色？”

穿着便服的冢本义宏，吃惊地将悦子接进屋子，看着她的通红的、哭肿的眼睛。

“洋式屋子冷，还是进到这里来，虽然这边乱扔着东西……”

义宏把悦子引到和式房间里，桌上堆着未定的草稿，周围的席子零散地放着几本书。

“究竟怎么回事？”

“我和父亲闹翻了……”

悦子的眼里又涌出新的泪水，她泪眼迷蒙地看着义宏，依偎到他身上。

“义宏……求求你……和我结婚把……”

“悦子！”

义宏用嘶哑的声音轻声道：“当然……我要你……”

“我向父亲撒谎了，说已经有了你的孩子了……这没办法……”

义宏顿时沉默了。悦子感到每一分钟比一个钟头还难耐。

“你对我的感情，使我非常高兴……其实，我早就想，如果能和你结婚的话……只是……”

“你担心你父亲和弟弟的事吧……如果是这个问题，我已经知道了，是父亲今晚告诉我的。”

悦子一五一十地将今晚所发生的事详细地告诉义宏。

义宏默默地听着，悦子把话说完，因为羞涩而低下了头。

“原来这样！”义宏小声地说。

“对不起，其实我早就该把真相告诉你。我痛切感到，没有勇气告诉你，是可耻的。我过于害怕失去你，总想多和你接触一段时间，以至延误到今日。”

义宏抬起头，望着悦子，以很干涩的语调继续道：“父亲的问题就如你所知道的那样，没什么可补充的。想说明的是我本人并没有任何右翼倾向。哥哥和我对父亲的事是多么的迷惑不解啊……哥哥常说，不管是左的还是右的，总之只要是带思想意识的事坚决不干。他选择了化学专业，肯定是这种心理作用。我没有理科的才能，投身到思想色彩薄的经营学的研究上，也是这种心理作用。”

义宏停了一下，接着说：“关于弟弟的事，有必要详细谈谈。弟弟还是小孩子的时候，因为母亲娘家相继死了不少人，眼看就要绝嗣了，弟弟还小，被办了养子手续，过继到母亲娘家，取了安田的姓。但是，对父亲死在狱中的反应最为强烈的还是当时年幼的忠昭、哥哥和我，能勉强理解父亲是政治犯，和普通的犯罪不一样；而这些道理，小学二三年级的小孩子是不会理解的……于是忠昭从那时起，完全变了样，性格变得乖僻了……”

悦子静静地听着。终战之后，在美国占领下的民主风靡一时的多难时期，义宏他们如何度过童年时代是可想而知的。

“母亲活着的时候，情况还好。忠昭在母亲的管教下，还能坚持上学，其时，社会也开始平静了。父亲的问题也已经在人们的记忆中渐渐淡薄消失了。然而，就在弟弟上大学不久，母亲好像完全放心似的，因心脏病发作而闭上了眼睛，辞别了人间。从此，失去约束的弟弟又变样了。”

义宏沉痛地叹息着，继续说：“我不是心理学者，对当时弟弟的思想变化，不很理解。现在只能解释为，母亲的死的刺激、对父亲的怀念交织在一块，使他对强烈的左翼倾向的环境产生了反感。弟弟开始表现出右翼的言行时，我们吓了一跳。当然，父亲有自己的一套理论，而弟弟的言行只是他那怪僻性格的表现罢了。他和那些臭名昭著的可疑分子来往，终于愈陷愈深而不可自拔了……”

悦子默默地紧握住义宏的手。

“后来的事，我简要地谈谈吧。忠昭总算毕了业，进到一家小公司工作，谁知不久后他拿着公司的钱逃走了。我和哥哥进行多方交涉，总算避免了警事处理，但是，已经来不及了，弟弟不可挽回了……

“有迹象表明他和暴力组织有关系，参加了走私活动。最后，详细情形不了解，据说，与同伙发生了纠纷，杀了人，不知逃到什么地方去了……”

义宏像要把满腔的苦水吐出来似的，很快地接着说：“前年末，为了整理研究论文，利用寒假时间，我来到鸟取县深山的温泉旅馆。就在我到达的第三天，弟弟突然来了，说是长期潜逃至今已走投无路了，只好到京都找我。我前脚刚走，他后脚就追着来了，哥哥极为讨厌他，说是不再承认他是自己的弟弟。可我还不想这样对待他。弟弟又出现在自己的眼前，怎么能冷眼相待撒手不管呢！我劝他自首，他答应要我给他一个晚上的时间考虑，我这才松了一口气。”

“就是在那天遇到失火事件吗?”

“是的。夜里，当我从梦中惊醒，睁开眼睛时，整个房间烟雾弥漫了，我拼命从火中钻出来……当我清醒过来时，已经被人抬进了医院，可那时我是抛弃弟弟逃出来的啊!”

义宏的脸扭歪着。

“那个……如果是那种时刻，自己一个人能逃出来也是不容易的!”

义宏痛苦地摇了摇头。

“不，我……是知道弟弟喝醉了酒，睡在旁边的屋子里的……我正要叫喊的时候，闪过这样的念头：这样的弟弟倒不如死了干净，只要他活着，我的一生就会被毁掉的。而现实里，由于他的原因，我在婚姻问题上就失败过……”

义宏的脸失去了血色，他颤抖着声音，接下去说：“我得知弟弟的死讯后，开始意识到自己的罪过，为此而痛苦。如果我假装不知道，是可以蒙混过去的。但是，良心谴责着我，驱使我想收殓弟弟的遗骨。我将真情告诉了警察……弟弟的问题公开了，地方报纸作了报道。这样，我要是还当大学教师，就再也不能在京都待下去了，于是……主任教授为我奔波，总算转任到千代田。假如当初弟弟没有被过继，甚至连这样的转任也是不可能的了。”

长时间的沉默以后，义宏自嘲道：“悦子，明白了吧。我弟弟是杀人犯，父亲在某种意义说也是杀人犯，而我本人是一个见死不救的罪人!”

那次火场上义宏异常的状态，不仅是因为恐怖，更强烈的是因为意识到自己罪过的原因。但是，怎么能责备这个“罪”呢？悦子在心里这样说。

“你看，我的身体还烙有那种丑陋的火伤……就像你父亲所说的，我作为你的结婚对象，实在是配不上的。你赶快回家吧……你的谎言，医生一诊断就知道的，父女之间没有不可逾越的鸿沟。”

“义宏！”

“我曾抱着一线希望，弟弟也已经死了，事到如今大概不成什么大问题吧……我再也不能欺骗你了，我们之间的关系就到此吧……从今天起忘掉我吧！”

悦子心碎了。想到义宏因与他本人实在没有责任的这些问题而长期痛苦不堪时，眼前的义宏的形象显得高大了。义宏作这种剖白时的心情是多么悲痛啊！

悦子悄悄地移动着坐的位置。

“义宏，我还是请你回答我刚才的要求。”

“噢……”

“你愿和我结婚吗？”

“悦子……你！”

义宏说不出话来，凝视着悦子。

“你真的……愿意和我这样的男人结婚吗？”

“正因为你是这样的男人，我才和你结婚，你为什么自暴自弃呢？”

突然，悦子的嘴唇被义宏热烈地吻着，她沉醉在幻想中，觉得美好的时间在无情地流逝着……

“义宏……我要……给你生个孩子！”

悦子喘着气断断续续地说。义宏热烈地拥抱着她，抚弄着她的头发。

“我明天就到你父亲那里正式求婚。你说的那个谎话不要改正了。只是，你到这里可能被认为我们关系异常，为此，在结婚仪式之前，我要把你安安静静地放在一边……知道了吧?！再忍耐一段时间……”

悦子把炽热的脸颊贴在义宏的胸前，仰着脸点了点头。义宏两手捧着悦子的脸，热烈地、不停地亲吻着。

第二天，按照约定，义宏来到尾形的家，随同来的还有小池祥一。因为考虑到同是律师会好说话些，所以才约了小池一道来。

父亲卓藏被母亲劝说了一个晚上之后，无可奈何地只好表示同意。不管如何，悦子的已经怀孕的假话起了决定作用。既然生米已经煮成了熟饭，那就……这是母亲的意思。

“坦率地说，对这种事后强行求婚的方式，实在令人遗憾。事到如今，我也不说三道四了，让过去的一切流水般地过去吧，把女儿的一生托付给你了。”

寒暄中到底还带着不愉快的痕迹，显然因为“事到如今，算了吧”的原因，卓藏的言语十分平淡。

看着冢本神奇地低下了头，悦子流下了冷汗。现在看来，自己当时竟这么大胆地撒了谎，想想实在感到后怕。

“实在对不起，让您担心了。我想，为悦子一生能够幸福，我将竭尽全力，请您放心。”

义宏有点不知所措的拘束，身体竟发颤起来。

“既然如此，为了体面的关系，还得尽早举行仪式，不过双方都要做些准备，因此一个星期之后恐怕来不及，我想，二月份办吧，总该办得像那么一回事吧。”卓藏斜视了悦子一眼，说。

“可以。找仪式场所，以及别的事务性琐事，我想托好友小池律师商量着进行，怎么样?”

“行，我们也没有不同的意见。”卓藏的话语，总是硬涩涩的。

义宏向悦子使了一下眼色，悦子就将在另一间房子里等待的小池祥一带了进来。祥一客气地表示祝贺之后，紧按着说："以后，有关各方面的事务性问题，请允许我来担任联络工作，我尽力将仪式、宴会的地点选择好，只是现在看来不能在大安吉日办了，不知尊意如何?"

当小池说这番话时，卓藏还是面露痛苦的表情。

"因为比较仓促，我知道只能这样办，请你多关照。"

"另外，关于媒人。当然娘家出色的人选是很多的，但冢本本人想拜托千代田大学经济系主任桑岛清之助先生。当然，还没有征求桑岛先生的意见，您的看法呢?"

小池祥一不愧是年轻律师，说话十分漂亮利索，卓藏也没有理由对热忱的对方怀着恶意，他情绪轻松多了。

"这是当然的事，因为结婚以后，女儿作为学者的妻子，她的生活将是和大学有关系的。"

"其次，有件事还得请您谅解。冢本希望结婚仪式要以无宗教形式举行。您知道，他的父亲是狂热的神道崇拜者。一想到他父亲的悲剧，他的这种免触伤口的想法，是有道理的。就是说，所谓的佛式带有佛教的味道；而另一种，他自己又不是基督教徒——因此轻轻松松地以无宗教形式举行婚礼，最适合他现在的心情。"

"好吧!"卓藏略为沉思了一下，终于轻轻地苦笑道。

"据说，在制定现在的新宪法时，有人主张，使用含有平假名的口语文，这种打破迄今的法律条文惯例的做法，难免要引起相当大的争论。但是，由于新宪法内容本身相当革命，因而，文章形式的革命就不成一回事了。那种意见也轻而易举地被采纳了——我现在的想法和这个相似。最近，无宗教色彩的结婚仪式已经不算稀奇了。"

“那么，我就和我的朋友法学系教授川路先生商量一下，初步拟出一个草案再征求您的意见吧。”小池律师热情洋溢地说。

悦子并不能预料，就是这种无宗教的结婚仪式，后来竟产生了微妙的后果。对于父亲他们的谈话，她是左耳进右耳出，完全心猿意马了。她正在甜丝丝地想象着在那个大喜日子里自己当新娘的模样。

婚期在悦子急切的期待中终于来临了。小池祥一为他们奔忙筹办，仪式的时间和场所也已确定下来了。二月十五日，星期一，一桥的学生会馆正好空闲。

十五日举行仪式，虽然稍为仓促些，但事已至此，还是早比晚好。由于不怎么讲究排场，所以准备工作是以高速进行的。这天，正是阴历的“友引”，是一个良辰吉日，谁也没有提出异议。白天，在亲朋好友中举行仪式，晚上六时开始举行庆祝宴会，婚礼就按这个程序进行。

新婚旅行。由于义宏正面临年度末的考试评分，时间不多，根据悦子的愿望，以京都为中心，安排了四天三夜的旅程。悦子的想法是，两个人一起到给义宏留下痛苦记忆的旧地旅行，也许会使他心中的伤痕早日消逝。

旅行的准备也是小池祥一给安排好的。本来，学者气质的义宏对于这方面的事是束手无策的，要是没有这样热心的朋友，真不知道如何是好呢。

“开完宴会已经八点左右了，依我的经验，已够疲惫的了，尤其新娘比新郎更累……直接去京都恐怕吃不消，所以计划让你们第一个晚上在市内饭店住，第二天早晨坐新干线的火车去京都，你们以为如何？”

“好……真是各方面都靠你安排，太麻烦了！”悦子感激地说。

“不，像我这样的年轻律师，为人奔波、效劳，已经成了习惯，觉得乐趣无穷。再说，义宏是我的老朋友了……你不要客气，有什么事，尽管吩咐吧。”他微笑着，语调爽快。

另一位年轻律师——通口哲也，悦子当然是不想见的。但是，在订婚后的五、六天，有一回，悦子在买东西，刚走出门不远，一部熟悉的小车突然在自己身旁停住了。

“悦子！”

从车上下来的是通口哲也，他表情生硬，走近悦子。

“我已经从你父亲那里听说了，说心里话，这是很遗憾的。我不想向你说祝贺，至少现在是这样。”

悦子情不自禁地低下了头，尽管自己心里没有喜欢过他，甚至还存在着讨厌的情绪，但心中总隐隐约约存在着对不起他的意识。

“对不起……请原谅！”

“不必道歉。我生气的是自己不能占有你的心。对于你，我没有什么可怨恨的。”

“悦子，我作为一个男子汉，知道什么时候应该知趣地退出来。以后，我作为你的一个朋友，祝福你幸福。将来，万一你有什么困难，作为朋友，我将尽最大可能帮助你……”

哲也强打笑容，说完客套话。

他，还是对我恋恋不舍，悦子想。可能和过去的自己一样，怀着一颗有伤痕的心。他可能还暗想，万一义宏会发生什么意外……

即使这样，将心比心，悦子也不能责怪他。悦子从这些轻描淡写的话中，似乎闻到了男人记仇的火药味，不觉暗自害怕。

“那么，再见了，作为朋友，让我们最后握一回告别的手吧！”

哲也紧紧地握着悦子战战兢兢地伸出的手，接着轻轻地点了点头，背过脸钻进汽车，头也不回地驶走了。

一月二十六日，发生了一件令人惊骇的事情，如果有人相信吉凶之兆的话，一定会感到冢本悦子的婚姻是潜伏着危机的。那就是义宏的哥哥信正，被小汽车撞伤，造成左手和左腿骨折了。

听到这个消息，悦子脸色发白，急忙和义宏跑到医院。信正虽然手脚缠着白绷带，但精神比想象的要好。

“在喜日之前，我自己不注意，成了这个样子，实在对不起。看来一星期就可以出院，回自己家疗养了。说是痊愈需要三星期，不能参加你们的婚礼了。不过，我不出席，也不会影响仪式的进行。”

义宏叹了口气：“哥哥不能出席仪式确实遗憾，但不要过于勉强，否则伤口疼痛发作就坏了……总之，摔得不太严重还算是不幸中的大幸，刚才听医生说，还不至于造成残废。”

“可能老天爷认为我最近有点过于劳累，要让我好好休息一段时间。我自己感觉还不怎么严重，你们不必担心，愉快地度过你们甜蜜的蜜月吧。”

“出院以后，您一个人能照料自己吗?”悦子轻声问。

“谢谢你的关心……我没什么不方便的，雇个白日班的女佣人来，附近又住有认识的医生。家里，立体音乐什么的都有，比起医院的无聊生活不知要好多少倍。”

“哥哥，不要这样凑合了，你也该成亲了。”义宏说。

“你这家伙，给我说教，还太早呢!”

听了兄弟俩和睦的逗趣话，走出医院的悦子心里映照着幸福的阳光。订婚以来，那种阴影在义宏身上消失了，她为自己能把这个人从绝望的泥坑中拯救出来，心里感到自负和满意。

“悦子!”在回来的途中，义宏好像突然想起什么，对悦子说：“你所讨厌的渡边博，最近似乎灵窍大开，去北海道做工了，暂时不会出现在我们面前了。”

“是吗……太好了!”

悦子仰望着镜子般清冷的冬日天空，微笑了。渡边博的事，是悦子最后所担心的事。在两个人和睦融洽的家庭里，时常闯入这样的男人是大煞风景的。而现在，这种不安已经消失了。

当天，回到家后，悦子写上最后一张结婚宴会请帖的名字：

“雾岛三郎。

恭子。”

悦子看看这写完的几个字，忽然流下了眼泪，自己竟也说不出是什么缘故。

一个月眨眼过去了。每天像是酒醉似的，不知不觉已经是二月十四日了。这天晚上，和父母一起围坐桌边吃饭的时候，悦子突然伤感起来了。

父亲最近也不怎么埋怨了，可能因为和义宏接触了几次，开始觉得他还不是个坏女婿吧！他只是用往日相同的严肃口气，告诫悦子作为妻子所应该注意的事，这可能是父爱的一种表现吧。

饭后回到自己屋子里，正在最后一次收拾自己的行装时，母亲进来了。

“悦子，对现时的年轻人，不必要说这样的事，你大概也知道。”

“妈妈……到底怎么啦?”

“悦子，你觉得能一直欺骗我吗？那件事，当初我也信以为真，其实……”

"妈妈……"

"你说你有了孩子，这是撒谎吧，岂但如此，实际上你们之间并没有什么不正当的关系。"

悦子把脸埋在母亲的膝盖上。

"妈妈，对不起，请您原谅我。"

"好了好了！"

悦子哭着，发呆地想象着明天的事。明天夜晚，自己将被义宏引导到未知的世界中去。

二月十五日下午二时半，新式的结婚仪式顺利地结束了。小池祥一和川路达夫所拟的计划十分圆满。仪式虽无宗教色彩，却又有严肃气氛。除了朗读誓词、交换结婚戒指、喝交杯酒这些普通仪式外，到底是法律家的想法，还加入了结婚证书的签名。

仪式结束以后，新郎冢本义宏坐着小池祥一开的车，将签了名的结婚证书交给了区役所。按照日本的法律，单举行仪式，还只算非正式婚姻关系，只有办理了结婚登记手续，才算正式成立婚姻关系。所以小池祥一和川路达夫主张，这个手续应该在举行结婚宴会前办理。本来悦子也一起去，只是因为要穿换结婚礼服十分麻烦而作罢。结婚登记书，必须写入夫妇新的籍贯，这方面可以按照自己不同的志趣选择。川路达夫建议将千代田大学所在地，作为新籍贯。

决定新籍贯时，只要是日本国内，什么地方都可以，哪怕写上皇居所在地或者富士山顶也无妨。从这意义上说，结婚仪式是别具一格的。

婚礼虽是无宗教的普通的形式，但还相当隆重。司仪由川路达夫担任，雾岛三郎没来，但恭子出席了，并代表新娘方面的朋友致了贺词。

一切结束以后，义宏和悦子来到赤坂的新东京饭店 312 号房间。安静地坐下来时，已经是夜里九时左右了。

女招待端进咖啡、火腿、面包等，走了出去。屋子里静悄悄的，两个人无言地相视。两者都对着对方笑了。

“累了吧?”

“不，不怎么累!”

“饿坏了吧，新娘差不多颗粒未沾呀?!”

“我自己也不知道饿不饿。”

义宏撒笑着，抱起悦子轻轻地吻一下。

“还是吃点好，要注意身体!”

俩人默默地喝着咖啡，吃了点火腿面包。要说的话似乎很多，一旦想开口，觉得一句话也说不出来。悦子终于以梦呓般的神气说：

“你……我将是你的人了!”

俩人默默地热烈地拥抱着，亲吻着。悦子再也不想说什么了。两个人结婚的初夜——这意味着一切……还说什么呢……

义宏抚摸着悦子圆润的肩膀道：“明早是九时的车，过八时，我们就得离开这里，清晨七时就得起床。现在时间不早了，该准备就寝了……”

义宏有点结结巴巴地说：“就是说，现在先洗完澡，好……”

悦子红着脸点了点头，觉得自己过去所没有经历过的特别的冲动，像一股电流似地穿过全身。

“那我先把水放好!”

悦子像逃出来似的急忙跑进浴室，打开水龙头，测了水温后，对着镜子，用手掩住红潮涨溢的脸。

这时，夹杂着滴水声，悦子听到电话铃响了。真是不知趣的电话，或许是行李寄存处来的吧——悦子想。

想着和义宏马上就要开始进行的事时，悦子的脸又被红云遮住了。她怀着一种期待而又惴惴不安的心情，凝望着从浴槽升起的水汽。

可是当她走出浴室，来到义宏身边的时候，发现丈夫的脸上，不知何故又浮现出那种说不出来的困惑神情，如愁云惨雾笼罩一般，她吓了一跳。

“悦子，实在对不起!”

声调和原来也完全异样了，这使悦子感到万分不安。

“学校……系里突然发生了问题，要我在旅行前，无论如何要碰一次面。刚才打来了电话……当然，还不至于让我们停止旅行，只要一个钟头。你先看看杂志什么的，等我好吗?”

“到底怎么回事?”

“不，没什么可担心的……我这时候跑出去，实在很不近人情，只是因为这是一件紧急的事……”

义宏气愤得咬牙切齿，这使悦子更加不安，丈夫脸上一度消失了的阴影又重新出现了，难道仅仅是因为自己多心吗?

悦子竭力排除自己的胡思乱想，轻轻地摇头。对丈夫的疑惑本来完全消散了，再也没有一点疙瘩，何苦事到如今还要怀疑他呢?

悦子终于下了决心道：“明白了，既然是要事，那也没办法……只是要尽早回来!”

“当然，你先进澡堂……另外，把我要换的衣服准备好。”

“知道了!”

悦子点了点头，准备一下睡觉前的事。他就回来了，因为顶多一个钟头啊!

“那么，我马上就回来。”

义宏穿上大衣，又吻了一下悦子，开了门。

“真的，没有可担心的。”

门“砰”地一下拉上了，这一瞬间，悦子心中感到一种不祥的震动。

十点半——是义宏出去以后大约一个钟头。换上了淡粉红色睡衣的悦子，梳着湿漉漉的头发，望着门口。他马上就要回来了……

十一点——义宏还没有回来，悦子再也忍耐不下去了，呜呜地开始哭起来。

十一点半——悦子脱下睡衣，换上西服，颤颤悚悚地走出房间。是在楼道还是在酒吧间？悦子想着。但是到处找，也没见到义宏的影子。

是不是，我现在正在找的时候，他回到屋里了？

这样一想，悦子又急忙跑回 312 号房间，但房子里还是空空如也，映入眼帘的还是自己刚才脱下的那件扔在床上的粉红色睡衣。

上午零点半——悦子滚到床上号啕大哭了。他……是否和信正一样，出了汽车事故？

极度的痛苦和不安，似潮水在胸中翻腾，眼看自己就要发疯了。

几次，悦子将手伸到电话机上，但还没拨号，又缩回来了。

一会儿……再等一会儿……自己已是冢本的悦子了……说不定他会突然出现……

悦子睁着哭得红肿的眼睛，发呆地望着窗外，这时东方已经发白。她再也哭不出来，眼泪已经流干了。

“你……义宏啊!”

在阴森森的空屋里，悦子不断地重复着这句话。

第六章　检事雾岛三郎

雾岛三郎和恭子结婚后，住在涩谷常盘松的家。这所房子是他岳父留下的遗产。

作为年轻夫妇两人的住居，它显然过于宽敞了。但是为将来着想，他们还不打算卖掉它，而搬到别的地方去。

二月十六日早晨，三郎吃完了烤面包和腊肉鸡蛋这简单的早餐之后，喝着咖啡，看着晨报。

报纸以社会版全版大篇幅，报道了一个惊人的事件：一个人提着来复枪在名古屋的街上乱射，并在东京的特快列车“雾岛”上放置炸药。

“真讨厌，就好像在我们之间安上炸药一样！”

恭子也在旁进，望着报纸轻声地说。三郎不由得苦笑道：“可能是什么意外事件的前兆。说不定，今天要发生什么奇怪的事情，我要抱进一个炸弹来。”

说罢，将报纸递给恭子，说：“你看看，这里介绍的这个犯人，他的性格虽有些乖僻，但平常却是个沉默老实的人。只是因为一个小小事端，他变成了发狂的暴徒。不仅此人这样，初次犯罪的人中，有不少是属于这种类型的。”

“真不知道，人的心灵里躲着什么样的可怕怪物。”

“是的。甚至他本人都可能意识不到。”

三郎说完这句话，电话铃响了。

“哎，这么早，是谁?”

恭子自言自语着走到电话机旁，可是当她接完电话回来时，雾岛看到她显出十分惊讶的神色。

“是谁?”三郎点上一根烟，问。

“是悦子打来的。”

“悦子? 昨天刚举行结婚仪式，怎么今天这么早就来电话，究竟怎么回事?”

“她……现在神经完全混乱了，我也弄不清确切情形，好像她丈夫去向不明!”

“怎么? 去向不明? 等一下，等一下!”三郎将烟插进烟缸里，转过身来。“你昨天不是说，他们两人在什么东京饭店住一夜，今早去京都新婚旅行吗? 难道有在新婚之夜，将新娘扔在饭店，自己跑出去逛的怪新郎吗?‘去向不明’，什么意思?”

“我猜不出来! 总之，她要我赶快去东京饭店 312 号房间。她是不顾双亲的反对，硬和家本结婚，是不是因为这个原因，不好意思向娘家求助呢?”

三郎皱着眉头，思索着。在这个阶段，还不能说出个所以然，但是“去向不明”这句话，却深深刺激着他的职业神经。

“那么，悦子向警察报告了没有?”

“听她那话的意思，好像还没有。”

“好，那你快去。看情况，给尾形夫妇去电话，让他们通知警察为好。之后，再给我来电话，告诉那里的情况。”

“那我就去!”

“稍等一会儿，恭子。”

三郎用手势制止了正要站起来的她。

“要注意一件事：因为你已经是检事的妻子了，再不能像婚前那样轻易行事，这一点要切记。”

“知道了。”

恭子点了点头，走出走廊。

三郎交叉着手臂，深思着。当然，对他来说，这个新郎失踪事件如何展开，还完全不能预想；但是，像大学副教授这样的人，按社会的标准应当是最为谨慎的人，新婚初夜从饭店逃出去，失踪了，这样的事是极为反常的。

尾形悦子——这位对三郎来说，现在并不想见面的妇女，绝不是因为她做了对自己问心有愧的事。反之，她是自己的恩人。只是因为在他们之间，有一种令人发窘的东西，使得自己不想见到对方。如果万一冢本义宏是被人暗杀了，而自己又被责成承担这个案件呢……唉！

“这大概就是自己抱的炸弹吧？”

三郎注视了一下报纸，低声自语。

雾岛三郎被刑事部部长检事真田炼次叫去，是在上午十时半的时候。

“雾岛君，在世田谷区的喜多见町上，发现了一具尸体，此人叫冢本义宏，是千代田大学的副教授。警视厅决定设置搜查本部，刚才给这里来了电话——”

真田部长用和往常一样的事务性语调，平淡地说。一年到头，他总是重复着类似的说辞。不惊奇，不兴奋，是丝毫不足为怪的。但这于三郎，虽不能说是出乎意料，然而却感到震惊。

“主任决定，这任务由警视厅一课的吉冈警部担任，今晨他很早就往现场去了；现在好像已回本厅，指挥搜查，也请你接受这个事件的任务。”

“知道了。马上就和警视厅联系。”

三郎轻轻地点了点头，走出了部长办公室，他突然觉得全身的毛孔都在冒出冷汗。

当然，现在还不能立刻想出好办法。他一路思索着回到房间，刚好事务官北原大八正接着恭子打来的电话，三郎接过电话：

“是你?”

“是我，你那边怎么样了?”

“可了不得了，悦子处于神经完全错乱之中，正叫医生给注射镇静剂……冢本在昨晚九点半左右，说有急事出去就一直没有回来!”

“那么尾形夫妇呢?”

“已经来这里。为慎重起见，现在他们正给许多地方打电话。说如果这样还找不到，只好要求警视厅搜索了……”

“嗯……现在看来没有必要了，已经让我出面了!”

“是吗?!”

恭子叫了一声，紧接着是喘气，三郎也不知说什么好，只是拿着话筒呆愣着。电话里只听到恭子急促的呼吸声。

“这就是说已经完了，已经发现了冢本的尸体?”

“是的。那么你现在在饭店的什么地方?”

“出房间，一层走廊的地方。在电话里，我虽然这么说，但在他们面前我不能……”

“是的，我知道了。详细的情况，我也不了解。警察现在也许已在住宅还是大学正竭力调查了。冢本夫妇昨夜应该在饭店的事，调查中，会被告知的，所以，警察迟早一定要到饭店来。”

“这也就是说，从我的嘴里……不要告诉他们这个残酷的事实。”

“这个话不用你来告诉……说真的，刚才，我还不想说呢……”

三郎大声叹息着，吩咐道：

“既然悦子父母已经来了，你就在走廊或是快餐部待一会儿为妙。我现在就跟警视厅联系，说不定过会儿也去饭店，好了，就这样……”

打完电话后，三郎把事情简单地向旁边睁大着眼睛的北原大八说明。和自己配合了一年半之后，对三郎来说，现在这位红脸的古狸似的检察事务官，是不可缺少的存在、无所不谈的助手了。

“尾形悦子，噢，这一说我想起来了，去年在神户还见过面呢。”

大八频频点着头。

“是这样吗？要真是……唉，这位姑娘可太可怜了……”

说着，大八连着抽了两三次鼻涕。

三郎吃了一惊，心想，这个大八是否看穿了悦子曾经钟情过自己呢？

三郎略为休息了会儿，马上给警视厅去电话，叫吉冈警部。警部简单地问候之后，急促地说：

“有关事件的详情以后再告诉你，不过，现在我们知道了意外的事。被害者昨日刚结婚，预定昨夜住赤坂的新东京饭店，今晨九时起乘超特快去京都新婚旅行。新娘现在饭店，处于精神半错乱状态，我想现在赶到那里。”

“明白了。我也和你一同去。”

“嗯？检事也去？”

警部一瞬间发出惊奇的声音。在现场检查还没完毕时，检事便亲临这样的现场，虽不能责之为非法，但也是个异例。但是，警部好似马上纠正自己的想法似地说：

“如果这样，那也好。据说新娘的父亲也曾经是检察官，在听取事情方面，比起我们，对方也许更愿意把知道的事情更深入地告诉你……那么，现在我就去接你，事件大致的经过，我想或许能够在车上说明清楚。”

说罢，警部放下了电话。

不一会儿，警部的车已经到了检察厅。三郎和大八一起坐进车里去，简单地问候之后，便聚精会神地听取警部的说明：

尸体是在喜多见町的六乡水渠边被发现的。第一个发现的，是一个叫野中和男的送牛奶的人。时间好像是清早七时之前一会儿。

死因是绞杀。死亡推测时间，据第一线刑事们的判断，是昨晚十时至十二时之间。

犯行是在这个现场进行，或是还有别的第一现场，然后将尸体运来丢在这里，还不清楚。现场附近的搜索和探问，目前正在进行……使人不假思索就能得知死者身份的，是尸体旁边扔着的钱包，内装身份证明书和名片，只是钱包内一元钱也没有。

新婚旅行用的寿周游卷和火车票仍夹在钱包内。去宿舍楼调查的刑事从管理人那里得知，被害人预定出去新婚旅行。但不知道新娘的娘家在哪里。虽然经管理人同意，大致检查了一遍住房，但仍搞不清楚尾形家的名字。

结果，向大学方面发电话联系，总算找到昨晚担任媒仪人的桑岛清之助教授，确认了新娘夫妇昨夜要在新东京饭店住一宵的事实。

了解到这个程度，花了大约三个钟头。花了这么多的上班时间，也是没有办法的事。

吉冈警部为了初步听取悦子和参加昨晚结婚仪式的所有人的证言，把现场的搜查委托给部下们，然后折回交通方便的警视厅。

说到这儿，车子已经停在新东京饭店的大门口了。

三郎他们走进饭店的走廊时，一位约莫三十岁，好像是刑事的人，和尾形卓藏从对面的椅子上站了起来

三郎在公判部时，由于在法庭上与尾形律师对证过，当然互相认识。可是眼前的卓藏好像变成了七十多岁的老人，三郎差一点认不出来了。

“这位是……雾岛检事?”

卓藏失去血色的脸一下子显得更加阴沉，他为女儿的不幸，被内心的痛苦折磨着。

“辛苦了……事情刚才听这里的刑事先生谈了。”

“这次发生的事，真不知道用什么话表达我的哀悼之情!

三郎也是这样恭恭敬敬地问候，从自己立场上，只能如此不断地说些安慰的话。

“尾形先生，这位是警视厅的吉冈警部。”

“实在麻烦您了，我是悦子的父亲尾形卓藏。”

吉冈警部还了礼，道完哀悼的话之后，降低声调问：

“小姐呢?”

“让她在屋里睡着，妻子正陪着她。由于医生给她注射了镇静剂，好像安静了些。”

“小姐知道事情的真相了吗?”

“我和妻子还没有勇气告诉她。刑事先生来的时候，她好像

留神觉察出来了。”尾形卓藏以沉痛的表情低声道：“这是很遗憾的事！其实，我一直坚决反对他们结婚……”

话说到半截停住了。但是吉冈警部并没有漏过他的每一句话。他抬起头，凝视着对方，没有问下去。

“我很体谅您的心情。但是，为了写调查书，有必要问你一件事。昨日大概还没有将结婚登记书交到区役所去吧？如果这样，先生知道，法律上，小姐还是未婚者，仍旧用旧姓……”

“晦，要是那样，那可以说是不幸中的万幸；遗憾的是结婚登记书已经交上去了，实际是由于采取无宗教的新形式的结婚才……”

“是吗？”

被人认为是职业油子的吉冈警部也说不下去了。悦子是不是处女当然无从知道，但一想到刚当了几个钟头正式妻子就成了寡妇的姑娘的悲伤，自己的心情也沉重起来了。

三郎也十分同情，他的同情比警部更为强烈。悦子本来希望得到新的幸福，使自己从心灵的创伤之中振作起来，然而这一切都付诸东流了。他的心也被感伤的气氛笼罩了。

这时候，三郎忽然想起了民法第七三三条。这个条文规定，女方因死去丈夫或离婚等原因，而解除前婚的情况下，六个月内不能再婚。这个条文是为了防止生了孩子，不知道父亲是谁的事态发生，而悦子即使是处女也不得不受这个条文的约束啊……

“小姐是恋爱结婚的吗？”

吉冈警部打破了沉默，尾形卓藏默默地点了点头。

“知道了。后面许多事情还要了解，能不能先带我们见见小姐？”

“无奈她受打击太大，这一点，还要请多多关照。”

卓藏这话不仅向警部，也是向三郎说的，他将视线投向三郎，然后向电梯方向走去。

悦子在母亲的照顾下，坐在角落的椅子上，她苍白的脸像面具似的毫无表情，好像对世上所有的一切都无动于衷了。

可是当她看到三郎时，她睁开了布满血丝的红红的眼睛，微微哆嗦着嘴唇，而后又咬紧了牙关，转开视线。在这种情形下的重逢，谁能料到呢！

“悦子，这是地检的雾岛三郎检事和警视厅的吉冈警部。”

悦子呆呆地点了点头。三郎向警部递了一个眼色。在搜查的第一阶段，一切托给警察方面办，是正常的途径。说实在的，在这种场合下，三郎等待着还好过些。

“小姐……”

当警部无意识地这样称呼时，一种剧烈变化的感情，开始在悦子呆滞的脸孔上表现出来。

“我是冢本义宏的妻子！”

警部被悦子这么一说，喉咙像哽塞了似地咳嗽了一声。

“失礼了！那么让我称您为太太吧……您可能知道了，今天早上，发现了您丈夫的尸体……”

悦子没有反应，眼睛怔怔地睁着。

“太太的悲痛心情我们理解。但是在这种时候，为了您丈夫的冥福，希望您一定协助我们侦破这个案件。”

警部例行公事似的讲了这些客套话之后，悦子默然地点了点头。

“那么，为了以后搜查的需要，您能够先告诉我们您丈夫的亲属、社会关系和亲友吗？”

“丈夫的亲属，只有在东邦化成研究所工作的名叫信正的哥哥一人，昨天的仪式……”

悦子说不下去了，她尽力控制自己的感情，待到悲痛稍稍平静些时，她用淡淡的语调往下说。

“亲戚中，只来了三个人。好像平常和他并不怎么来往的，我昨天也是第一次见到他们。”

“那么，他哥哥住在什么地方？”

“杉并区下高井户四——一零一七号。头线的浜田山火车站附近……哥哥一月末因交通事故负了伤，加上感冒，现在大概在他自己家疗养……”

“他没有参加昨天的婚礼吗？”

“是的……”

“那么，亲友方面——”

悦子说了小池祥一和川路达夫的名字，而别的和义宏特别亲近的人，悦子实在毫无印象。吉冈将这些写进笔记本后，转向卓藏道：

“你通知义宏的哥哥和朋友们这个不幸事件了吗？”

“不，还没有……我被女儿叫来时，为慎重起见，给这三处去了电话，只问他们，从女儿夫妇那里有没来电话什么的。大概他们以为，好操心的父亲挂念昨夜新婚儿女，才打来电话询问呢。”

“好了。”

警部又转向悦子问道：

“您能否将昨夜你丈夫出走时的情况详细地告诉我们？”

在这样的时候，大部分的妇女，思维一定十分混乱。向这样的妇人了解情况，如果不拉长耳朵反复听几遍或提问几次，势必无法将谈话继续下去。然而悦子的谈吐却十分清楚，她不带任何感情，木然地以极平淡的语调说着，这反而更说明了她的不可言状的悲痛。三郎想着。然而，警部却对悦子有条不紊的谈话，表现出略微的惊讶。

“那么，那个电话打来时，你不在你丈夫旁边吗？”

“是的。”

“你丈夫只说大学有事，而没说打电话者的名字吗？”

“没有说。”

“他还说一个小时以后回来吗？”

“是的。”

吉冈向旁边的一个刑事使了个眼色。对方马上走出房间。当然，刑事肯定是向大学方面去核对刚才所谈的事实了。

“出去时，你丈夫带走什么东西？”

“没带什么。”

“钱包里大概放多少钱？”

“嗯……我想，旅行所需的钱，当然放在里面。”

虽然是妻子，但刚举行结婚仪式，不知道丈夫的钱包中装多少钱，这是常有的事。

“出去时，你丈夫的表情有何异样的地方？”

“他像是不知为什么显出担心的样子。”

“当时你认为他担心什么呢？”

“那……我只想，他担心大学方面的什么事。”

“另外，太太，你通过婚前的交往，是否感到，你丈夫有何烦恼或者有何仇人？”

悦子稍一迟疑，马上开口，以比较强烈的语气道：

“我一点也没注意。”

“关于这个事件的凶手或者动机，你如果有线索，请一定告诉我们。”

“没有……”

“检事，你还有什么要问？”

“现在没有。”

三郎回答。这时，悦子摇晃着站起来，眼睛里闪出异常的光——使人感到发疯之前的病人眼睛里的光。三郎敏感地觉得，她是否要说出什么出人意料的事。

“警部……”

她用似乎想不通的语调问：

“那个人……丈夫的尸体什么时候运回来呢?”

这一问，吉冈那黝黑的脸像褪了色似地一下子泛白了，三郎也觉得胸部像被什么撞了一下，他看着悦子。

“预定今天解剖完毕……”

“我作为他的妻子，当然要负责埋葬他……”

悦子嘟嘟囔囔地说，两手的指头在抽搐。

“知道了。总之，要通知你的，另外，我们想正式调查一下，你丈夫的用品和世田谷的住宅。所以还要请你谅解。我们想从中是否能找到什么线索……那么，今天失礼了……”

警部说着，像是要逃跑似地急忙从座位上站起来，悦子轻轻地低下头，望了三郎一眼，随即掉开头，像瘫了似地坐在椅子上。三郎微微点了点头，追上警部，走出房子。

“尾形先生——”

向着走到走廊送客的卓藏，吉冈警部以郑重而又尖锐的语调问道：

“这实在是不礼貌的提问，可是，因为是这样的时候，还要请您原谅。您觉得小姐有没有别的情人这样的人？或者有没有，小姐虽对他毫不在意，而他却单方面迷恋小姐这样的人?”

“我女儿不算漂亮，再说，她从哪一方面讲，都是一个消极的不活泼的姑娘，几乎和异性没有来往。只是……不，反正你们一了解也会马上知道，我也无须隐瞒，其实，我希望和我女儿结婚的人不是义宏。”

“果然……那么先生满意的人是谁呢？”

“叫通口哲也的年轻律师。”

三人来到了电梯面前，卓藏好像想送到一楼走廊，也走进了电梯。

“那么，小姐也和那位青年有过一定程度的来往了？”

警部一分钟也不放过，紧紧追问。

“是的。当然，通口君是个正直的人，我敢断言，以前的事和这个事件绝无关系。”

“通口先生那当然是爱小姐了？”

“这不是我能回答的问题。总之，我如何苦口婆心也无法改变女儿要和义宏结婚的矢志。最后，我没有办法，只好取得通口君的谅解，他也果断地退出来了。”

电梯到了一楼。警部还不愿停止提问，他请卓藏坐到走廊边的沙发上。

“先生之所以不怎么赞成这次结婚的理由是什么？”

“是……这么说，这件事还是说清楚好。”

于是卓藏谈了冢本义宏的父亲和弟弟的情况。有关忠昭的事，卓藏似乎自那一次以后，知道了详细的实情，他所谈的和义宏告诉悦子的内容大概相同。

“这只是结婚的不利的条件。不过我想，两个人都已离开人世，和这次事件，没有什么关系……”

“是吗？不，很能做参考……”

吉冈沉思了一会儿，说：

“葬礼，打算怎么办？小姐刚才说了……”

“那……因为女儿是丧主，所以，还要和信正商量，将力所能及的事情办好。”

卓藏也许想到，刚穿了白色结婚礼服没几天，又马上穿起黑色丧服的女儿的心境，所以，他眨巴着老眼这样答道。

“那么，以后我们再通知您家了。好，失礼了……”

警部站起来，低下头告别，等卓藏走进电梯以后，才对三郎说：

“检事，我必须和各个地方联系。我想现在马上回警视厅去。我早晚要去检察厅，许多事还要和你商量。”

“好，情况大体弄清楚后再通知我，现在我这里还没什么特别要求。”

“那么，我送你回检察厅。”

“不必了，我还有别的事……”

三郎说毕，刚才一句话也没说的大八开口了：

“检事，我想回办公室去。把文件整理好。有关方面可能有关于这个事件的联系……警部，请你把我一个人送回检察厅好吗?”

“当然可以，请上车吧！检事，我们先走了。”

警部一脚踏上车后，又急忙回过头说道：

“是一个讨厌的事件。我也有一个十九岁的女儿，所以总有一种触景生情之慨!”

警部走后，三郎在饭店一楼咖啡厅找到了恭子。

“恭子，希望你不要把我的话当作夫妻之间的谈话。而要作为检事的非正式的询问。你好像在去年年底说过，你遇到了悦子，她和你商量过她个人的问题。当时有一个事件弄得我头昏脑涨，她的事并没有听进去。现在，请你详细谈谈。”

“也就是你这个检事命令我说吗?”

“是的。本想回家以后问你，不过，反正你也在这里，事件可能进展很快，所以应该获得第一手材料为好。”

“明白了……事实上，悦子正式订婚以后，我只见过她一次。那次谈话之后发生的所有事情我都听她说了。她为了和义宏结婚，甚至扯了那么大的谎……”

恭子将悦子告诉她的所有情形，都详细地说了出来。

“是这样吗?”三郎不由得叹了口气。“那么，悦子真的还……”

“即使是昨夜，也不可能有那样的时间。悦子真可怜……”

恭子取出手帕，擦着眼睛。

“总之，悦子对他的疑惑，在当时已经解开了……这一点，我现在听了你的话，也能理解。我稍有怀疑的是，那个叫渡边博的人，刚才警部提问时，关于他的事可一句也没涉及……”

“悦子也可能认为，他已经到那么远的地方去了，大概不会有什么问题吧?”

“嗯……不过在这个时候，悦子可能还是因为心烦意乱，没把渡边博的事作为实际问题提出来。”

“那么，我要不要叫悦子把这个人的事报告给警察?”

“嗯……即使不告诉，警部那样的人，也一定能侦察出渡边博的存在……要不要劝告悦子，我不能说，由你自己判断去。”

“明白了，我再考虑一下。”

“我还要问一个事。早上你跑到饭店时，悦子对昨晚的事，说了什么?”

“她说，电话打来时，她正在浴室。”

恭子的话与悦子刚才亲口讲的相同。

“当时，悦子处于什么状态?”

“处于神经非常混乱的状态……我问到那个程度是相当费劲的，就像刚才电话所讲的，注射了镇静剂后，她才冷静一点。”

恭子回答着，疑惑地望着三郎：“你和警部难道没问悦子这些事吗?”

“警部已经问了。”

“那你为什么还问我呢?”

“我想再核对一下事实……因为事情非常的奇怪。说大学方面有急事，首先是百分之九十九是撒谎。警察现在正在调查中，大概不存在这样的事实。”

“撒谎？难道这是凶手把义宏骗出来的诡计吗？”

“什么地方有谎话？在理论上可以设想三种情况：一种情况，是你现在所说的那样；第二种情况是，被害者出自什么难言的苦衷，对悦子撒了谎；第三种情况是，悦子对我们撒了谎。”

“难道悦子……”

“恭子！”三郎以沉痛的语调告诫妻子说：“我作为检事，对尾形悦子，不，冢本悦子，不怀有任何成见，必须把她作为今日才第一次见面的人。你和她是密友，在某种意义上说，她救了你，我也感激她是我一辈子不能忘怀的恩人。但是，我必须把这一切放置起来。这虽然像是冷酷无情的事，但这是检事所应遵循的守则。对于现在的我，她只是被害者的妻子和事件的重要参考人罢了。”

“知道了。”

恭子小声地回答。三郎慢条斯理地点上烟。

“不过，首先几乎不存在悦子撒谎的可能性。你听她讲话时，能够设想她能编造出那样巧妙的谎言吗？哪怕名演员，在那种心境下，也是不可能的。只是……”

三郎说着，又停住了口。关于这个事件，他的心中已经翻腾着几个疑问。现在，又产生了一个新的疑问，而这个疑问是不应该告诉妻子的。

他对恭子点了点头。

“检事的非正式询问现在结束。时间很长，你也辛苦了。”

第七章　时间的谜

当然，三郎想对了。

当天下午，结束了现场检查回来时，即收到吉冈警部的电话报告：大学方面并没有打电话把冢本义宏叫出来。

“我们调查了大学各方面，他们异口同声地说，‘我们怎么会干这样糊涂的事呢?’其实，我从一开始便觉得，大学方面打电话叫他，这是十分奇怪的……”

“我也有同感。”

“以谨慎著称的学者们集中的地方，只要没有极为特殊的事情，是绝不会干出于新婚之夜把新郎叫出来这样最不知趣的事情来的。大学方面断言，如果他是校长或是系主任，那自然另当别论。可他是一个年轻的副教授，这怎么有可能呢?据说，只有医学系临床方面偶尔才有这类事情。”

警部以上的话是肯定的，一丝可能性也被粉碎了。

到傍晚时分，事件的调查还看不出有任何进展苗头，三郎觉得今天再也不能干别的事了。他预料到这个案件是相当棘手的，从一开始，它给人的印象就是异乎寻常的啊!

在乘地铁回涩谷的途中，三郎脑海中不断浮现出早上悦子的表情，他不由得叹了口气。

什么时候，可能要让自己直接调查悦子，那时是否能像今早这样进行呢？

穿过昏暗幽静的常盘松住宅街道，三郎走进了自己的家门。随着时间的流逝，房子已经显得十分的寂静和陈旧，只有门口写着自己名字的门牌是新的。

“你回来了。”

把大衣和手提包递给迎到大门口来接他的恭子之后，三郎边脱鞋边问：

“悦子那里，刚才怎么样了？”

三郎想起在结束了非正式询问之后，妻子曾说，再去看看悦子，她又返回悦子的房间。

“又发生一阵骚动，还是进屋里说吧！”

说着，走进里屋。她转到三郎身后，把他的西服脱下。

“悦子的父母要把她带回自由丘的家，悦子不肯。她说，自己已经是冢本义宏的妻子了，要到本来两人约定居住的世田谷代田的宿舍去住。”

三郎忽然想起，今天早上，吉冈警部无意中称她为小姐时，悦子表现出的强烈抗议的情景。

“她多么固执啊！正因为父母那样反对他们结婚，她才……”

“当然也有这个原因，但不仅如此吧！这是不是女人的一种心理？要是让我处在悦子的立场，我也会这样想的。”

三郎换上了便服，走到火炉边，看着恭子。

“那个人虽然说结婚了，实际上只不过是个名义而已，可她居然如此认真！”

恭子叠好了西服，沏着茶，自言自语似的说：“悦子平常就是个老实姑娘，性格非常温柔，但又很倔强，一旦对什么事情下了决心时，她就会坚持到底，任你磨破嘴皮也没用。撒‘怀了孩子’这么大的谎，已经可见一斑！正因为这样，我认为她又是一个十分纯洁的人。”

“那么，刚才所说的结果如何呢？”

“父母又安慰她又哄她。父亲说，无论如何，今天不能去世田谷，那里，因警察搜查，已弄得乱七八糟。再说，那么窄的地方，迎灵回来，连守夜的地盘都没有。而母亲又从侧面苦苦规劝：你的丈夫，也和我的孩子一样，我们不亲自给他举行葬礼，又怎么过得去呢？”

“对，得担心，弄不好会自杀。不管有没有这个可能，做父母的可得考虑到这一步呢。”

“自杀，是吗？……看来，葬礼完了之后，她又会提出回世田谷去的，让她一个人住在那里，太可怕了！”

恭子眉峰紧皱起来。

“嗯，那是以后的事了。目前对谁来说，都只能是抓紧时间，先解决眼前的问题。”

三郎回答着，话好像打肚子里挤出来。

第二天，二月二十七日清晨。

三郎上班不久，吉冈警部给他办公室送来了书面报告。

最初是关于解剖结果的说明鉴定书。这些并没什么特别之处，唯一的最新事实是：从下腹部被认为是充血部分来判断，凶手是从正面空手拳击的，一拳打中下腹部，将被害者击昏，然后绞死。

死亡时间可以缩短为十时到十一时之间，即义宏走出饭店一个钟头之后被杀害。

接着，警部又说明饭店方面的有关调查结果。

饭店大门守卫者，见义宏九时半左右从正门入口处出去。但没有留意是否乘出租汽车。为此，目前正照会各出租汽车公司，这个调查还需一些时间。

留在饭店中的被害者的用品，没有特殊的东西。有一个衣箱和一部照相机。箱内装的都是极常见的用品，除新婚旅行所需的物件外，没发现别的什么。里面，没有现金，也无迹象表明在饭店什么地方存着钱。

但是，一生一次的新婚旅行中，丈夫指望妻子的钱包，自己空手不带钱，这是不合常情的。警部认为，义宏定是携带装着全部旅费的钱包出去，被凶手强夺去了。

世田谷住宅的搜查结果，也没什么大收获。被发现的全部贵重物品，就是一本存有五十五万八千六百五十元的存折和一百五十万元的人身保险证书。

几天前，从存折中被取出四十万元的现金，这当然是作为结婚仪式和新婚旅行用的。

但是雾岛三郎认为，这些存款的数目还是稍为过多一些。三十三岁的私立大学的副教授，工薪应该说并不多。这种阶层的教师中，有不少人，为了增加一些收入，兼任两三所学校的课，或业余写些论文。

尽管过去一直是独身者，也写了书，存了讲演费，但在几年时间存了一百多万元的钱，可能是很困难的吧。关于这一点，三郎想让他们更深入调查一下。

保险证书的接受人是其兄，保险合同是在大约两年前开始的。当时，当然连悦子的存在还是个未知数。

股票和宝石这样的东西一点也没有发现，只有相当分量的书，而且被认为几乎是原版。如果死者是历史学家或是文学家，那么，这些书中就有可能含有具备古董品价值的珍本了。然而，死者的专业是经营学，因此，这些书就不可能有这样的价值。

结果，三郎的印象是，义宏几乎没有什么有价值的财产。

警部还补充了小池律师告诉的话，除了版权这样的广义的财产之外，义宏也没有房屋、山林这样的不动产。

最后，警部好似带有几分惭愧似地，附上了对尸体现场附近进行探听搜查的结果报告。这报告归纳为以下一行：

“毫无线索，眼下正加意继续搜查。”

初步结束事务性报告之后，警部歇了一口气，转到商量有关案件的侦探上。

“检事，有关犯罪的动机，应该从所有角度加以探讨，从迄今为止的搜查看，杀人的动机不可能是金钱的利害冲突。寻找能够通过犯罪而获得利益者，这是搜查的大原则。但是，仅就遗产关系方面而言，得到利益的只有义宏的妻子和哥哥了，如果这是决定近亿万巨款的得失，那当然是另一回事；而首先不可想象的是，能订出这样计划的女性，居然为了不到百万元的小项存款而结婚，在还没有度过初夜时，就将丈夫杀死。至于其兄，又怎么可能为了只不过百五十万元的保险费而将弟弟杀害呢？再看，据小池律师所言，义宏的哥哥，以前曾对义宏说过，保险金的接受者必须改为悦子。就在昨天守夜的地方，义宏的哥哥还对尾形先生说，这份保险金取来之后，作为安慰金也行。为了表达兄弟的心意，他打算全部给悦子。从这点也可以看出，这个事件不是因遗产问题而发生。”

三郎几次点了点头。在分配遗产时，为了多获得哪怕很少的财物，亲属之间争到咬牙切齿也并不罕见。从这点看，这位兄长，给人的印象是清白忠厚的。

“钱包里放着五万元或是十万元，不得而知，但是，至少不可能为了夺取这些微少的现金而杀人。诚然，为了不到万元小钱而杀人害命的例子不能说不存在，但这类事，一般是迎面碰上的暴行，或是无知者的暴行。而这个事件却不然，是特地将被害者从饭店诱出去，加以杀害，上两种可能皆应排除。钱包中没有了钱，我认为是伪装的。”

就这样，甚至连明显不可能发生的情况，也一一列举加以探讨，这也许是警部职业性格的一种表现吧。

“从这种意义上说，第二个问题就是怨恨了。我直感地分析这种可能性是这次杀人的动机。跨线的人物首先是通口哲也。他是律师，不易对付，据说昨天出差去千叶了，我们正想从今天起进行慎重的调查。另外还据说，被害者和兴国同仁会也有某种瓜葛，所以对那个地方也正在调查。据说，会长熊谷总吾现正在旅行中……总之，从那话里，也不能想象，熊谷总吾对被害者怀恨在心。不过，那些人肚子里打什么主意，我们又怎能知道呢？此外，有关被害者的亲友关系、女性关系以及别的方面，目前正全力调查中，或许从这条线上，会出现对被害者怀恨在心的人的名字来。”

吉冈说着，红红的脸上充满着斗志。三郎承认，这个警部哪怕对于小小的线索，只要一旦抓住，他就会像甲鱼吞饵一样把它紧紧钳住，直到最后也不松手。

“警部，我认为这个案件最令人深思的地方在于——新婚初夜即将就寝前，新郎竟然撇下新娘，独自跑出饭店这个奇特的行动……”

“不错。但是，多数人就怕结婚仪式举行后住饭店时，有人打逗趣的电话，所以不公开饭店的名字。因此，是不是可以集中考虑，打电话的人是深知内情和被害者行动的人？”

“这一点，我没有不同看法，即这个人可能认识被害者。只是，再缩小范围，怎么样？比如在宴会致辞中，小池律师好像说，新郎新娘今晚在新东京饭店住一夜，预定明早乘九时车去京都。”

警部紧接着三郎的话，说：

“我们也调查了饭店的电话员。据说，这个电话不是指定房间番号打的，是男子声音，内容像是：你们那里，住着一位叫冢本义宏的先生，请接他的房间。因此，要过于缩小范围，恐怕就困难了。”

三郎此时也苦笑了。协助警部提早得出结论，应该是检事的职责，可是刚才的一问一答，使人感到主次颠倒了。

“关于这个电话，我认为可以考虑三种情况……”

警部说出的三种情况，和三郎想象的竟不谋而合。这并不奇怪，因为在眼下，这些是不用推理就可以明白的；但是，再进入调查，就有高低之分了。

“第一种情况是，假设犯人设巧妙的圈套，说大学方面有急事欺骗义宏。当然，这种假定是不可思议的：首先，犯人必须对大学内部的事情了如指掌。我们知道，他要想欺骗像大学副教授这样的被害者，必须假冒相应人的名字，模仿他的声音、谈吐方式，以及编造能说服被害者的事情。模仿被害者仅见过一两次面的人的声音，如果还是可能的话，那么，要模仿被害者每天都要见面的人的声音，那就极端困难了。”

“是这样的，但是不能排除，凶手隐藏在大学的有关人士中这种可能。”

“那么，你认为，如果凶手敢于公然用自己的名字，仅仅只是编造似乎正当的谎言进行欺骗吗？我说，检事先生，凶手难道不会估计到，被害者极有可能马上会对妻子讲，现在是谁打来了电话，从而暴露凶手自己的名字吗？在那种情况下，这种可能是近乎百分之百的。凶手怎能忘却这种凶险呢?”

“是的，那种情形，还要估计凶手反咬一口的可能性：‘如果我是凶手，我能用自己的名字打电话吗?’”

警部以锐利的目光望着三郎，接着微微低下头。

“知道了。你的意思是提醒我，不要过早把眼光从大学有关方面掉开。我接受你的意见。第二种情形，是冢本义宏对妻子撒了谎，我认为这是最为讨厌的了。第三种情形，是最为例外的可能性。”

“死者的妻子撒谎!”三郎补充了警部的意思，接着问：“这是什么意思?”

“死者的妻子或者接了电话，或者从被害者口中知道了打电话者的名字，而且，这个人是无论如何不能告知警察的，那怎么办?或者，当得知打电话者的名字时，她心中说，‘噢，果然是他!’那又怎么办?”

“嗯……”

三郎禁不住叹息了一声。警部的话所暗示的可怕兆头，三郎以前确未曾意料到。

如果，尾形卓藏有无论如何要阻止他们结婚的特别理由，并且，这个秘密在结婚仪式的当天，比如在结婚的宴会席上被获知，采取这样的非常手段，亦或未尝不可能……

“假若，如检事先生所说的，最有可能的是第二种情形，被害者自己撒了谎。如果这样，那就不得不认为，他有什么秘密，而且，在这种情形下，凶手巧妙地利用了这个秘密。”

“对，不过，这秘密是什么，现在臆测还为期过早……至少，被害者自己作了——在那个晚上必须偷偷地溜到什么地方去的安排，是异乎寻常的。”

“是啊，我也这样想。在那种情况下，凶手将被害者诱骗出来，有两种办法：一种是编造与被害者的秘密有关的事，使被害者确信发生了什么紧急事态。当然，这就需要相当巧妙的谎言；另外一种，不用说就是胁迫的手段。”

三郎想了想，说：

“被害者的奇怪行径，如果说是受胁迫，当然可以简单地加以说明；但是这种情形，也使人感到好像还有别的问题。”

“究竟什么问题?”

“受到胁迫的人被胁迫的人杀死，这样的事，按普通逻辑，只有一种情况：即受胁迫的一方，对胁迫者进行拼死的攻击，导致胁迫者反过来将对方杀死。然而，此事的被害者是在新婚初夜，这是极端幸福的时刻，因此，采取豁出去的行动，这是违背人之常情的。”

“嗯，虽是如此……只是，可以不可以认为，凶手方面的最初目的不是为了金钱，而是为了夺取生命。凶手要是威胁：‘你赶快到某某地方去！否则，我将把你的秘密公开’作为被害者，经他这一胁迫，只好从命而行。这件事，将取决于秘密的性质如何而定了，不过……”

三郎略微沉默了一会儿，道：

“吉冈先生，迄今你的所有推测、想法确实很好，是没什么可挑剔的。只是，一个最基本的问题必须指出和进行充分的商榷。”

“好哇，是什么?”

“不管凶手是谁，动机如何，首先不可否认的是，这个罪犯是有计划的。”

三郎说这话时，好像是问自己，又对着吉冈

“嗯，这是当然的事。”

“倘若如此，就有一个令人费解的问题，那就是，凶手为什么特地把行动的时间定在那个麻烦的晚上?”

吉冈茫然地望着三郎。

“不管是胁迫，还是巧妙地撒谎、诱骗，把一个男人在新婚之夜从饭店引出来，是绝不容易的。凶手应该估计到，那天晚上，百分之九十九点九的可能是，在冢本义宏身边跟着新娘悦子。”

“是的。那个电话打来时，悦子恰好在浴室，这只不过是百分之零点几的偶然罢了。这种偶然，对于凶手，仅仅是千载难逢的幸运而已。”

“是啊，假如接电话的是女方，犯人可能会想办法巧妙地蒙骗过去。可是，总有某种机会让悦子注意到凶手的真面目，难道凶手不考虑到这点吗?”

“反之，被害者进到浴室时，打来了电话——这种巧合也有。”

警部轻轻地咬住嘴唇。

“尽管还没有到这程度。作为实际问题，如果新娘听到被害者的话，哪怕一两句，我们就可以从说话的方式，在一定程度也能判断是亲友、上司或是别的什么人，由此，有可能抓住有力的线索。”

“但是，如果要把受害者诱入到死的圈套，那就要尽可能采取对方只有一个人的机会行事，这是凶手的必然心理。然而，你看，这次事件，猎物的旁边，百分之九十九点九还有一个人。试问，为什么不在被害者在这之前还是单身汉、对凶手有许多可乘之机的方便时间下手呢?”

这时，吉冈警部的脸上出现了动摇、迷惑的表情。

“确实令人迷惘啊……这个根本的问题，我却反而没有认真去探讨……那么，凶手有什么特别的原因，而在十四日之前不采取行动呢？比如，凶手是不是到远方去了还是什么的……”

“这是一种想法。即使凶手在北海道的北端，或是九州的南部，如果乘飞机，也只需几个钟头就可以到东京了。难道连一天充裕的时间都挤不出来？退一步说，在结婚仪式之前，这种勾当无论如何不能进行的话，那么也没有必要在新婚初夜这样麻烦的时刻行事。两个人新婚旅行回来之后，总可以找到有利的机会吧?!”

“不过，检事先生……新婚旅行期间，冢本义宏如果把所有一切都告诉了悦子，而这对犯人又十分不利，为了防患于未然……”

吉冈警部虽这么说着，但却紧绷着脸，又反复地摇了摇头，自言自语般地补充说：

“失礼了！要是这种情况，凶手无论如何也要豁出去了，在举行结婚仪式之前先将冢本义宏干掉……你说得对，刚才的话，我撤回!”

“是的，无论是新郎或新娘，在初夜那种甜蜜时光里是会告诉对方些最秘密的东西的。这是人之常情。”

令人窒息的沉默继续一阵之后，箸部深深地吸了一口气。

“这一点没有深入考虑，的确是我的大错……因为我沉迷在凶手究竟用什么办法诱骗被害者出去的思索中……检事先生，关于这个奇妙的问题，你有何推测?”

三郎停了会儿答道：

“我也猜不着。不过，我想，要是这个问题搞清楚了，凶手的真面目、事件的真相，自然大白。另外，反过来说，凶手应该在过去就看准这个晚上，即悦子在即将变成名副其实的妻子的一瞬间，作为作案的时间。当然，这种想法中，或许还有什么不准确之处呢?”

第八章　竞争者的报案

雾岛恭子抬头望了望窗外：虽说是寒冷的冬天，却还天气晴朗，阳光明亮。然而，在这座建筑物内，不知是否因为心理作用，总使人感到忧郁和苦闷。

西原火葬场的等候室，有二十人左右。人们三五成群地小声议论着，以此来打发这送殡的时间。冢本义宏就要变成骨灰，被装进白木的小盒子里了……

恭子凄哀地叹息着，张望着周围的人们。冢本悦子被父母夹在中间，石雕似地一动不动，直挺挺地坐在椅子上。她那哭肿的通红的眼睛毫无神采。

恭子又想起了三十分钟前，当棺材就要装进烧炉里时的情景。

悦子泪流满面，最后一次手扶着棺材，颤动着嘴唇，不出声地嗫嚅着。即使不懂得读唇术，也可以知道，悦子正对着灵柩向义宏说着，“永别了，你！”这样百感交集的诀别的语言。

离悦子不远的地方坐着信正和小池祥一。

没有参加结婚仪式的信正，这回因弟弟死了，不得不挣扎着来了。他左腕用绷带吊在脖子上，拐杖放在椅子的扶手旁，走路时一瘸一拐的。他还在发烧，脸色十分难看。嘴上蒙着口罩，不时痛苦地咳嗽着。恭子想，他大概被来势凶猛的流感所折磨，他的外表是一种和悦子不一样的、但却令人感到凄惨的样子。

小池祥一律师显得疲惫不堪。他刚帮助主持结婚仪式，一口气也没歇；如今，许多事又使他忙得团团转。

他今天照料信正、应接吊客、抬棺材，一刻也没停歇。现在，在这稍微闲下来的喘息之间，他或许开始为了密友的死而感到心里难过了。

如果说到律师，还有通口哲也。不用说这个地点，就连冢本家他过去也没去过。他和义宏没什么交往，今天当然不会来了，再说在这样的时刻见到悦子，对双方来说是会分外尴尬的。

不过，在昨晚守夜时，通口哲也倒给悦子打来了唁电。当时，恭子正坐在悦子身旁。当接过黑框电报、看到了发信人的名字时，悦子浑身颤抖，急忙脸转开……

角落里坐着在结婚宴会见到的大学有关方面的人士，荒木教授、川路副教授和担当媒仪人的桑岛教授，桑岛说有一个约会非去不可，留下太太先走了。

今天，除了悦子和信正外，外表精悍但性情温和的川路达夫，似乎是最悲伤的人了。刚才他向悦子说了许多发自内心的安慰的话语，现在正悲痛地望着悦子。他的旁边坐着荒木教授，表情显得生硬而气冲冲的样子，难受地吸着烟，和别人相比，是一个奇妙的对照。

“恭子!”

不知什么时候，尾形卓藏离开座位，走到后面，把手放在她肩膀上，低声唤着，好像有什么话不好在这里说。于是恭子站起来，和他一起来到走廊。

“最近，许多方面得你关照了……”

卓藏这几天骤然衰老了。恭子想，悦子的这位老父亲因为难过，恐怕已经生病了吧！

“将骨灰放进墓里，大概要过四十九天以后吧。信正身体那个样子，也不可勉强。悦子说，要多保存一段时间骨灰，女儿的心情我理解，只是……”

卓藏苦着脸不知说什么好：

“只是作为父母，我们无论如何不能赞成悦子所说的，要到世田谷宿舍去住。万一发生了什么事——一想到这里，我们实在坐立不安。”

“悦子还没有改变这种想法?”

“不仅没有，还越来越固执呢……怎么也不听我们的话。还说，她从明天开始就去住……请你好好劝她一下，你们是好朋友，说不定她会听你的话。”

我知道了……”

卓藏的话，也使恭子十分难过，他的心情，她完全理解；她自己也是坚决反对悦子一个人住到世由谷宿舍去的。

回到等候室，恭子坐到刚才卓藏坐的椅子上。

“悦子!”

听到恭子小声的叫唤，她以男子似的严厉的表情，瞪着恭子。悦子的这种表情，恭子迄今可从未见过。

“恭子，你过来要说什么，我知道了。是我父亲托你……”

“嗯，你听我说。我理解你的心情……”

“我也很明白，你和父母担心我，我很感谢。但是，只这一件事，希望你们无论如何依了我……我想，至少在这四十九天之内，在那个家，冥想着那个人，独自静静地住一段时间。我的想法，绝没错的，作为妻子，这是应当的。”

“不过，你……”

“你是不是担心我会自杀什么的？”

虽然声音很小，却表达出了她的不可动摇的意志。

“我几次对父母说，那种担心是无谓的。我在没有亲眼看到杀害他的凶手被抓住，并得到惩罚之前，无论天翻地覆，我是绝不愿死的……”

“但是，悦子……”

“我向你保证，过了四十九天一定回家……在这之前，希望你对我的所作所为装作视而不见。从现在起到抓住凶手，对他作第一审的判决，岂止四十九天，恐怕需要半年多时间，所以……在我一个人生活期间，是绝对不会自杀的。”

恭子听了这话，反而从心头掠过一种新的不安。这期间她也许不会自杀。但是，悦子是不是有一种可怕的念头，想单靠自己一个人追踪和发现凶手，以命相拼？

正当人生之花含苞欲放时，花蕾却被人揪去，这样的年轻姑娘怎能不豁出命为夫复仇？

“悦子，我希望你还要认真考虑啊……”

如果能够的话，恭子真想掏出整个心说服她。

“我的丈夫也很担心，他决心要尽早逮住凶手。但是，现在凶手在想什么，全然不知，你未必就不是他狙击的目标，可你一个人住到那儿，这不是给凶手以可乘之机吗？”

“在我的记忆中，我从未得罪过谁，我也不知道，杀了我，谁又能得到什么利益。假如说，义宏有巨大的财产，我继承了，要是我死了，这些遗产也只能归我父母所有，这样的事，我是知道的。恭子，难道你认为我的父母为了金钱，会杀死他和我吗？”

悦子歇斯底里地说着，话题竟转到令人莫名其妙的地方去了，恭子惊讶得流下了冷汗。

“悦子，说这些干吗呢……如果这次的凶手，是一个无知的疯狂的暴徒呢?”

“这么说就不着边际了。如果是一个无知的暴徒，即使我回到父母家，他也可能放火或干别的，把我们一家都杀死，甚至会袭击你这个毫无关系的人!”

恭子至此无计可施了。悦子说的虽近似疯话，但使人惊奇的是，她的话并非毫无根据。难怪连父母都拿她没有办法。

恭子望着悦子旁边的母亲泰子那不知所措的神情，下决心再作一次努力：

“悦子……义宏的佛事，不一定要在世田谷的宿舍作，这次事件中，受打击的不止你一个人，还有你父母呢?你也要想想他们的心情……”

“恭子!”

悦子苍白的脸一下子涨红了。

“你是个幸福的妻子，你不理解我的内心……”

恭子无言可答了，仿佛被人揍了一个耳光。但是悦子的激情好像刹那间被风暴刮走了，她用手捂着脸，开始呜呜地哭起来。

“对不起……我说了不好的话……我并不是妒嫉你……恭子，请你原谅我，原谅我……”

忽然，悦子抬起头，拉着恭子的手说：

“以后，我们一定还是好朋友……请你经常到世田谷家里来玩吧……”

当天午后，三郎吃完午饭，回到检察厅。平时，三郎的午饭是在所内地下食堂吃一些廉价的简单的食物。今天，因为有一个研修生，有私事找他商谈，为了避开所内地下食堂的拥挤和熟人多，就到日比谷公园的“杉木楼”，在那里结束了谈话，返回来了。

当他走到地方裁判所房子旁边的入口处时，看到从对面律师会馆出来一个年轻人，急匆匆地向自己走来。

“失礼了，是雾岛检事吗？”

“是的，你是？”

从对方别在西服领子上闪闪发亮的证章看来，知道他是律师。但是，东京有三个律师会，即使是活动在第一线上的检事，也不会记住所有律师的。

“我叫通口哲也，名字你大概已经听过了。

对方堂堂正正地自报了姓名。

“检事，你也许认识我，你在公判部时，我见过你几次。”

“那，实在失礼了，您有什么事？”

“倒是检事您找我有什么事吧？”

通口哲也以挑战的口气说，脸色却没什么变化。

“我们方面和您，现在还没有什么联系吧？”

“但是，我总归要受到一次调查的。我也是律师，当然能预料到，如果这样，倒不如预先直接见检事先生为好——我讨厌警察的搅乱，再说，这两三天之内我有事要去关西，担心会被人说成逃走，所以我只好预先报案了。”

通口哲也嘴边泛着莫测高深的微笑。预先报案，这多有意思，这句话对三郎来说，很具有讽刺意味。

“那么您辛苦了。您特地来了，请到我的办公室谈好吗？”

是不是这个人想在搜查的有关名单还未到齐的时候，突然袭击以争取主动？要是这样，事已至此也无法回避了。如果他的确要出去旅行，在临行之前听听他的话，那也不无好处。在现阶段，是不能对他下禁止外出之令的。

进到三楼三郎的办公室，通口哲也又拿出名片，坐在三郎对面的椅子上，接着以满不在乎的语调开始谈话。

“对于这次事件，我觉得是非常遗憾和非常不愉快的。说句公道话，对我产生一定程度的怀疑，也是不可避免的。我和被杀害的冢本副教授，只是一个偶然的机会见过一次面。但是，围绕着悦子，我和他是竞争者的关系，这是事实。不可否认，在这次竞争中我失败了。对于他，我承认，我是怀着‘嗯，这个畜生’——这样的一种恶感的。”

三郎默默地点了点头。对方这最初的态度，看来是坦率的。但只是干脆地承认了不可否认的事实，而以后，也许就会来了耍滑头的手段。

“检事先生，我从内心希望的是悦子能够得到幸福。这些，你相信不相信，我不知道！我之所以向悦子求婚，正因为我相信我能使她幸福，同时也确信，这是多少能报答尾形先生恩情的途径。因此，我是绝不会去干那造成悦子和尾形先生一家痛苦的伤天害理之事的——这点请您理解。”

通口哲也仿佛站在法庭的辩护席上，挺着胸，据理力争。

“照这样说来你是为了所说的恩情，而不是为了爱情去向悦子求婚的啰?”

三郎以故意使之为难的语气问。

“我并不是讲浪花节①的人。我觉得悦子能够做我的妻子，那是再好不过了。我对她有感情，只是，这不是那种火一般的热恋，是不是可以说，是一种理性的、静静的爱情……我想，活到二十九岁为了恋爱而失去判断力、成为盲目的人是不

---

① 日丰大阪一带的一种曲艺。

多的。”

三郎想，的确，这个人即使犯了错，也不是那种因一时的兴奋和激情而去杀人的那类人。这种人似乎理性很强，甚至给人以冷酷的感觉。如果他犯罪，那也是事先经过周密的盘算，而觉得十拿九稳、绝不会露马脚时才行动的。

“那么，你什么时候才觉察到冢本义宏的存在呢?”

三郎转向提问了。

“我虽然有所感触，悦子和我以外的男人有联系，但最初清楚地知道这个事实的，是在去年年底的时候。那一天，是在赤坂的叫‘香华园’的中国菜馆里，我偶然发现他们俩在一起。”

“那你问了悦子没有——‘你旁边的人是谁?’”

“不，我不会在人前做出如此不礼貌的事。悦子从对面主动给我介绍了，不过，他们显然有点局促不安……”

“当时，你从两人的神情仔细看出他们不是一般的朋友吗”

“嗯，那……”

通口哲也显然不安起来。

“当时，你是否毅然地下决心以后不追求悦子了?”

“不，第二天，我见到悦子，并且宣布要斗到底。这件事，你可能从她本人那里听到了。”

“斗？具体地说，想做什么?”

“我想，要是知道，他作为结婚对象是不合适的话，悦子是会觉悟过来的。我一点也不想歪曲事实，贬低对方，如果那样，那与费厄泼赖的精神是相违背的。而且万一让悦子识破了，我自己这方面首先就失去起码的人格了。”

“说冢本是不合适的人物，你有什么根据呢?”

“这是因为，我偶然得知他和被认为是右翼头面人物的熊谷总吾有着特殊的关系。我想了解一下这方面的事情，在得到尾形先生的同意之后，进行了他的身世和经历的调查。”

“那么，结果向尾形先生报告了没有？”

“报告了。根据我的调查，我的第一个印象没有错。我只是更加感到，他不适合做悦子的丈夫。并且，舍去个人的感情，如实地向尾形先生报告了，我觉得这是义不容辞的责任。”

“不过，在什么地方总会掺有个人感情吧。”

“这方面，您愿意如何考虑就如何考虑。检事先生，我虽然作了‘宣战’，但是要是悦子和冢本结婚能够得到幸福的话，我是绝不想妨碍的。而我认为，一位在过去的经历中，笼罩着那种阴影的人，能够建立一个长期幸福的家庭是不可思议的。”

通口哲也从提包里取出一叠文件，放在桌上。

“这是从‘帝国秘密侦探社’送到我这里的调查报告。因为我认为，光我个人的调查是不够的。作为调查，不能片面，所以把调查委托给专门的人了……等到这个调查报告送来时，已经是事件发生的时候，我的努力落空了……不过，这次，从另一角度，也许这报告能起什么作有，请您接受吧！

“这，太好了……得您帮助了。”

“这里所写的有些事情，大概检事先生以前就知道了吧？……虽然有些财产，但他还不能使女方得到幸福。”

“有些财产？”

对于三郎，这句话是意外的。

“有这样的事？据我们的调查，他没有什么可以称得上是财产的东西啊……”

“托私立侦探，没调查出银行方面有多少存款。但是，那个住宅是用三百万元买的，后改为义宏的名字——这件事简单地调查出来了。”

“那个住宅不是借的？！”

“最近，有很多采用分让、赁贷两种形式的住宅。最初，义宏交纳权利金，借了那个住宅，每个月又交房租，后来他筹够了权利金的余款，于去年十月订立了分让合同。这笔钱从何而来，我不知道，可是报告清楚地记载了这个事实。”

三郎翻到报告的有关那部分。

新的疑惑又在三郎胸中开始翻卷，要是一百万元，通过一点一点积攒业余收入或者版税什么的，是可以得到的。但是，作为普通的学者，一年积蓄达四百万元高额，这是出人意料的。

这笔钱从哪儿来呢?

三郎正想着这个问题时，通口哲也又以挑战的语气说：

“检事先生，我并不因刚才的解释而乐观地认为，你对我的嫌疑已经解除了，我能再为自己辩护一下吗?”

“请，什么都可以讲。”

“如果假定我是凶手，我犯罪的目的当然在于夺回悦子，结局如何，姑且不谈，至少心里是这样期待的吧!”

“就是说肯定不会有别的动机了!”

“当然不会有别的动机，我刚才已经说了。我和冢本仅见过一次面，在这里，我可以根据两种心理活动作假设。第一，假如我不让悦子跑进他的怀抱，我理应在离他们结婚之前就结束他的生命，这样，对悦子就不怎么会造成大的创伤，她所受的打击也比现在要小得多。”

“话虽这么说，可是，如果冢本在这很早之前被杀的话，你的处境至少要比现在不妙吧?”

三郎反击，但通口哲也毫不示弱。

“对，你的话是严峻的。那么，我说第二种，冢本教授要是被杀害，或多或少我是免不了被怀疑的，而现状就是这样。我这么说，不过分吧?!那么，悦子对于被嫌疑是杀害她丈夫的我会信任吗?”

“至少在真正凶手被逮捕、并供出所有罪行之前，她一定有意识地本能地避开我。就算我有充足的旁证证明当时我不在现场，当局也予以承认，但她是绝不会满意的。她甚至还会考虑，有委托杀人的手段，她一定会怀疑我是幕后操纵者。所以，我若用杀人的办法，是无论如何不能将悦子弄到手的。也就是说，杀死冢本义宏，对我只能有百害而无一利。”

三郎心里感到惊讶。通口哲也的律师才能，无论如何苛刻地评价，也不得不承认是相当杰出的。一旦把他作为对手，那是多么不易对付。

“对，你言之成理。如果按照你的推理，就不会有杀死情敌的事件了。而现实中，这样的实例又何尝不是屡见不鲜哪!”

“俗话说，‘看人讲法’。我作为律师，这一点很清楚。但是，检事先生，你能认为我是一个因吃醋发狂而失去理性的人吗?”

通口哲也冷笑着反驳。

“我们是初次相识，对于这一点，我还无可奉告。不过，你特地来到这里，我很想问一些有关的具体问题。为慎重起见，希望谈谈十五日夜你的行踪。”

“可以——

“那天晚上，我心里确实很不平静。从千叶裁判所回来，一想到悦子现正在结婚宴会中，我懊恼极了，结果想看看电影什么的来消磨时间。”

“是的，你的心情我理解。电影是……”

“在银座的‘行幸座’，看了苏联拍的著名影片《哈姆莱特》，那一天，应该是放映这部影片的最后一天吧。”

“有没有同伴?”

“没有……从电影院出来是什么时候，记不清了，可能十点之前不久吧。”

“之后呢?”

“还是感到像哈姆莱特那样的忧郁苦闷，要是不喝一点酒什么的，实在没有办法了。这样一想，我开车到六本木尽头的叫‘黑蔷薇’的酒吧。”

“是开自己的车去的?”

“对。”

“那是你常去的店吗?”

“是的。一个小酒吧店，十分寂静，倒适合我的性情。我本来不甚好酒，从哪一方面看，我都觉得自己是一个喜欢寂静气氛的人，挺讨厌那种咔咔咔、哇哇哇的噪音。”

“那么，你在那个店坐到什么时候呢?”

“那……”

通口哲也苦笑道：

“真不想说，不过没有办法……我到那里，老板娘正要关店门，据她说，店里的女招待正感冒发烧，客人一个都没有。而她自己心情也不太好，想早一点睡。”

“那么?”

“因为我是那个店的常客、老顾客，老板娘就让我进去了。喝了三十分钟的酒……这期间，产生了一种特殊的气氛。店里就我和老板娘两个人……她也有所察觉出我的情绪，大概是同情我吧……”

“那个老板娘的名字?”

“叫吉村靖子，年纪和我差不多。我快一点说吧。我用车送她回宿舍，就这样，走进了她的房间，我自己也觉得这很不雅……”

独身者一个晚上不检点，也并非可耻的事。但是可能通口哲也是一个相当谨慎的人，他用同刚才异样的似乎忸怩羞涩的语调说。

“老板娘的宿舍在什么地方?”

“从四谷三丁目的地铁走五分钟左右就到，准确的地名和番号不清楚，因为我是第一次去。要有什么事，以后可以问她……”

“那么，你和这个叫吉村靖子的女人在一起到早上吗?”

“是的……”

如果这是事实，那么，对通口哲也就有了证明当时不在现场的旁证了。他自动来报案，当然希望尽早解除对自身的怀疑。三郎这样想着。

“检事先生……”

通口哲也变得惊慌不定，他犹豫了一下，开口道：

“我希望你们，在得出我和这个事件没有关系的结论时，不要将我那个晚上的事公开。因为，我比别人更加倍爱惜自己的名誉……”

“当然。我是不会将职业上所能知道的私事转告第三者。我想，你也是很知道检事职责理论的吧?”

“是的，在这方面，我是相信雾岛检事先生的。希望你理解，我的话是针对雾岛三郎先生的。”

三郎此时才开始理解哲也的话的真实含意。那就是他非常担心，他的艳事通过恭子传到悦子的耳朵里……他没有对悦子绝望……

在同一时间，在警视厅搜查一课的调查室里，吉间警部正和熊谷总吾对峙中。老人照例穿着礼服，紧握着一把扇子。

“很荣幸！经常得到搜查四课和公安部警察先生们的关照。但是和搜查一课的先生们却是初次见面。”

总吾目光炯炯地望着吉冈。

“究竟什么事?”

“您还没听说过这次事件吗?”

“义宏的事?”

老人一下子显出奇特的表情。

“实在不幸……我没有被邀请参加结婚宴会，不过，我正在考虑该怎样祝贺他们的婚礼时……突然传来这个消息，现在只能祈祷他的冥福了。遗憾得很，对于这件事，我不能起任何作用，如果可能的话，我还是愿意协助你们的。只有这一次!”

“您有什么线索吗?”

“是不是共产党那些家伙干的？经营学是资本主义的学问吧?”

吉冈警部不由得摇头叹气。

“你和故人是什么关系?”

“义宏是我恩人的儿子。”

“恩人?”

“冢本晋之助先生，是开通我心灵的恩师。先生的《世界神统论》等著作，我熟读得能倒背如流。适合一般读者的《吾等赤子》，虽然过于简略，但《亡国思想论》即使现在读起来也是优秀之作啊。尤其可以说，共产主义亡国论，民主主义亡国论，这些理论，已经预言了日本社会现在的病因。”

“思想问题就谈到这里吧。那么，他和你仅仅是师生关系吗？或者，你和他在终战前夕所搞的暴动有关系吗?”

熊谷总吾毫不回避地点点头：

“现在说来，这已经是从前的事了。其实，我也参加了那次起义……先生在事情失败之后，很快就逃走，觉悟到谋求东山再起是赤子之道。比如，纳粹运动的慕尼黑暴动时，受到正规军的炮击，据说最初逃出来的正是希特勒本人。为了最后的决定性胜利，一时的耻辱算不了什么，无为的犬死是最大的罪恶，这是当时先生的主张。”

“嗯，所以人们才说，冢本晋之助视同伴切腹之死于不顾，到处逃匿，而你也始终到处奔跑才安然无恙。”

“从表面上观察，似乎是这样，只是我们，是以尼子家复兴[①]作为一生的夙愿，战国武将山神鹿之助为自己的榜样。”

警部终于明白了这位老人的精神构造。总之，这是一个单纯地、原原本本地保持了昭和十六年到二十年间狂热的爱国思想的少有的信徒。这样说一点也不过分。

“思想问题就谈到这里。你和被害者义宏有亲密的交情吗?”

“不能说有亲密交情。晋之助先生去世之后，我暗中多少关照过他。但是时代变了，像我这样的人，表面上关照他，反而给遗族们添了麻烦……义宏成了学者之后，我便回避了。”

虽然到处宣扬反时代的狂热的纳粹主义，但熊谷总吾毕竟还有懂得人情的一面。

“你最后一次是什么时候见到义宏的?”

“是在去年年末，是一个想不到的偶然机会见到他，我们只站着说了几句话。”

“在这之前呢?”

“这之前记得是昭和三十七年。”

如果这些是真实的话，熊谷总吾确实和本案无关，警部觉得有点失望，继续询问道：

---

① 尼子家是日本古代的诸侯，曾被人打败过，后来复兴了。

“那么你和冢本忠昭是什么关系呢?”

“忠昭?”

“被害者的弟弟呀?他学生时代好像跟右翼有关系,当然,他也去过你住的地方啰。”

“噢,安田忠昭。因为那个人小时候就改姓了母方的姓……所以我听错了。要是你认为,是我使忠昭堕落了,这是毫无根据的。”

总吾用扇子敲了敲桌子。

“我的确想把他父亲的伟大思想传给他,但他是不肖之子,他避开我,走上了邪道。当然,没能挽救他,我有责任。现在,只能请他死去的父亲宽恕。不过,再重提他的罪过,也没意思了……”

吉冈警部当然不会相信老人的全部证言,坦率地说,他和忠昭之间是否还有更微妙的问题呢?但是,现在还没有一点能追究的材料。

“那么,为慎重起见,请您谈谈十五日晚上你的行踪。”

“难道你认为我会杀死自己恩人的儿子吗?”

一时表情放松的总吾,又严峻地板起脸,激烈地说:

“夜七时至十二时,和年轻人边喝酒边讨论问题。如果以为撒谎,请问我的门徒们好了!”

第九章　动机之谜

翌日清晨。

雾岛三郎和吉冈警部碰头以后，为了探索大学方面有无潜在问题，带着北原大八来到了千代田大学。

要揭开本案的谜，无论如何，需先找出抱有犯罪动机的人物。目前，吉冈警部把调查的重点放在了这方面。三郎也积极地承担了这方面的一个任务。虽然，现在不是把大学叫作象牙之塔的时代了，但那里毕竟是一个有着特殊气氛的地方。学者中，即使是现在，也还有不少人的性格是独特的。在这样的环境中，从这种对象的嘴里，了解和探讨微妙的问题，检事比警察官也许更为合适些。

三郎首先拜访了经济学学部部长桑岛清之助教授。三郎被迎进客厅不一会儿，向后梳着银白色头发，高个儿的学部部长出现了。他是一个看去温良厚道的人，有着学者的特殊的风度和威严。三郎霎时感到如同在学生时代拜访著名教授研究室一样的胆怯。

“对不起了先生，在百忙之中打搅了您!”

“不，检事先生，您辛苦了。”

桑岛清之助请三郎坐下，抽烟。

“我现在有一种难以言状的奇妙感觉。如我这样的人，经常被拉去参加冠婚葬祭之礼。而连续参加同一个人的结婚仪式和葬仪，实在是此生第一遭……啊，您想打听什么事呢?”

“先生，我想从冢本副教授转到这个大学的事情中，先了解了解。谁是介绍者呢?”

“是我。有关他离开京洛大学的事，您知道吗?”

“是他不肖之弟在火灾中被烧死的事件吗?”

桑岛教授点了点头。

“因为我听了京洛大学我的朋友末长先生的话后，才决定把他转到这儿来的。这是因为，不该因和本人毫无关系的事件，而断送一个前途有望的青年学者。我们大学，和被名誉、旧传统势力紧紧束缚的京洛大学不一样，这里充满着清新空气，需要人才，我们也希望冢本君能取得更多研究成果。”

“那么，有关冢本先生的家庭状况，别的方面先生知道吗?”

“不，我仅向学长谈了，而对别人只说，冢本君和主任教授相处不好，才转到这里来——至于他本人是否和谁谈过，我不知道。”

“作为学部长，您对冢本先生的工作态度有何看法?”

“很满意，他热心研究，对同事们是一个很好的刺激。

学生中对他的评价看来也不错。我们大学有一个不足之处，讲明白点，就是存在一部分安于现状的教师……当然，这也是大学的普遍现象。不管怎么说，在京洛大学经受锻炼的冢本君到底不一样。”

“他和同僚们相处如何?”

“他的性格稍倾内向，应该说交际并不广。当然，对于学者，这不足为奇，尤其是，他并没和谁发生过纠纷。”

“对他抱有敌对情绪和反感的人，真的没有吗？说这话失礼了，据说学者集中的地方，也有各种各样微妙的人与人之间的关系。”

“因为学者毕竟也是人吧！”

桑岛教授爽直地笑着答道。

“正因为是学者，有些人在某些方面还保留着小孩那样的性格。人与人之间的关系是讨厌的，这也是事实。尤其，嫉妒的感情比社会上普通人更强烈，因此不能说就没有对冢本君抱有嫉妒和反感的人。但是时至今日，我还没听说过有一个表现出来的实例。决不能想象，这和杀人有什么必然联系。也就是说，在安于现状的先生们中，可能有因冢本君之死而感到松了一口气的人……关于这个问题，我不能作更多的回答了。”

“知道了。还想问一个问题。先生，您是否知道冢本先生个人的经济状况呢？”

“他来的时候，为慎重起见，我问了这个问题，说是山林房屋这样的不动产没有；存款只有三十万元左右。我听了以后并没想什么。评价一个学者，只能根据他头脑里的学问，如果耻于清贫，首先就失去了学者的资格。”

“您是否知道，去年秋天他有四百万元的钱呀？”

桑岛教授有些惊讶，偏着脖子。

“据我观察，在实际赚钱方面，冢本君的才能近乎零……是不是中了彩票什么的？”

经济学系主任教授荒木贞一郎，看去是一个不和悦的人，对三郎的态度显得傲慢，话很少，语气十分冷淡。

“我不了解他个人方面的事，看来对你起不了什么作用。”

一开始，这位教授就摆出了拒人于千里之外的架势。但是，三郎并不为此灰心，他同样发问：

“您对于作为学者的冢本副教授如何评价呢？”

“嗯，我承认他热心研究，有苦干精神，但多少受功名利禄之心驱使。不过，这于青年学者是常有的事。”

从神态和谈吐使人觉得，他与桑岛教授对冢本的态度是截然不同的。

“具体地说，指什么事呢？”

“比如为了迎合普通人的爱好，将不成熟的研究成果写成书发表。”

话像是呕出来似的，三郎禁不住又看了荒木教授一眼。

“那么，先生，关于这次杀人案件，您有什么线索吗？”

“一点也没有，这个案件跟大学没有丝毫关系。”

“您何以见得？”

“我们大学不可能有杀人者，死者好像有什么秘密似的。我曾听说，他和有关可疑者结伙，搞不正当的赚钱生意。什么时候，听谁讲的，我之所以没有记住，是因为我认为不可能有这样的事吧，我就以一笑置之。恐怕这次案件的犯人藏在这方面吧。这以后，请由此进行搜查，怎么样？”

“那得根据具体内容而定。我接受您的忠告。不过，如果这个传闻是真实的，而又在没有发生此案前被公开了，那将怎么办呢？”

“大概首先要提到教授会的议题上吧？造成在京洛大学呆不下去的事件，是和他本人无关的。但是，要是这个案件和他本人责任有关系……他也不可能在我们这儿待下去了。他的作为学者的前途也终止了。那么，失礼了！我现在就要去讲课。”

荒木教授从桌上拿起书和笔记本，很快地离座。看来，他虽未尽其言，但似乎知道相当多的秘密，遗憾的是，三郎现在却不能追问下去。

接着，三郎他们来到了没有主人的冢本义宏研究室。一个戴着眼镜的小个子青年，有点胆怯地自我介绍：

“我叫岩内帮雄，从去年末开始在冢本先生手下担任助手。”

“这个房间，警察先生们已经进行过初步调查了，还有什么问题吗？我想，今天的葬仪结束以后，将私人的物品等整理出来，交还太太，也要将房子腾出来。”

“不，研究室这地方并没有别的问题。”

三郎说着，扫视了一眼这个人亡屋空、充满悲剧气氛的研究室。室内除了大桌子、书箱、书架这类普通研究室的摆设之外，没有别的特别惹人注目的东西。

“实际上，想听听您的话。”

“什么？关于这个案件我实在没有办法！好容易分到优秀先生手下工作而高兴，却……”

“关于这个案件，您有什么线索？”

“对于先生抱有敌意的人，我实在无法想象！”

“您有没发现，冢本先生最近外表有何异样吗？”

“如果说异样，那就是他决定结婚以后，很显著地变得开朗了，一点也看不出他有忧虑的阴影。”

“对……再问一个问题，冢本副教授是不是在最近进行了什么特别课题的研究？”

“特别的？”

“是啊，据说是了不起的最新的研究。这个研究能够很快得到某种利益？”

“工业经营学还是一门新学问。无论研究什么题目，都可以说是最新的。但是，说这种研究马上可以得到钱，是不实之词。假如这是理工科系研究室的新研究，说不定和杀人案可以联系起来，可是我们的学问，这样的事是绝对不会有的。”

“我想也可能是这样吧。不过，我对于经营学是外行。

“先生也接受工学系的讲课。当然也是工业经营论方面的课。如果勉强地说，能够得到什么钱的话，那就是即将出版的书的稿费。那是在结婚仪式前十天脱稿，交到出版社的，是新书，书名叫《I·E的知识》，预定每本三百元，初版八千册。稿费扣去税金后，恐怕还不到二十来万元呢。”

“知道了……另外，冢本副教授好像和荒木教授相处不融洽。”

“这方面怎么了？”

“还有一个人：刚才在办公室听荒木教授说，讲师仁田敏彦，从结婚的前一天开始就以父亲死去为理由而没有上班，据说他老家是茨城县的土浦。”

“是的。他父亲已年过七十了，老早前就得心脏病和哮喘病。时好时坏，据说在十五日早上去世了。”

“冢本先生和仁田先生之间是否有何不和？”

“这样的事，我真的不知道。”

谈到人和人之间的关系，这个助手未免太谨慎了。

三郎和大八从经济学部研究室出来，到旁边大楼的法学部研究室访问川路达夫。因为他是冢本的好友。又是在不同的学部，谈话可能会更坦率些。

只是对于川路，三郎感到似乎有点棘手。不管怎么说，对方是刑法、刑事诉讼法的专家。要是说出什么奇特的道道来，那是相当麻烦的，当然，也可能不会产生此事。

川路副教授态度坦然地将三郎迎到办公室。

“检事先生，辛苦了……案件调查前景如何？对于杀害冢本的凶手，有什么线索吗？”

川路达夫挨近身子，首先发问。

“很遗憾，还没有确实的线索，所以还要先生多多协助呢。”

“我当然竭力而为。我原是个废除死刑论者，由于这次事件，说实在的，我的想法有所动摇了。不管是什么动机，在新婚初夜，夺去冢本君生命的凶手，如果不是恶鬼、凶神，也是受罪恶的疯狂所驱使的浑蛋！”

“问题是其动机……先生，您是怎么想的？”

“关于动机，我实在无法猜测。他没有得罪过其他人，的确，他给人的第一个印象稍为不太好，可以说不善于交际。但是深入接触，你就会知道，他是个性情温良而又诚实的人。”

“好像不能说对他反感的人一个也没有吧？”

川路达夫盯着三郎，以果断的语调反问：

“检事先生，您大概是见了荒木教授后，再来这里的吧？”

三郎默然点了点头。对方眉头紧蹙，叹了口气。

“本来我想，反正非谈一次不可……不过，我所说的话仅作为内部参考。”

“好，我保证。”

“我认为，荒木先生对冢本的反感，大都是误会的产物……荒木先生的夫人道代女士，是一位暗中被人们号称为色狂的、在校内屈指可数的泼妇。不知何故，她对冢本君产生了兴趣，开始追求他了。由于冢本君斩钉截铁地拒绝她，于是她便如此这般地在教授面前搬弄唇舌，说起冢本君的坏话来了。关于此事，我曾对悦子稍稍谈过……”

川路点上烟，难过地叹了口气，继续说：

“当然，荒木先生不会百分之百地相信她的恶言中伤。因为他对夫人的平时言行有所了解——不过，如果这种中伤重复几次，可能会使先生相信这其中说不定有几分是真实的——这也许是人的弱点吧!”

“的确，即使是大学的先生，也不能摆脱人类弱点的巢臼啊!”

“荒木夫人如何中伤冢本君，只能靠想象。无非是说冢本诱惑有夫之妇的她啦；和学部长联合起来，想把荒木教授从大学赶出去啦，诸如此类的谣言吧。”

“冢本先生和那个夫人之间，真的什么关系都没有吗?”

“绝对没有。对于女性，他大概是个消极得令人为之焦急的人。在悦子出现之前，他没有一个女朋友。他和悦子亲近得那么快，在我们看来，只能认为是极为特殊的例子。一定是他们天生有缘吧。”

三郎慢吞吞地点上烟，故意以无所谓的口气问：

“荒木教授现在不爱他的夫人吗?”

“这是一个很难回答的问题。在荒木先生的心中，大概爱、憎、痛苦兼而有之……他的夫人变成这样，不能说他就没有责任……”

“这是什么意思呢?”

“因为是传闻，可能多少与事实有出入。荒木先生夫妇，以前很长时间没有孩子，后来终于在十年前生了一个唯一的男孩。当然夫妇俩十分疼爱，精心培养，可是这孩子长到四岁，那年夏天，却发生了意想不到的灾难。”

川路达夫停了会儿

“听说，那是在一个星期天。夫人在外出前把孩子托给先生看管，先生因为注意刚出版的文献什么的，儿子就偷偷地溜出去，不知跑到哪儿了。于是发生一阵大骚乱，可是已经晚了，儿子淹死在住家附近的玉川上水道里。”

“是此后完全变了样，成了泼妇吗?”

川路点了点头。

“不仅夫人，先生也完全变了。对于学问的热情淡薄了，现在甚至在学生中也暗里说先生讲课简直是开玩笑，都是老调重弹。如果说，现在他是靠过去的名声勉强维持学者的地位，那也不过分。”

三郎的脑海浮现出生硬的、不和悦的荒木教授的形象，不禁想起自己的检事生涯中所熟悉的几种不同类型的人物，色厉内荏、坚强的外表下掩盖着充满苦恼的虚弱之心。这种人比人们想象的要多。

“另外，还想打听一下：冢本先生好象是一个比我们想象的还要富裕的人，您知道，他的其他的收入是哪里得来的呢?”

三郎稍停了会儿，问。川路副教授偏着脑袋，略有所思后回答：

“讲课和稿费收入是学者的普通业余收入，他的书也不是什么畅销书，大概收入并不怎么丰富吧。我也没听说过他被什么公司聘请当顾问的……”

“冢本买了自己的住宅，据说花了三百万元……”

“那个住宅不是借来的吗?”

川路达夫还是歪着头。

“住宅是能使用的永久不动产。可能是从人家那里借款买的吧……不过他是挺讨厌借钱的人。长期以来，他不愿向人借一点钱!”

从三郎的直觉观察判断，对方的话不是谎言。接着，他又向川路问了差不多十分钟的问题，也没什么收获，对方重复申申明，对此案完全不能理解。

“川路先生，据说您在夫人死了之后，至今还是独身生活呢。”

最后，三郎若无其事地说，这使达夫脸色变得阴沉了。

“是的，是在前年的汽车事故中……从那时起，我再也不想操汽车方向盘了！”

雾岛三郎与北原大八从千代田大学绕道往警视厅找吉冈警部。

“检事，我们调查出两件颇感兴趣的事。不过，这和此案是否有关，目前尚不能判断。”

警部已等得不耐烦了，急切地说：

“第一个是接您的命令，调查通口哲也的证言有无根据。吉村靖子的证言和通口所讲的完全一致。只是……他们俩的关系不仅仅是酒吧间老板娘和顾客的关系。”

“是不是老早以前他们就有两性关系了？”

“不，关于这一点，还不能深入弄清——但是确实知道，他们是律师和委托人的关系。”警部自信地说：“吉村靖子在大约两年前，以丈夫对她不忠为理由，提出离婚，并提出要相当数量的赡养费。通口哲也那时作为原告律师大施手腕，使吉村靖子从她有钱的丈夫那里，成功地争得了相当数量的钱。靖子能够开那个酒店，大概也是用那笔钱做资本的。”

“所以，她对通口哲也感恩不尽！”

“对。或许通口找她帮忙作证人，应当不难吧？”

“吉村靖子，是一个什么类型的女人？”

“是一个胖胖的、相当漂亮的女人，这样比喻或许不恰当——比起悦子，使人觉得她漂亮多了。她是个风流轻佻的女人，又给人以好色之感，不是那种能做贤妻良母的女性。”

“这么说，也不难理解，她能干脆地协助通口哲也获得别的女人。”

“只是我认为通口哲也所说的也有道理。对于他这样的人，单从失恋之恨作为杀人动机，这种可能性是相当小的。”

“这个我也考虑了。”

警部脸色忧郁地说：

“我认为，现在只能说，对通口哲也的自供——事件发生时他不在现场的旁证，未必不可信，但仍要继续调查。接着是第二个事实，听说，被害者认识一个叫渡边博的神秘的人物。”

三郎暗自赞赏这位警察官，他果然很快地将这个人查出来了。

“一看就能明了，这是个知识阶层中的无赖之徒。据冢本悦子说，他小时好像救过冢本的命，所以现在常向义宏要钱。”

“这个人的住所，知道吗？”

“不知道现住何处。二月四日前，他住在离被害者所住的宿舍楼只要走五分钟就可到达的代田庄宿舍楼七号房间。”

“二月四日前？那么，以后他失踪了？”

“住宿方面，因他是正式迁出，大概不能说失踪，只是现住何处毫无线索。走之前他只对管理人员交代，因为找到了新职业，去北部了……”

“一般人，在搬家时，想到寄来的信或者别的事情，会将新的住所写好留下，可是……”

“据说，管理人也问他新的住址，他回答说还没决定，暂时住旅店等。他还告诉管理员，如有寄来的邮件，请转送给冢本。可是走了以后，也没来过一次邮件。另外，刚才忘记说了，冢本义宏是渡边博住进这个宿舍楼的保证人。”

“渡边博何时搬进这个楼？”

“合同上的日期是去年五月一日。”

“那就是冢本义宏从京都转到这里不久的事了。”

“是……我也觉得在这方面有点蹊跷！”

“渡边博的职业或者任职地点——知道了吗？”

“这些，管理员也不知道。搬来时，只是含糊其词地说，要在此地寻找职业云云……因为大学教师当保证人，谁能不信呢。”

“有理。那么房租等都缴纳清楚了吗？”

“多少也有不按时缴纳的时候。但全都缴纳了。离开时业已算清。”

“有没有和宿舍楼的其他住户来往？”

“手下刑事们汇报，这方面也都尽力调查了。据说，渡边博甚至和邻居住户一言不谈。当然，现在的东京，鸡犬之声相闻，老死不相往来，也不足为奇。”

警部越发苦着脸。

“总之，有关他的情况，我们只知道他的生活很无规律，而且经常带酒而归。平时也没什么客人来找他。搬来的时候，是两手空空。后来虽买了些家具杂物，但离开时，还是提着那个旅行皮箱。其他东西，他叫了个旧家具店的人来，全都拍卖了。”

“这里，好像有什么奥妙之处吧?!”

“嗯……是不是犯过罪的人呢？遗憾的是，那个房子后来又住进了人，已经不能测定指纹了。因为，他走了以后，进行过大扫除，换了席……所以只能托人鉴别，制出剪辑照片之类。”

“冢本信正和小池祥一知道这个人吗？”

“以上所述，都是我们刚刚调查的——哎，今天是葬式吧，虽然是刑事，但要去了解这些，大概也得等告别式之后吧。”

吉冈警部停了会儿，用手指头弹着椅背：

“但是，不管渡边博有什么秘密，把他和这次谋杀案联系起来，我觉得是略有困难的……如果说，他敲诈勒索冢本，而自己又把这金钱的来源杜绝，这不是失算了吗？另外，我认为，他没有能力将冢本从那个饭店引诱出来。再说，要是冢本义宏掌握着能置渡边博于死地的秘密，而渡边博为防止秘密泄露杀人灭口。那么，渡边博反而向冢本敲诈金钱这首先就不可理解了。”

“您说得很对。无论怎么讲，渡边博似乎没有必要选择在结婚初夜的时刻杀死冢本义宏。”

三郎交叉着手腕托着下颏，陷入沉思。

“其他也一一调查核对了。目前还找不到确切的杀人动机的人物线索。检事对大学方面的调查结果如何？”

三郎仔细地介绍了在大学调查中所了解的事情。警部认真地听着，待三郎介绍完毕，他以略微失望的口吻说：

“荒木教授夫妇似乎抱有那样的动机。但是，令人疑惑的是，荒木夫人方面，她以什么借口能把冢本诱出来呢？而且首先，一个女人是不易作案的。”

“我也这么认为。假如她与冢本义宏有什么关系，被害者也不会轻易听她的召唤。因为，悦子已从川路副教授那里，听到过关于荒木道代的一定程度的介绍。所以，被害者无须对她提心吊胆；即使荒木道代竭力不让自己失去情人，也必然会在结婚仪式前，就采取什么行动了。”

“您说得对。至于荒木教授，他当然有能力将冢本义宏叫出来。然而，纵使他如何吃醋，既然对方已和别的女子结婚，按人之常情，他应是解除忧虑，更没有必要非杀死对方不可啊！”

“另外，荒木教授如若相信冢本义宏和学部长联合起来想赶走自己，而将这作为杀人动机，那也是不可理解的。他有何必要非要杀死刚转到大学来日子不长、并没多大势力的副教授呢……”

“实在难说。根据至今为止的调查，杀死他，从而获得特别利益的人，似乎没有。而怨恨这条线，也没出现清楚的眉目。这个杀人的动机，究竟是什么呢?”

“嗯。杀人案件，往往有第三者所不易理解的异常心理作用在作怪，所以，仅从道理上判断，可能想不通……总之，现阶段切忌急于下结论。”

吉冈警部深表赞同。

“明白了——哪怕微小的线索，我们也要彻底追究。”

第十章　消失的踪迹

第二天中午。

吉冈警部用电话向三郎报告新情况：

“检事，在新东京饭店前，被害者坐的出租汽车司机，终于找到了，是东洋交通公司的名叫樱井洋次的人。据说因为孩子生病，有两三天没有上班，那几天他没有看报纸。”

“好哇！那么，这个司机将被害者送到什么地方呢?”

“这……确实是一个奇怪的地方!”警部以略带探讨的口气回答，“说是被害者在品川的国铁大井工厂附近下车。

“国铁大井工厂?”

“是的。据说他没有进到工厂里去，下车后东张西望。因为司机马上开车走了，当然不知道其后的事情——现在，两个刑事正由司机带路到那个现场去调查了。”

“那个地方怎么样呢?”

“因为大约一个月前，我因别的事去过那里，对那个地方还有点印象。你可能知道吧，那一带是国铁的专用线，工厂和别的设施跨过西品川、南品川、大井泉现町这三条街，占了很大面积，是一个常人所不去的、所谓都市的峡谷地带……尤其夜深以后，不少地方相当僻静，我想，除国铁以外，还有大制药厂等几个工厂。”

“那个地方我也去过一次，有一点印象。”

“据说被害者下车的地方，是离正门约三百米左右的一个僻静场所，周围几乎没什么人影，旁边是铁路线，四周杂乱地矗立着仓库之类的建筑物。”

“嗯……凶手大概认为这是杀人的理想场所。”

“首先确认了场所之后，想让刑事们认真调查附近的地方。不过，案件发生至今时隔已久，还下了大雨，白天又有相当多的行人和车辆，所以现在找不到直接的证据。依我看来，这里可能是杀人的第一现场，而喜多见町是抛弃尸体的第二现场——是不是凶手认为，将尸体移开，比这样扔在现场更容易造成搜查的混乱呢?”

“是……或者本想在这里将被害者杀死，只是因为有了什么障碍，匆匆忙忙将被害者打昏，装进车里，这也有可能。要取得确凿证据，看来希望不大，请详细搜查附近吧。”

“那么……你如何看待这个问题呢？国铁大井工厂和神田的千代田大学，位置方向完全不一样。而现在还没发现与事件有牵连的人中，有与国铁有关和住在附近的人……”

“以大学方面有急事为借口，将他引到那个奇怪的地方，是无论如何不成立的，所以只能认为被害者说谎。但是，要是如此，凶手以什么借口将被害者引出来呢？说实在的，我现在也心中无数。”

“在这方面我也很伤脑筋……能把被害者引到这么荒僻的地方，又从正面加以袭击，这可以判断被害者对凶手是相当信任的，至少对他毫无戒心。”

“这么说……胁迫这种可能性越来越小了……嗯，这个问题无法在电话里长时间的谈论。我想，在调查这个问题之前，到你那儿好好琢磨琢磨。是不是把从饭店到那个地方去的人有可能也误认为被害者？也有偶然外表长相相似而司机认错了呀？”

吉冈警部毫不犹豫地答道：“是的，在这种情况下，是不能肯定这个人就是被害者的。对此，我们也曾不放心，因此当这位司机最初来报案时，我们将被害者的照片和其他年纪相貌相似的九张男人照片混在一起，让他辨认，然而司机很快地从这十张照片中，将被害者的照片抽出来。由此可见，他的印象是相当深刻的。所以，如果认为这不是被害者，那是不可思议的。”

“明白了。如果这种判断是经过如此周到的检验，那就问题不大了。另外，你还了解到什么？”

“我还要报告，对冢本信正和小池祥一调查的，有关渡边博和义宏购买住宅的金钱来源的事情。先说向小池祥一的了解……”

警部停了一会儿。

“小池讲，他的确听冢本义宏说过，远房亲戚中，有一个叫那个名字的不受欢迎的人。至于他们之间有什么具体关系，一无所知。小池还说，他和那个人也曾打过一两次照面，但彼此之间没打过招呼。”

“那么有关钱的问题呢？”

“在这方面，作为律师，小池的回答是十分谨慎的，无懈可击。他说，有关死者的财政的全部情况，知之甚少，无法回答。为此，刑事虽百般询问，小池祥一好像的确也不知道。他说，义宏的父亲死时，留下了一点遗产，而他的母亲以此来养育三个儿子，大概也花得差不多了，所以从这方面得不到钱。”

“嗯。”

三郎略有所思，问道：

“那么，义宏的哥哥信正说了什么？

“他说，他不了解渡边博。”

“奇怪……”

三郎摇着头。

“渡边博这个人，不也是义宏的哥哥信正的远房亲戚吗？又是弟弟的救命恩人，说不知道，实在很难说得过去！”

“刑事也在这点上进行追问。结果他答道，他确实听到过这个人，在那空袭时期，住在冢本家附近，是和义宏经常在一块玩的朋友。那个时期，由于动员学徒，他自己住在军需工厂做工，对当时家里的事印象淡薄，救弟弟的事，是在战后才听说的。”

“远房亲戚？正确地说是什么关系？”

“他说不知道，只记得听母亲讲过。因为远房亲戚是很复杂的，自己又没有和渡边博接触过，所以忘得一干二净了。”

这话也并非没有道理。要说远房亲戚，他三郎自己不是也有几个亲戚关系很暧昧的人吗？俗话说，一代亲，两代表，三代不甚了了。比如，母亲的祖父的表兄的儿子，这样的人和陌生人没有什么两样，也没必要不厌其烦地去记住他。但是又总觉得，信正在这方面隐隐约约有什么难言的隐衷。

“如果渡边博最近和冢本义宏有来往，当然其兄是会听到的了！”

“可是他说，他一次也没听弟弟提起；另外最近也没见到渡边博。”

“那么，他最后一次见到渡边博是在什么时候？”

“他说，已经有十来年没见到了，假如现在相遇，恐怕一时还想不起来。”

“我觉得这有点不正常，好像是托词。不可想象，被害者从没向其兄谈过一句有关渡边博的话?”

“我也有同感。但现在还不能急于下结论。婚礼时，冢本家的亲戚有几个人参加，现在正向他们调查。年纪大的人，特别能了解复杂的亲戚关系的，从这条线，可能会找到什么线索。”

“另外，有关钱的来源，他怎么回答呢?”

“这方面，得不到他的比较清楚的回答。他只说，是否因为弟弟是经营学者，分析了公司的经营内容，买了股票什么的，赚了钱吧。”

“可是，如今局外人用持股票的方式是赚不了钱的。”

“的确，在投资信托方面，我也不行……这些姑且勿论，我们在这方面也深入问他了，结果他又说，那么是不是在商业市场，还是什么方面赚了钱吧!”

“调查了住宅和大学研究室也没发现有什么证券公司，或是商业行情的经纪店的发票那样的东西吧?”

“是的，一张也没发现……部下也以你刚才的问法追问信正，结果他发火了。正颜厉色地说，‘弟弟不是小孩，他在什么地方，如何挣钱，没必要一一向我报告，我也不想问他。我只认为，弟弟是不会以不正当的手段赚钱的’。后来，他甚至怒气冲冲地说‘你们究竟要折磨病人到什么时候?’”

警部的叹息，清楚地传到了三郎的耳朵里。

“信正或许隐瞒了什么……而现在我们手里，还没有更深入追查他的材料。总之，他给刑事的印象是，头脑转得快，勇气足，难以对付……”

由此看来，这是一位有胆量的知识分子，对于警察是极为麻烦的人。三郎想，向他调查的刑事感到相当棘手，那是可想而知的。当然也不能排除他回答的始终都是真实情况的可能性。

“那么，家本兄弟之间的关系不怎么好吗?”

“不，好像并非如此。据小池律师讲，虽然两个人都很忙，彼此不常见面，但兄弟之间极为融洽。未亡人悦子的话也证实了这一点。”

“知道了，还有别的问题吗?”

“现在就这些，眼下，还是继续实行确定的调查方针。”

“就这么办，什么时候，我们再充分谈谈。”

三郎放下电话，来回踱步，苦苦思索。

在这同时，雾岛恭子去世田谷代田的桔楼探望悦子。

昨日，葬礼结束了以后，悦子终于固执地搬到这个住室。当时，送她到这里，恭子望着她那似乎被什么无形的绳索缠绕着似的背影，不由得感到一阵不安。

所以，今早恭子又给她挂了电话。悦子说话忧闷微弱，如痴如呆，语无伦次，这使恭子更加放心不下。于是她在来涩谷买东西时，顺道前来探望悦子。

按了门铃，待了会儿，悦子出来开门了。一个晚上，悦子好像又瘦了许多。可能昨晚又是失眠吧，那充满血丝的眼睛，睡意蒙眬，无精打采。

屋子还像昨晚那样毫无变化。家本义宏的骨灰盒和遗像前，新点的香，升起了袅袅兰烟。

“悦子，您的饭呢?”

“我不想吃。”

“早饭呢?”

“吃了一点……”

恭子望着悦子叹了口气，一眼就看出她在说谎。

“我想，你还没吃饭的……把这些吃了吧。难道你也要像越南的孩子那样，搞绝食吗？”

恭子拿出在涩谷买的寿司盒子，自己拿起来给她倒水沏茶。悦子在恭子的逼迫下，总算吃下了一两个寿司。

“你要不振作起来，可不行呀！如果你一直这个样子，我就要用绳子套住你的脖子，把你拖回父母身旁。”

看来这个话终于产生了效果。

“是的……从此我要好好吃一点东西，可是今天我确实不想吃！”

“你应该为自己的身体着想……你不是说过，在对这个案件的犯人进行审判结束之前，绝对不能死吗？”

悦子像小姑娘似地默默地点点头。

“其实昨夜，我也对我丈夫这样约定的。”

向死者发誓，这本不足为奇。但悦子的语调中，含有一种使恭子感到恐惧的东西，尤其是接着的一瞬间，悦子发出了轻轻地微笑，这更使恭子吓了一跳。

“昨夜我还和他交谈了许多。我已经……一点儿也不感到寂寞了。他从此一刻也不离开我的身旁了，他不像别人的丈夫那样，每天还要出去上班的……”

“悦子……”

恭子叫了一声，又闭住了嘴，她本来想劝悦子适当地将义宏的事淡忘下去，把眼睛朝前看；可是现在看来悦子是不会听她的劝告的，恐怕搞不好，还会引起相反的效果。

这时，电铃又响了。恭子代替悦子站起来走到门口。来访的是律师小池祥一。一见到恭子他似乎感到有点意外，但马上俯下头：

“您辛苦了。您在这里，我们也放心多了。冢本太太怎么样呢？”小池低声问。

“我总有点担心……可能，我过于多虑了，觉得是不是叫专门的医生瞧瞧好呢?”恭子以悦子听不到的小声回答，小池祥一皱着眉头。

“专门的医生，神经科的?”

“嗯。你认识哪一位适当的医生吗?就说是冢本的朋友，来吊唁的，悄悄给她诊病，这就好了。”

“是吗?我倒有一位叫大野慎治的表兄，是神经医生，医道确是高明的，但是好赌博，尤其一听说有赛马，就像发了狂似的。所以亲戚们暗地里都说，他自己倒有必要检查一下，精神是否正常……嗯，悦子有没有病，我看先观察一段时间再说吧。”

小池祥一边说边脱着大衣，接着他又不安地问道：

“可是，难道悦子已处于不能冷静判断问题的严重状态吗?我还有些事务性问题想要跟她谈。”

“不，还不至于此。我想，要是普通问题，她大抵能理解的；只是我想，如果这样置之不理，放任下去，她因为过于思念冢本，或许会……”

“是吗……那么，刚好，你也在这里，先和她谈谈看如何!”

小池祥一自言自语般地边说着边走进内室。他向悦子讲了一阵子慰藉的话，在遗像前合掌举香，瞑目了一会儿，才又转向悦子。

“现在再说这些实在没有意义了，我必须从内心向你表示道歉，造成你成为未亡人的责任，有一半在我和川路君身上。当初，我们要是不建议举行那种新奇的婚礼仪式，让你们就在当天递交了结婚证书；你现在还是尾形……”

一阵难堪的静默。

“小池先生!”

刚才看来使人担心神志不清的悦子，却突然敏感地绷起脸叫道：

“请你以后别在我面前说这种话！我……一点儿也不觉得后悔。不，我倒要感谢你们，是你们使我，尽管是几个钟头，能作为正式妻子在他身旁度过……”

恭子禁不住流下眼泪。

悦子的话语，使人感到女人的喜悦、悲伤和固执美好地糅合在一起。小池祥一也用手帕掩住脸。

“知道了……但是不管你的想法如何，作为我不得不感到内疚……这以后，我想应力所能及地协助你……”祥一哭泣着说。“作为法律家的我，无法在精神上帮助你，想每天来劝慰你几句，因为忙，也不能做到。但是，什么作用也起不了，又觉得于心有愧，所以在昨日的葬式上，和信正兄谈了这个问题。信正兄说，要是这样，请在继承遗产问题上出把力吧。听了以后，我也觉得要是能这样……”

恭子感到担心，现在说这种话未免太早了。然而悦子却一直默默地听着，脸孔像是能乐[①]的面具一样毫无表情。

“这件事，我考虑了一个晚上又改变了想法。你如果是和法律家毫无关系的普通人的太太，那就另当别论；可你的身旁有一个尾形先生，这么一位优秀律师的父亲。作为父亲，期望自己的女儿得到幸福，这是天经地义的，也不必担心任何人的非难。比起我们来更……我是这样想，也没和信正商量，作为个人的看法，刚才给尾形先生打了电话，征求他的意见。先生说，自己对女儿的遗产继承问题没有兴趣，更不想因处理这个问题，增加心里的悲痛，倒不如请劝说女儿早日回家为好。

---

① 日本的一种传统戏。

“先生的回答是令人啼笑皆非的。我对先生说：‘那么，请你托你所能信赖的哪一位年轻的律师办吧?’可先生又说，‘比起别人来，因为这是信正先生的意见，你又是故人的好友，虽然是麻烦事，还是请你接受去办吧。’”

恭子终于明白了小池律师踌躇的原因了。

处理遗产继承问题，需要许多麻烦的程序手续。甚至亲属之间，也有不少人因此而发生丑恶的纠纷，相互间闹得咬牙切齿，成了冤家对头。但另一方面，在律师所有的业务中，涉及遗产继承问题的辩护事务，远比刑事裁判的那些辩护有利。只是令人讨厌的是，要受对方的诽谤谩骂。不过这也是无可奈何的事，小池可能担心，万一人们背后指手画脚地说，比如尽管金额不多，人们会怀疑责难，他是不是从密友的未亡人身上捞到什么便宜云云。

“我并不想要什么钱，只是因为这是他留下的遗物……”悦子自言自语地说。

“但是，如果你从今以后一个人住这个房子，需要用钱，这就是实际问题。更主要的是，你作为妻子，有权接受这份遗产，没必要对谁讲情面的。我觉得你有不想回娘家去住的打算；当然，坦率地说，我也是不赞成你一个人住在这里的。”

悦子突然转过身来，说：“小池先生……我知道了。真的……作为妻子的我，接受他遗下的东西，是没有必要客气的……虽然是麻烦的事，承您的好意，一切拜托您了，请多关照。”

悦子恭恭敬敬地低下了头。接着又断断续续地补充道：“另外……您虽然好意地为我的事操心，可我父亲却说了失礼的话，实在对不起。请您不要介意，遗产的继承人不是我父亲，是我……”

小池祥一默望着悦子，低沉地说："不，我也痛切地理解尾形先生的心情。"

……

"这样，我也能或多或少弥补自己的过失……那么，或者明天，我就取正式的委任状，请你署名。当然，这是形式的东西，实际上是不必要的……另外，在这两三天内，还得请你和我一起见一次信正先生……"

"好的……"

"信正先生很同情你，他说，他可以放弃自己的一切继承权。关于人身保险方面，他也说过，如果有剩余的钱，接受者的名字应该改为你。他自己不接受。因为是赠送，要缴纳税金，他打算形式上让信正先生领取，扣去税金后，都交还你，你以为如何?"

"我不懂细节的事。只能拜托你了，我觉得对不起信正哥哥了……"

"不，我认为你还是爽快地接受令兄的盛情吧。信正先生不接受这一笔钱，也不会产生什么难处的——总之，为这件事和别的有关问题，你还是尽早面见令兄为好……"

悦子几次点头同意："即使没有这件事，原来我也打算好好见一次信正哥…… 在葬式时，也未能平静地谈过。"

"信正先生非常担心你，也说了这样的话。遗产方面，还有著作出版权问题，这些得和川路君商量，将圆满地处理。我也是第一次听说，义宏君买下了这所住宅，并以自己的名义，这，也要和令兄商量，尽早改为你的名义。还有别的若干问题，以后再认真……好吧，我还得办别的事，失陪了!"

小池律师干脆利索地结束了谈话，好像有人撵他似地急忙站了起来。

恭子忽然冒出这样的想法，男人和女人毕竟不一样。失去密友的悲痛之强烈是别人难以想象的，但这位律师一定以男子汉的气魄克制了所有这一切。并在自己职业范围内竭力为未亡人服务，以此来消除自疚之情，着眼新的未来。

大约过了一个钟头，恭子正想回去时，又来了一位新的客人，是川路副教授。他手里抱着一个大包袱。

一进屋里，川路就在家本义宏的遗像前，足足站了双倍于小池祥一律师站的时间，虔诚地祈祷着。

“悦子！“随后他仍以沉重的表情转向悦子。“事到如今，我不能再说什么了，我无论怎么说，人死不能复生，也无法解除你的悲痛啊！但是，对于你来到这所房子，祈求他的冥福，我作为他的朋友，从内心向你表示感谢。他在九泉之下，也一定会感到高兴的…… ”

悦子那苍白的脸上泛起了红晕，似乎因为偶然发现了第一个能理解自己心情的人而感动。

但恭子内心却觉得难办。川路达夫的话，当然是表达他的一种想法，然而，如果把着眼点放在让悦子的精神状态恢复过来的话，他的话却起了意外的反作用。而像小池律师那样，无情地控制住自己的感情，也许会给悦子的精神状况的恢复带来补益——恭子想着。

“这是放在研究室里的他的私人物品。”川路打开了带来的包袱。“我想，另外还有别的东西。但是助手岩内君已整理出这些东西，因为我反正要来这里，顺便先给带来了。什么时候他还要来问候你！”

“实在感谢您了！”

“不……实际上我也担心，将这些东西交给你好不好……如果你觉得它们会叫你目不忍睹，在你允许之下，我还是拿回去”

"还是让我接受吧!"

悦子用低沉而清晰的声音回答。川路达夫默默地点了点头,在悦子面前摊开了包揪。

混在笔记、文具、刚开始写的稿子这些东西中,有一张装在小镜框内的小照片,鲜明地出现在恭子面前。这是悦子微笑地站着自拍的照片。

一阵沉默之后,川路达夫以嘶哑的声音说:"这个……据岩内说,这张照片是精心地保存在抽屉里面的。"

悦子拿着自己的照片,许久地目转睛凝视着它。终于,以出乎意料的平静的声调说:

"我想,等我心情稍为平静之后,向您以及丈夫的别的朋友、助手先生们分送遗物。丈夫的藏书,我拿着没有用,希望您将这些书捐赠给大学,或适当地怎么处理都行。"

"好……关于书,也和岩内君商量之后再处理。专业不一样,哪些书珍贵,我难以判断。只要是我能做到的事,请你不要客气,尽管吩咐好了。"

接下去的二十分钟,川路达夫断断续续地谈了对故友的回忆,重复了一些安慰和鼓励的话,告辞了。恭子也乘机告别。从悦子谈分赠遗物这些话看来,她的心情已平静多了。恭子感到心宽了许多。

"您回到什么地方?"走出宿舍楼,恭子问道。

"驹场。"

"那么,我送你回去,反正我要坐车回家。"

"那感谢你了。"

恭子叫住刚好开来的一辆出租汽车,让他开到驹场。

"我丈夫劝我,乘没有孩子的时候学习开车,所以我现在请教习所教我……不过,课程相当难……要是像您这样的先生,学交通规则这些东西，就一点也不费劲了……”

因为没有话题，恭子就谈开车的事，可是川路达夫却以空洞呆板的语调答道：

“过去在教习所的时候，我也被那些人刁难过。因为交通规则考得不好，他们严厉地问我，‘你真是大学法律教授吗?’其实让我说，交通规则是天下头等的枯燥无味的文章，为此不得不绞尽脑汁……”

达夫好像不想谈这个问题，急忙改变话题：

“失礼了！您是雾岛检事的太太吗？我担任婚礼的司仪时，看了您的名字就觉得奇怪……雾岛这个姓是很少的。”

对于恭子，这是毫无意义的问题。但是被这样一问，不回答似乎是说不过去的。

“是的……不错。不过，现在我是以悦子朋友的身份行动的，和丈夫没有任何关系。”

达夫嘴角浮现出一丝微笑：“这个我当然很知道。对于你的行动，谁也不会有什么异议的。即使我是凶手，我们一起乘车，也不会有什么别的问题吧……”

这个人怎么开这么过分的玩笑呢？恭子感到奇怪。好象他的性格有怪癖的地方，恭子想着，就有点害怕。

达夫慢吞吞地点上一支烟。

“今天，我听到一件事，其实昨天我也对雾岛检事说了。经营学部的主任教授荒木先生，对冢本君怀有反感……这有许多原因……”

恭子面前闪过在火葬场所见到的荒木教授那不和悦的苦脸。

“由于偶然的事，我发现了另外一个原因。荒木先生的父亲不是马克思主义者，仅是个经济学者，他从战前到战时，只从纯粹的学术立场出发，偷偷地进行过一些马克思主义经济学的研究……”

恭子吓了一跳：“果然……荒木先生的父亲？”

川路达夫深深地点点头。

“有着‘私设特高’的冢本晋之助就揭发了他。因为在当时，那种疯狂的时代，老教授不得不立即离开教坛，并且被宪兵队逮捕了。据说在调查期间，由于心脏停搏症发作死了。可是从战时宪兵的做法推理，很大可能是在拷问中被杀害的。他的儿子荒木教授也被军部逮捕了，被说成赤色之徒，遭到了非人的待遇。”

“那么，荒木先生知道义宏是冢本晋之助的儿子吗？”

“这就不好说了。据我推测，最初义宏来到千代田大学时，荒木先生大概不知道这回事。学部长关于冢本君的出身，没对任何人谈过，再说，姓冢本的人不算少……”

他停了会儿又自言自语地补充道：

“嗯，荒木先生即使以后知道了，绝不会在现在，在冢本晋之助的儿子身上复仇的……”

第十一章　一日之犹豫

“是这样吗……知道了。”二月二十日早晨。雾岛三郎听了吉冈警部的电话汇报后，皱着眉答道：“我们总得采取措施！有关荒木夫妻当时不在现场的旁证，先核实一下。就这样吧——”

三郎放下电话，思索了一会儿。转向北原大八道：“北原君，劳您去一趟浜田山好吗?”

“浜田山……哦，是冢本信正的家！是不是要他预先报案?”

三郎深沉地点了点头。

“看准对方的身体状况，如果你判断没问题，就带他一起来。我想，既然他能挣扎着参加葬礼，大概也能经得起询问吧……因为，弄不好会被人说成‘无视人权’，那就很遗憾咯。所以，他出门时，还须请您多关照他一下。”

“知道了，我就去。”

北原大八立即站了起来，穿上大衣，走出了房间。

三郎将这个案件的有关记录放在面前，双拳顶着下颏，陷入了沉思。刚才警部的新报告，使他下决心传呼信正。警察官的面对面的调查和检事的直接传呼，给对方的心理刺激是大不一样的。尤其是，对于知识界的人士，这种差别更为显著。三郎对这点是怀着希望的。

两个小时后，冢本信正由北原大八陪同，来到了三郎的办公室。他，脖子上团团地绕着围巾，大衣的领子竖着。走路还有一点瘸，当他坐到三郎面前的椅子上时，才取下口罩。神情显得有些沮丧。

“您身体不佳，实在对不起！只是，为了令弟的案件能早日解决，无论如何，希望您协助了——您觉得怎么样？”

“是。谢谢！伤差不多痊愈了，倒霉得很，又被流感所折磨，发烧总退不了……唉，真是祸不单行啊，连无神论的我，也想念咒避邪了。”

冢本信正的脸上浮现出痛苦的孤独的微笑。

“虽然这样，可是，这次不幸事件也给检事先生添了许多麻烦了。为了死去的弟弟的冥福，希望早日逮住凶手。这次的不幸，给我的打击姑且不说，一想到弟媳悦子的遭遇，纵使将凶手碎尸万段也不能解恨啊……”

“说实在的，我也从内心同情未亡人……据说，您为了悦子，打算放弃自己的遗产继承权，这是真的吗？”

三郎想起了昨晚恭子的话，开始这样询问。昨天晚饭后，恭子曾突然说，“我并不想过问你的工作，也无能力帮助你，但是，我能将听到的事告诉你吗？”说罢，将探望悦子时的所有情形告诉了三郎……

冢本信正轻轻地点头答道：“果然，检事先生消息灵通。我绝不能从悦子那里抢过那么一点遗产。我想，表示一点兄长的抚恤之心，为她做些力所能及的事。再说，现在，我经济上也不困难……”

“您的心意很好，是否将保险金给她呢？”

“保险金，首先由合同接受者——我来受理，如何使用这笔钱，当由我来决定吧？”

“这里不是税务所，请坦率地告诉我吧。”

“就像刚才所说的，我要为悦子做力所能及的事。我想，这就是我的回答。”

“您好像对弟媳妇怀有相当的好感！”

“是的。弟弟给我介绍悦子时，我在心里就说了，‘要是这姑娘真能成为我的弟媳妇就好了！’——我一眼就感到由衷的高兴。她性情好，人又聪明，我甚至觉得弟弟还配不上她呢，因为人的内在美胜于外形的美，而且——”

信正的表情显得暗淡起来。

“检事先生，您大概知道了吧，义宏死了以后，我没有一个亲人了，平时来往的亲戚也没有……唉，我感到人生的孤寂啊！我即使获得了事业上的新的成功，有谁为我从心里感到高兴呢？从这种意义上说，我要非常爱护悦子，不管怎么说，她作为弟媳妇，是我的唯一亲属了！”

“那么，您自己为什么不结婚呢？”

“检事先生，父亲和小弟的问题，对我来说，也和对义宏一样，是沉重的‘十字架’开始时觉得比较合适的婚事，可到最后阶段总是告吹了。不计较我的出身的女子不是没有，然而，不是后来背离了我，就是我自己不满意。很不幸，象悦子这样的女性，迄今，还从未在我的人生旅途中出现过……”

当然，信正如果对婚姻问题作适当的将就，也并非到现在还孤身一人。往往有这种情形，从逆境中斗过来的人，有不少自尊心特别强，甚至达到病态的地步。正因如此，信正可能是不愿和自己不如意的女人生活在一块吧！

那么，他将来是不是打算和悦子结婚呢？三郎忽然在自己脑子里划起了问号。

悦子可以说是带有“内伤”的人了，如果信正对她有了爱情，他们结婚的可能性完全存在。未亡人与亡夫之弟再婚，世上并不少见。而未亡人与亡夫之兄再婚，在这种特殊情况下，互相慰藉，也未必不可能。

“那么，你今后也打算关照悦子吗?”

“如果她回到了娘家，我如果过多关照，反而会对尾形家失礼……但是，我将尽可能不失去这个弟妹。”

这是一种委婉的回答，在某种程度上证实了三郎的推测。三郎忽然想起了一本名叫《万叶集》的书中把妻子和情人叫妹妹的诗句。

当然，即使这种推测可以成立，也不能设想，信正为了夺取悦子，而将义宏杀死。因为，在这种情况下，就是白痴也不敢妄信弟弟的未亡人将来会一定和自己结婚。

“您的心情我理解——”三郎转变了询问的话题，开始向问题的核心推进。“我们对令弟的财产方面有相当的疑问。您果真不知道，他买那幢住宅的三百万元的来源吗？我想，以大学副教授的工资，在几年时间内，要积攒到三百万元是相当困难的！”

信正一下子显得紧张起来，身子抖索了一下；但好像已预料到会被提出这种质询似地，立即又恢复了平静。

“这个问题，我已和警察讲了——”

“遗憾！你只说，可能是从买股票或从买卖商品中赚了钱，我们不能满意。没有这方面的形迹。”

“或者中了彩票什么的吧。要是那样，得到三百万左右的特赏也是不足为奇的！”

“如果有这样意外的幸运，令弟难道不会给你这个唯一的亲人，分享这飞来的喜悦吗？你们兄弟之间的关系不是不坏吗？这种人之常情难道对你们不适用？”

“哦哦……我们之间的兄弟之谊确比别人要深得多……确实，这一点，检事先生讲得有理！”

“彩票的高额当选者，一调查就能知道的，所以我们还要核实一下。不过，我以为，大概这种可能性不大吧？”

信正显得有些局促了，三郎盯着他，继续说：“冢本先生，这可是重要问题呀。根据这笔钱来源的性质，可以和凶手的动机结合起来判断。您刚才希望我们早日将凶手逮住，那么你就应该毫无保留地将无论什么事，只要是想起来的，哪怕是还不知实际内容的事，都告诉我们为好。”

信正俯首思索了一会儿道：“我只想到最常识的事……弟弟是否担任某个公司的经营顾问？”

“说经营顾问的确可以说通，但是，三百万元的金额作为当顾问的谢礼，是不是过多了？”

“检事先生！使用新的产业组织管理的理论，由于改善了操作程序，改进了质量管理什么的，如果一年能节省三千万经费的话，一般的公司是乐意提供其中的十分之一来作为谢礼的。年出售额一百亿元以上的公司，节约三千万元左右的经费，不算困难吧……”

“事实有可能如您所说，不过，对于这门新学问，我也多少作了调查。看来，光凭个人的力量，是不可能制定这样具体而周密的计划的。必须从各个方面综合测定：分析过去的经营实况，然后运用数学、经营学、工业学等知识，才有可能做到。

“在几个学者共同合作制订计划的情况下，即使公司支付相当数量的钱，分摊开来，个人所得还有多少呢？况且，共事的学者们理所当然知道这件事！”

“确实如此。对于我，这是专业以外的事，实在不内行……”

“假若有这种关系，那么，在葬礼时，这个公司一定会送来花圈，经理或董事什么的，一定会来向你们致悼，有这样的事吗?”

“没有……的确，这种可能性是不存在的。”

信正不停地转动着脑子。

“检事先生，能这样认为吗——弟弟作为经营学者，出席各种各样公司的讲习会，从而有没可能结识某些公司的头面人物呢?”

“对，那么又怎么样呢?”

“我想，检事先生也很知道：公司为了多筹措资金，原则上是通过发行新的股票或从银行贷款，这是正常渠道。可是，在目前这种金融困难时期，采取除此之外的非常手段筹措资金，比如，签订不公开的日息合同，从有许多剩余资金的公司或财团等地方借钱。在这种情况下，就给中介人提供了相当广阔的活动地盘了。如果能够将借、贷双方很好地联系起来，那得到的谢礼就很可观了。”

“那就是说，令弟可能通过他个人认识许多公司头面人物这个优越条件，充当金融掮客?”

“说掮客有点难听吧?那是一种被人们认为不光彩的职业……而弟弟的情况是否可以这样认为：正因为他不是职业掮客，反而能得到双方的信任，圆满地作成交易。假如筹措到三十亿的资金，而三百万仅仅是百分之零点一，作为谢礼，这就比普通相应的少得多了。弟弟当不会拒绝接受吧?”

“嗯……”

“要是这种性质的钱，弟弟不告诉我，也情有可原。因为此类合同，如果泄露出去，关系到公司的信誉，当事者必然要严守机密了。哪怕是亲兄弟，也不能轻率地抛出去啊！当然，这还只是一种假设，假如这种交易中有一方是我工作的东邦化成公司的竞争对手，你想想看，我弟弟还会对我谈什么吗?”

不可否认，冢本信正的话未尝没有道理。三郎也曾听说过一些有关许多公司资金周转方面的苦楚。也听过一些关于有社会地位、有信誉、然又跟金融界并无多大瓜葛的、相当有影响的人物，充当借、贷双方中介人角色的传闻。大学科经营学科的副教授，也未必没有从事这种业余赚钱事业的可能性。

然而，这种秘密勾当，正如信正所言，要核实其真伪，是近乎不可能的。

“您的话，我明白了。我们会再商讨。请容我说句失礼的话，您是一个研究人员，却很熟悉企业方面，甚至是内幕的事情!”

“不……哪里……我只是想起弟弟在什么时候说过这方面的事。当然，我也只是泛泛而谈，哪里谈得上什么‘内行’，而弟弟实际上是从来不想讲这方面事情的。”

“除此之外；有关钱的问题，您还想到什么吗?”

“一点也没……我只想说，总之，弟弟是不会用不正当的手段牟取金钱的。比如刚才所说的金融方面的调停费之类，即使有这样的事，从现在的社会观念来说，也无可指责吧……”

“知道了。那么，转到下一个问题吧。我想问何关于有一个叫渡边博的人的事情。”

信正张了张嘴想说什么，却被三郎用手势制止往了。

“有关你对刑事所谈的那种解释，我听过了。你说，你弟弟从来没和你谈过渡边博的事，说实在话，这最不合情理的。”

“我最近真的没听说过他的事，难道你认为我撒谎吗?”

三郎没有直接回答他的反问。

“有一部分警察说，这个有问题的人的真名，可能不叫渡边博，也就是认为令弟向悦子撒了谎!”

信正这时确实变了脸色，但他似乎还想竭力掩盖住刹那间闪现出来的不安。

“我不认为弟弟会在这个问题上撒谎……我和渡边博既没有来往，又对他不关心。即使说弟弟没和我谈起他的事，这又有什么可奇怪的!”

“说他是你们的远房亲戚，是真的吗?”

“是。这一点是确实无疑的，但是，我不知道确切的关系。”

三郎终于甩出最后一张王牌：“刚才是你反问我，‘难道你认为我撒了谎吗? 实在抱歉，对于你的反问，我不得不说，‘对，你撒谎了!’有充分证据说明这一点。”

信正从椅子上站起来：“检事先生……你究竟……”

“为了弄清渡边博的真面目，警察方面对出席令弟的婚礼和葬礼的你们的所有亲戚都做了逐个调查。结果，没有一个人知道渡边博其人! 说是远房亲戚，可是除了你们兄弟之外，无论哪一个亲戚都一无所知，这难道不是咄咄怪事吗? 我不得不断定，在你们的亲戚中，根本就不存在叫‘渡边博’名字的人。只能这样认为，关于他，你们兄弟共谋，炮制了谎言!”

信正低下头，紧咬着嘴唇。三郎抓住战机，乘胜追击：“渡边博这个名字是真是假，我们姑且勿论，请问，这是个什么人物? 和你们兄弟到底是什么关系?”

信正无言可答，只是大声地叹息着。

“我们怀疑，是不是这个人杀死了令弟，可你却包庇他! 这实在叫人深感遗憾!”

“检事先生……”

信正终于抬起头，用手按着前额。“关于这件事，请您等两三天，至少等到明天中午，好吗？我现在好像发着烧，请容我仔细想想吧！因为这里面，纠缠着相当复杂而伤脑筋的问题，唉……”

“难道现在不能讲吗？”

“有一点缘故……不过，我敢断言，渡边博和这个事件没有关系。”

“判断和这个案件有无关系，是我的事，不是你！”

“您说得对……总之，我现在头脑里乱得很，看来无法谈下去了。我一点也没打算争取时间逃到什么地方去，这请您放心。因为，我自己首先就没干过什么问心有愧的事。”

“如果没有干过问心有愧的事，那你干吗要撒谎呢？”

“这……因为有关某个人名誉的问题，而且，也可能影响到我自己的前途……”

看来，信正今天是再也不会往下谈了。再追究下去可能会适得其反，会逼使他重新强硬起来，干脆不说话。

“我真不理解，今天讲和明天讲，究竟差别在哪儿。失礼了，我想，你是否想利用一夜之间更巧妙地炮制出新的谎言？”

“我不敢那样蔑视检事先生和警察的力量，撒谎，因为此次吃过苦头，我再不敢尝试了……不过，请您设身处地想想，假如您因为泄露某一个事实，必须拿自己的检事职务做赌注，准备辞去职务，面对着这样严重的后果，您能够马上当场就做出决断吗？您大概也会请求，‘让我考虑一天’吧？”

“明白了……”

三郎终于下了决心，反正再追问下去不过如此。对方的话使人觉得是真诚的。由此看来，还是再重新调查一下为好。明天之前，也许有可能得到新的材料……当然，在现阶段，还谈不上拘留信正。

“好吧！虽然是十分勉强的，但还是等待你到明天下午前。不过，我不能等待比这更长的时间了，好吗？即使你以生病为理由，到什么医院住院，我也会追着你的屁股后头，前往询问！”

“可以，我一定不失约……今天，实在疲惫不堪了，那么现在告辞了。”

信正无精打采地站了起来，北原大八好像也略有所思地站了起来，送信正到走廊，转回来，小声地对三郎说：“检事，就这样放他走，行吗？”

“现在没法奈何他，只能放他走，对他跟踪似乎没什么意义。一个聪明人起码会明白，在现阶段，逃走，只能引起人们的怀疑……而我感到，他所说的，‘让我考虑一个晚上’的话，是可以相信的，他现在的确处于进退维谷的境地。”

三郎望着大八的古狸似的眼睛，继续说：“如果，他决心拒不坦白渡边博的真相，他难道不会制造别的逃避一时的借口吗？要想撒谎还是有办法的，比如，过去说渡边博是远房亲戚，是为了顾全体面，或许渡某实际上是亡父的私生子，如此而言，也说得通。信正这种人，想制造这样的谎言，是不费吹灰之力的。”

“……也可能是这样。”

“我认为，说他杀害了自己的亲弟弟是不可理解的……处于那种环境下的兄弟，就像他所说的，要比普通在幸福家庭中成长起来的兄弟更为亲密。长兄为父，长嫂为娘啊！刚才，他说，他‘再没有一个亲人了’的时候，那种悲戚的表情，我想，这不会是演戏。”

“是这样吗？”大八似乎不以为然。

“那么，你认为他有可能是凶手吗?”

“不，我不是怀着那么确切的信念，只是觉得这个人有不少可疑之处。”

三郎点上烟，放低声音道：“北原君，不必拘束。先稍休息一会儿，边喝茶，边听你的意见，怎么样? 或许，三杯不下肚，酒力出不来，你不能谈出自己大胆的见解吧?”

“不，不是这样——”大八红着脸，立即认真地说：“那么，我就讲吧。第一，作为哥哥，无论用什么借口，在那个晚上他都能将义宏引出来。”

“这……嗯，不错。”

“第二，检事先生和吉冈警部每每论及此案时，不是很强调一点——凶手为什么要特地选择那样麻烦的时刻杀人吗? 假如他是凶手，这个问题不是可以容易得到解释吗?”

“哦，您是说，他故意设下这样一个圈套：‘你瞧，我连弟弟的婚礼都不能出席呢，怎么会成为杀人凶手?’如此，容易制造假象，是吗?”

“是的。而且有个实际问题，他在那天前，发生了交通事故，可能没有体力上胜任杀人的自信。”

“嗯，这是一种漂亮的想法……”

“第三，我认为那位兄长对悦子的态度是不是有些过分了? 悦子要是跟随其弟已多年的妻子，那还可以理解。而悦子对于他，实际上还只不过是邂逅相逢，这难道不能说他对悦子怀有欲望吗? 君不见谚语曾言：大欲似无欲——”

“哦，照您这么理解，他对义宏太太如此慈善，只是一种为了蒙混自己罪行的手段?”

“至少有这种可能性。”

三郎沉默了，“咝咝”地猛吸着烟。

“如果信正是凶手，他的动机是什么？另外，你如何解释渡边博的作用？”

“这只是想象：冢本兄弟和渡边博这三个人，有没可能勾结在一块，牟取什么不正当的钱？或者，兄弟二人结伙搞，其秘密被渡边博探出来，渡边博从而乘机进行讹诈？”

“嗯，那么……”

“事情如果这样，渡边博对冢本兄弟当然成了很要命的妨碍者了，即使他们本是同伙。从悦子的口中，渡边博好像是个酒鬼，而且性情古怪。这样的人，对冢本兄弟来说，是定时炸弹！”

“那么，你是不是说冢本兄弟已共谋将渡边博干掉了？”

“这也并非不可思议！我认为，是否信正一个人杀死渡边博，将尸体藏在什么地方，后来，义宏知道了，感到竟然发展到杀人而恐惧起来……这回，不管是亲骨肉还是什么，信正为了自保，想永久地封住弟弟的口！”

“嗯……”

“渡边博的确自己从那个住宅搬走，是否可以解释为凶手为了蒙混过关而设的圈套？那样古怪的人，即使有一两个罪恶的经历，大概也不足为奇吧！”大八逐渐以热切的语调说道：“还有一层，像渡边博这样的人，比如为他们去干冒领支票这类勾当，而马脚露了时，立即溜之大吉，自动逃离，这样解释，站得住脚吗？”

“请您注意：干冒领支票这类事，表面上活动的人，普通是很有信誉和影响的，如董事长之类的人才行；而他们三人中，渡边博最年轻，脸上有伤痕，用此人当走卒，人家会相信他，将支票什么的委托他经管吗？”

“冒领支票，只不过是我灵机一闪而举出的例子罢了……因为我觉得，信正对经济问题特别清楚，他们是否搞什么类似冒领支票这类名堂？”

三郎闭目想了会儿。说：

“北原君，确实，您的推理有一定道理。不过，要是这样，又如何理解信正的许诺——给他一日考虑的时间呢？果然如君所言，试想，在这种情况下，难道信正不会当即再撒个谎，以应付这种紧急状况吗？他何必一定要求给予时间，再讲出渡边博的真相呢？考虑一天、考虑一年，岂非一样？”

“是啊，不过我想，信正在那一瞬间，也可能想不出可以自圆其说的谎言。即使耳精目灵的人，被检事先生步步紧逼追问到那种地步，他也乱了神，顾不得首尾了。只好行使缓兵之计。”

“你再想想，要是今天在我们这里编造一个谎言，可以暂且脱身。那么，明天他再来改变这个谎言，比如再提私生子云云，他还会过得了关吗？信正果真想再撒谎，他不能不考虑到这一步！老实说，如果明天他能扯出一个能说服我而且绝对不露马脚的谎言，那么他就是日本头号天才的撒谎家，鄙人甘拜下风，低头认输！”

“这一点，您说得不错……不仅是被害者，而且信正本人的收入方面，也有相当值得怀疑的地方！”

这回，大八转为主动了：“今天实地侦查我才知道，他的住房占地也有百平方米左右。是一种样式一般的房子，场所并不怎么好，但以时价折算，也可值一千万元——”

“是他自己的房子吗？”

“我们暗中打听过，是大约四年前勉强买下的。”

“记得周刊志上写过，东邦化成是优待研究者的公司。如果这样，他的工薪不会低，在进行有利益的研究时，还能得到特别奖赏；以退职金担保，也能从公司借到钱。因此，这一点恐怕不能和他弟弟相提并论……不过，为了慎重起见，看明天谈话结果如何，再责成警察认真调查他的财产状况。”

“对了，除房子外，他还有一部‘小公子’牌日产新车。当然，像他那样的职员，以分期付款形式购得一部新车也未尝不可能。只是，除了金钱问题之外——”

“你是不是想说，如果有了车，他即使行动不自由，也容易作案吗?”

“是……他说，事故以来一次也没握过方向盘了。今天，他也没有使用车，我有点觉得，他似乎故意避嫌。”

“这个，嗯，也未必不能作此推测。”

三郎不由得苦笑了，大八也笑着。然后以诙谐的语气说道：“顺便提一下，‘犯罪背后必有女人’，这样的格言好像也适合他。这女的当然不是指冢本悦子，好像是一个接待行业的服务员，又是相当风流的美人。按我看到的印象，这是本质不怎么正派的女人——”

“你怎么知道的?”

“我到他家访问时，那个女人刚好怒气冲冲地从里边跑出来，可能是打破了‘醋缸子’而吵架了吧。总之，和那样的女人交往，可能定有如此这般气恼烦心的事!”

“有关这个女人，他说了什么吗?”

“我曾试探过，我说，‘刚才从你家里出去的女人，相当漂亮啊!’他只吞吞吐吐地说，是从前和自己有关系的女人，是一个难以对付的、厚颜无耻的女流氓等等。当时，要是叫住那个女人，问问她是什么人，也许有好处。”

“即使是检察事务官，这样做，也不合适，什么借口呢?没有!”

“啊……”大八若无其事般地从上衣口袋里摸出了一盒火柴，以呆然若失的神态道，“嗬嗬，这个……”

他故意翻来覆去地玩弄着小盒子。

“这有点像银座一个叫作‘公爵夫人’酒吧间的火柴，我没到过那里。他去换衣服，叫我在客厅等一会儿，其间，我真的将这个玩意儿和那个沾有口红的烟蒂……”

三郎不由得笑出声来：“你，这严格地说还是盗窃犯呢！”

“哟……因为这点，我就要吃检察厅的饭吗？我还没见过偷一盒火柴而成了检察厅的嫌疑犯呢！我真的不想犯罪呀，让我把它送还原主吧！”

“嗯，哪有特地将一盒火柴窃而复还的道理？哈哈哈，确是不可小看你呀！”

大八装作没有听见三郎最后一句话，将火柴盒小心地放进衣袋，用滑稽的语气道：“嗯，一盒小火柴，白白扔掉也是怪可惜的，我保管吧，说不定以后能起什么作用呢。”

第十二章　第二次杀人

第二天，二月二十一日早晨九时许，冢本悦子乘坐小池祥一开来接她的车，去信正家。

“就像昨晚我在电话里跟你说的那样，信正说，无论如何要在今天早上见到你。我觉得你大概可以去，就自作主张地回答他‘可以’。这过于冒昧了，请您原谅!”

在钻进汽车之前，小池祥一恭恭敬敬地向悦子道歉。

“没关系，我反正……”悦子寂寞地微笑着，答道。

“昨晚我被令兄叫去，商谈今后的一些问题，他说，除了遗产问题之外，还有要尽快告知你的事情。我问他什么事，他说，反正明天你和她一起来，就知道了。”

小池祥一边说边拉开车门。

“他还说，因为过中午就要到搜查本部去报到，要你一定在十点以前，赶到他那里去——您估计是什么事吗?”

“不，我一点也……”

“是吗?”

小池祥一侧着头，发动了汽车。他或许在推测信正的意图，陷入沉思中，没有说话。悦子并不注意他，她只是想着，去年十二月也是乘这辆车子到芦之湖去游玩的。

那个时候，虽然因自己对义宏的疑惑而烦恼，心情并不愉快，然而和现在的心境比较起来，那是何等的天壤之别啊！

几天来，悦子一个人的大半时间，都沉浸在往事的追忆之中。她慢慢地咀嚼着，一幕一幕仔细地回首着，那与义宏在一起的短暂的甜蜜的时刻。现在也这样，悦子忘掉了在前面握着方向盘的小池祥一，自己一个人陷入了迷蒙的幻境中。

——那个谎话如果是真的，现在我肚子里真有他的孩子了……

——义宏啊，你为什么，为什么那个晚上要固执己见呢？为什么不在我身子里留下对你的强烈而烙上印痕的回忆呢？我为这一点……我恨你啊……

是什么时候，从什么地方，仿佛从遥远的天边传来一个男人的声音。悦子吃惊地环顾四周，像是刚从梦中醒来，她看到了小池祥一的背影。不用说，刚才说话的是他！

“啊，你刚才说了什么？”

“马上就到了！”

小池祥一简短地回答着，把方向盘打向左拐，从自来水道路上驰入一条狭窄的小道。这一条小路两侧，显得很空旷，到处都是荒地，也有小块农田，使人觉得仿佛到了郊外。

“就要看到那个小房子了——咦?!”

小池祥一放慢了车速，略微歪着头。在他用左手指着的方向，有一座普通式样的文化住宅式的房子，坐落在绿色金属栏杆围起来的地基中央。房子前面聚集着一群人，还停着一辆巡逻车。庭院内，有警官之类的人在走动。

“怎么了？难道……?”

小池祥一踩住制动器，回过身来，他的脸上，浮现出血色。

悦子也感到无法形容的不安和疑惑。也许信正是凶手，现在被逮捕了？这样的念头在她脑海中一闪而过。

一个穿制服的警官，向这边跑来。

“你们到这家来有事吗？”

信正的家在这条路的尽头，警官立刻觉察到了。

“嗯……是的……到底出了什么事？”

“不管怎样，请先下车吧！”

两个人从车上下来时，有一个刑事模样的人走到旁边。

“你们到底是什么人？”

“这位是冢本悦子，信正的弟妹。我是律师，小池祥一。约好今天早晨到这里来，信正这儿出了什么事？”

“我是部警户署的部长刑事野泽……”

对方慢吞吞地自我介绍后，用干涩的语调接着道：“可怜啊，冢本信正氏被杀害了。据推测是昨天深夜的事。对不起，你们作为‘参考人’，请在这里留一会儿吧…

这时，雾岛三郎正从涩谷常盘松自己家里朝现场驱车疾驶而来。这天是星期日，他打算中午到搜查本部去，等待信正的出场。刚过九点半，却接到了事件发生的紧急电话。

这一突然事变，对他来说是一个晴天霹雳，没有比这更坏的消息了。他听着电话，情不自禁地喊出声来，以致恭子惊恐地飞奔过来。

同意信正考虑一天的请求，竟产生这样的后果，这是他做梦也想不到的。在那种情况下，不能付诸强制逼供手段，而又没有别的办法，这虽是事出无奈，然而……

为严防不测之变故，应该派警察跟踪或暗中监视，哪怕仅仅一天……三郎深深感到内疚。

出现了和信正逃亡这样完全不同的事变，实在是难以预测啊！而实际上，在这一阶段，对所有认为与本案有关的人物统统进行暗中跟踪、监视，首先是近乎不可能的。

因为从事这一搜查任务的警官，数量有限，他们又都在为各种有关事务东奔西走，忙个不停。

虽然客观的情况是这样，三郎的心情也一点不轻松。信正没有逃亡的危险——这一判断本身是正确的。但是，忽略了另外一个可能性，因此，即使被指责为料事不周，也该咎由自取。他觉得，这是他被分配到刑事部本部以来，第一次的大失败……

“年轻……我还年轻……”三郎在车上反复地叨咕着同样的话。这次，他被这个未知的凶手激怒了，心中的血象在沸腾。

车到现场，已先到达的吉冈警部迎了出来。

“检事先生，正是该休息的时间，辛苦了！”

警部看了看三郎的神色，好像觉察出他内心的活动，说，“我也万没想到，继弟弟之后，哥哥又被杀了！不管是谁，也不可能预料到会有这种惨剧发生啊……”

警部与三郎并肩向住宅方向走去，继续说：“如果说，这是为了灭口的犯罪行为，那么和昨天检事先生传呼他的事情是否有牵连。我在想，是信正和渡边博有联络，信正问说：‘我明天就要把你的事情泄露了，可以吗？’由此，渡边博先下手了。不过，要是这样，那信正就是天字第一号的大笨蛋，这不是明明告诉对方，‘那么，要杀我就在今夜吧！’，好像信正并不至于笨到这步田地。所以，我翻来覆去推敲，这也许是偶然的巧合，你看呢？”

“嗯……可能凶手在另外一个机会，刺探到了信正昨天到我那里去的消息！”三郎沉重地回答。

“可是，要是那样，凶手当然不会知道，信正向您到底说了些什么，凶手就不会觉得有迫在眉睫的危险，下此杀人之心”

“不管怎样，先看看现场吧。”

三郎终于转换了心绪。确实，覆水难收啊，事情既已发生，还把自己缠绕在闷闷不乐的追究中，于现实毫无补益。

警部领着三郎来到大门侧面的客厅。穿着较厚毛衣的信正的尸体，俯伏着趴在靠门边的地方，脖子上残留着紫色的绞索印。

“杀人的手段，和杀义宏的完全相同。大概是先从前面击中要害之处，然后绞杀之，这样的场合，遇到抵抗很少……”

“那么，死亡推定的时间?”三郎问。

警部指着正在继续熊熊燃烧的煤气炉，说：“听说发现尸体的时候，那个炉子已经生火了。由于平均室温的不同，推定死亡的时间，也有些微妙的差别，这不过是法医学的常识——凶手似乎了解这一点。是在行凶之后、还是行凶之前，炉子才被点着，这就很难判断了……大致的推测是从昨夜八时到十一时之间。不过，请您知道这一点，我刚才所说的误差是可能的。”

三郎点点头。这时，一个男人走过来，行了举手礼。

“我是高井户署的部长刑事野泽——请让我说明一下事件发现的简单经过：今天早晨，九点十分左右，在这家做工的家政妇（佣人）小坂富发现了主人冢本信正的尸体，立刻向 110 号报警。接到本部的通知后，我急忙赶来这里，承担现场保护工作。由高井户署到这里，充其量只有几百米的距离，花不了多少时间。发现尸体的小坂富，以及我到达后不一会儿来此访问的被害者的弟妹冢本悦子、随同她来的律师小池祥一，现正让他们在茶室等待着。”

“知道了。您辛苦了。”

对于悦子他们到这儿来，三郎并不感到意外。因为恭子在

“自己的看法”中曾说过，这两个人约定要一起访问信正的。但是他想，在尸体被发现不一会儿的时候恰好到达，真是来得不巧啊！还是不来为妙！

三郎仔细地观察了一遍鉴别课的科员们正在忙得不亦乐乎的房间。房间虽然收拾得颇为干净，然而，独身者客厅的那种大煞风景的感觉，却无论如何也不能抹掉。沙发、收藏着百科全书及美术书籍的大书箱，放着一套洋酒的小橱柜，这就是全部的家具了。而一幅像是复制品的大西洋画，嵌在镜框里，孤零零地别无旁衬——这是唯一的装饰品了。

桌子上放置着香烟盒，两个白兰地酒杯，威士忌的瓶子和“和平鸽牌”香烟罐。烟灰缸里积存着相当多的烟蒂。

“检事先生——”吉冈警部拿出一个深绿色的小笔记本。“这个东西是放在沙发上的，是小池祥一的笔记本。可以肯定不是今天早上来这里遗失掉的，这倒是一个怪有意思的事情……”

“是啊，这么说，他昨天到过这儿，今天早上又来了……噢，把这件事放到后面，先听听发现者的讲述吧？”

“是的……被害者的书房正空着，我们到那边去吧。”

这是一间西式房间。书架上，堆满了技术方面的外文书和笔记本。文学和艺术方面的书一本也没有，三郎想，客厅里的美术书籍，也许是一种装饰吧。

不一会儿，警官带着一位四十五、六岁的胖女人出现了。虽然风度不雅，但能给人以好感。她好像迷失方向似地连连眨着眼睛。吉冈警部立即开始询问：“喂，请不必拘束！您总是清早九点左右上这儿来的吗？”

“是的……因为他说早上迟一些来比较好。”

“每天都来吗？”

“自从冢本先生发生交通事故以后，每天必来。在这以前，每隔两天来一次，打扫卫生和洗衣服……”

“昨天情况怎么样?”

“昨天是早上来的。因为先生说，他到检察厅还是什么地方去，可以提早回家。洗了衣服，打扫完毕，大概两点左右我就回去了。”

“在冢本回家之前吗?”

“是的。”

“这所房子的门是怎么锁的呢?”

“我保管着后门厨房的钥匙。前门听说是弹簧锁吧，不用钥匙。”

“噢……那么，今天早上，你也是从后门进来的啦?”

“是的……平时从后门进来也要按电铃，我一般都是先按了电铃后进去的。自从先生发生交通事故以后，先生说，起来走路很麻烦，让我不必按电铃就可以直接进厨房里去，今天也是这样……”

“嗯，那以后——”

“我想，先生大概还在休息吧，隔着房间一看，床是空的……后来，无意地随便走进客厅，啊——”

小坂富喘着气咽下一口唾液。

“我长这么大了，从来没见过这么可怕的景象！实在太可怕了……阿弥陀佛、阿弥陀佛!”

“这个一会儿再念吧——关于这次事件，你有什么线索吗?”

“我实在……”

吉冈警部回头望了三郎一眼，示意说：是否再问下去，大概没什么油水了吧?

“那么，我来问一点儿。”

这回，三郎代替警部询问了，“昨天早晨，检察厅派来的人到来之前，有一位女客在，是吗?”

“噢，要说那个人，我已见过两三次了。”

小坂富皱着眉答道。使人觉得，她对这个女人印象不好。

“她叫什么名字?”

“不知道……最初出现是在十二月初的一天。我走出大门口，问：‘谁呀?’那个女的来势汹汹地反问，‘你是谁?你只不过是家政妇什么的吧?要是这样的话，请缩回去别啰嗦!他在家吗?’说罢，旁若无人地‘咚咚咚’直闯进去了。真是一个莫名其妙的怪物……”

“冢本讲过关于她的事情吗?”

“没说过什么……只是，不管什么时候，那女的一来，先生总是很不高兴，还对我说，如果那家伙再来，就告诉她我不在家!可是，这可不是一位可以轻易撵走的怪女人!”

“她来的时候，都说些什么，你没听见过吗?

“因为我不喜欢管别人的闲事，所以也不去偷听……大抵是哭啊、喊啊，令人讨厌地大吵大闹!”

“昨天也是这样吗?”

“啊……昨天!先生好像大发雷霆，很快就把她撵跑了……说实在的，弟弟刚出了那样的事情，这种不受欢迎的女人，还不会给先生更添烦恼吗?!”

“他们俩说的话，你一句都没所清?”

“我到这儿是来做事的，时间很紧，又要打扫卫生，又要洗衣服，又要做厨房的事，哪有闲空注意旁的事情;要是水哗哗地一流，什么声音就都听不见了。”

三郎点点头，停止了询问。寻找这一女人的线索，正存放在北原大八的抽屉里，无须再追问下去了。

冢本悦子也作为“参考人”，但实际上几乎不起一点作用。

接二连三的横祸，她的头脑已经麻木了。她，像一个没有灵魂的木偶一样，表情呆滞，茫然地坐在一旁，像是置身于另外一个世界。

这情景连吉冈警部也不忍见了。他只是极简单地询问了几句，而悦子的回答也只是说，自己是被小池律师带来的，详细的事情一概不知。

当然，见到悦子丧魂落魄的样子，最痛苦的还是三郎。虽然说了些安慰的话，但这又能顶什么用呢？作为检事，在这一阶段，又有警官等在身边，感情和言语不得不克制。

最后，对小池律师的询问，在这一局面之中，毫无疑义是最重要的了。

小池祥一首先简单地介绍了自己昨天访问过这里和今早重来的经过。他也是脸色苍白，痛切之情外露，但并不失镇静，说话颇得要领，条理清楚。

“信正给我打电话说，打算今天早晨和悦子谈话，时间是昨晚七点左右。当时，他说，在和悦子见面之前，由于有需要和我商量的事，让我先到他家去一下。我用电话和悦子商量之后，来见信正。到达这里，大约是差不多八点吧。”

“那个电话打来的时候，就你一个人吗？”

“恰好有个叫竹井敬三的青年到我家来，传电话的也是他。竹井君从大学毕业后，一边在我们的事务所帮助工作，一边学习，准备报考司法官。他去年考试合格，从今年四月起，正式成为司法研修生——”

“嗯……那么，昨天你到这儿来的时候，就信正先生一个人吗？

“是的。”

“一来就到客厅去了？”

"是这样。"

"那个时候煤气炉是否已点燃了?"

"没有。是进入客厅后点燃的。然后，冢本取出白兰地酒瓶和杯子，劝我喝。"

"嗯，那时，你们的事先商量，是不是关于冢本义宏的遗产问题?"

"是的。"

"信正不是说放弃了继承权吗?"

"确实，他透露过这样的意思。"

"那么，有事先商谈的必要吗?"

小池祥一不知为什么略为踌躇了一下，但立刻像下决心似地说:"实际上，这方面还存在着若干问题，我也有必要加以说明。只是，这个说明很复杂，是否可以放在后面讲?"

吉冈警部斜视了三郎一眼，说:"好吧，先把这个复杂问题挂起来。那时，信正是不是跟你说过，除了有关遗产问题之外，还有无论如何要对悦子说的别的问题?"

"是的，他好像说，这是个重大问题，最好要有见证人。因为事到如今托别人也不合适。"

"他所说的重大问题，你果真不知道吗?"

"不知道。因为我想反正明天总归要知道的，就没有深入问下去。对方大概也觉得，所要说的问题和我关系不大吧。"

"有没说些可以作为线索的话题?当人把问题作为悬案的时候，常会无意识地透露出其中的某些缘由!"

"没有。他只说，过了中午，要到搜查本部去报案，必须对检事先生说，所以在这之前，要和悦子谈谈。这些话，我觉得有点奇怪!"

"那么，他要说的是有关渡边博的事吗?"

“嗯，这方面……我全然不知道，无法判断，但信正先生不会不知道渡边博吧？”

“那么，你们谈完话后，你是几点离开信正的家？”

“我们谈了三十分钟还是四十分钟后，我就离开了。”

“当时，你是否看出在你之后，信正家还来过别的客人？”

“没有听他说还要来客人。不过，在我离开后至九时半左右，信正先生还活着。”

“为什么？”

“我从他家出来，直接回到代代木上原自己家，脱下西服时，发现记事本不在，因为本子里记满着工作计划和记录什么的，丢失了就不好办了。我想，可能忘在他家了，就给他去电话，信正在书房里找了出来，然后告诉了我。记得，那是九点二十分左右。”

“接电话的肯定是信正吗？”

“毫无疑问，是他，我们是老相识了，不可能听错。”

“打电话时，你旁边还有谁？”

“就是刚才提到的竹井敬三君，他和我是围棋的老对手。好久没下棋，这回，因为妻子不在家，我们就约定痛痛快快地杀它一阵。正下得胜负难分就被信正的电话打断了。”

“您的太太怎么回事？”

“本来早就想向刑事先生说明……唉，实际上，怪难为情的！在义宏君举行婚礼的前一天，我和妻子大吵了一场。为此，她气恼了，回到镰仓她娘家去了。因为第二天要出席义宏和悦子的婚礼会，她吵着说，讨厌穿和服要穿西服，又发牢骚嫌服装不时髦，我终于气火地训斥她，‘混账！是你结婚吗？’这样，她终于没出席他们的结婚仪式，我也欠了情礼了！”

“那么，一直到今日，她还在娘家吗？”

“是的。嗨，那是个十分任性的女人！过去也曾发生过这样的事，总是要我去接她，我要是不去接，她就死赖着不回来，真没办法！这回，也想去接她，可这里的事情乱七八糟，忙得像无头苍蝇，一点空闲的时间也没有……实际上，我刚才还想，今天这边的事结束以后，或者下午什么时候去接她回来呢。”

小池祥一现出难为情的神色。

“这实在……那么，这样说来，在义宏被杀的晚上那个时间，你不在现场的旁证就没有了？”

小池祥一连眉毛也不动一下：“因为事情竟发展成这样，实在神仙难料啊！义宏的结婚仪式过后，我就直接回家了，想一个人安安静静地休息一会儿，全身疲乏，我喝了威士忌，一下子就睡着了……当然，始终是一个人，即使妻子在又有什么用呢？法律规定：配偶者的证言是不能作为旁证依据的。”

祥一的话语，在三郎眼里，多少带着法律家在无可奈何时的自我嘲弄，有点滑稽。而吉冈警部似乎在什么地方被激怒了，故意以为难的口气说道：“这么说，无论是第一个案件或是第二个案件，你都没有完全可信的旁证可以证实：在事件发生时，你不在现场！”

小池祥一生气了，说：“这，是这样的！先生把我看成什么人了？如果我是凶手，我会干出那么愚蠢的事情吗？比如，昨晚，我去信正家，竹井君已经知道了——我还用电话通知了悦子。请问，有这样白痴的凶手吗：自己去杀人，还要鸣锣响鼓地让二者知道？况且，我还将记事本忘在他家了，指纹也一定留在许多地方吧，这不是作茧自缚吗？我至少是一个律师，要比一般人更知道，杀人案的搜查是如何进行的”！

小池祥一仿佛竭力控制着油然而生的愤慨。三郎也觉得，在这样的阶段，警部说出这番话未免有一些过激了。

第十三章　巨额财产之源

为了不妨碍有必要进行的住宅搜查，三郎他们和小池祥一来到附近的高井户署。

预料到小池律师的谈话内容，将涉及许多法律性问题，决定由三郎本人担任询问者。

“首先，我们想问问有关遗产问题——”

小池祥一立即打断了三郎的话头，以十分郑重的态度问道：“检事先生，在谈话之前，请让我提出一个要求，行吗?”

“什么要求?”

“我希望您将我的谈话作为非正式询问。虽然记录是检事先生的权利，但如果将笔记作为正式记录，那我就不好办了!”

“为什么呢?”

“因为万一出现了有损委托人利益的事情，那是非常遗憾的。如果您不接受我这个条件，我无法谈。您知道，对于律师，他有保守职务上有关秘密的义务和权利。”

“知道了……请问，这个委托人是谁?”

“冢本悦子。我已被赋予代表她利益的正式全权。我虽然觉得没必要重申，但还是希望您不能将谈话内容告诉第三者。”

"只要和本案无关，那当然。"

"不，即使和本案有联系，您如果泄露了，我也是很为难的。根据我的话，检事先生或者警察先生，分别进行独自查访，如果查访出的结论相同，那无所谓——不过我认为，这个问题与本案无关。"

小池祥一的话，表现了他作为律师的特有的意志。三郎只好采取舍名求实的作战方式了。

"好吧……我答应您的要求，请大胆谈吧。"

"明白了。"

小池祥一略停片刻。

"前不久，警察先生问我有关冢本义宏遗产的问题，我说过'出版权和其他若干权益'的话。这是相当慎重的回答形式。当然，你们如何理会这些话，不是我所知道的——"

"那么，这'若干权益'一词有什么特殊含意呢?"三郎心里吃了一惊，话语变得尖刻了。

小池律师会意地点了点头，然后说："正如您觉察到的……我的回答的确是模棱两可的，但绝不是谎言。因为我在那个时候是不能公开这个事实的。"

"那就是说，因为冢本信正死了，情况就变化了?"

"是的。因为这关系到他业务上的秘密。"

"'业务上的秘密'?难道你担任冢本信正的律师?"

"不。如果这样，我就不能担任冢本悦子的律师了，因为她和信正先生，在某种意义上，利害关系是不一致的。形式上，过去我代表义宏君的利益，但这和信正先生有关系。也可以说，这关系到他的将来。"

"请您说得具体些。"

"好的。事实上，义宏君有莫大的不公开财产，当然这是包括在他的遗产之中——他拥有一个合成树脂制造法的专利权。详细的专业内容我不清楚——”

完全出乎意料，三郎像被谁击一猛锤，他惊愕了。

作为经营学者的冢本义宏，不可能进行这项尖端的科学技术研究……是他哥哥，一定是信正的研究成果！

“让我说明一下，您就明白了。在普通情况下，属于某个公司的人，他的发明也属于这个公司，这是原则。至少现在的日本就是这样。在这种情况下，如果发明者想要将专利权据为己有，只有两条路：一条是，辞去公司职务，到大学或什么地方继续研究，完成发明；一条是，瞒着公司，借用自己亲属或朋友的名义，申请专利权。这种例子是屡见不鲜的。”

三郎深深地点了点头。他完全理解了小池祥一要将这次谈话作为非正式询问的意思了。

小池律师颇显为难地继续说道：“如果生活各方面得到公司的保障，利用公司的研究设施和资材，却又为自己谋利益，这是对公司的背叛行为，无论如何是不值得赞扬的。如果信正先生利用业余的时间，协助了弟弟的研究，提供意见，那就无可非议。”

对于小池这种兜圈子的话，三郎不由得苦笑道：“我已满足了您的愿望，将这次谈话作为非正式询问了，所以您这种解释是没有必要的。谁也不能想象，经济学副教授冢本义宏在树脂化学方面，能进行前人未进行过的研究！”

“但是，他在京都时，还到过别的大学工学系讲课，获得工学系讲师的头衔。在申请专利时，就利用了这种头衔，这恐怕不是诈称的吧？”

“这……嗯……大概如此吧。”

“检事先生，请让我为信正先生的人格辩护。他之所以这样做，是有值得同情的地方的——像信正先生这样优秀而卓越的人物，有了这项重要发明，如果将其贡献给公司，按理说，他完全有可能成为公司未来的头面人物。要是这样，他会毫不犹豫地贡献给公司。然而，遗憾的是，信正先生没有在将来能被提拔的希望!”

“因为父亲和弟弟的问题吗?”

“是的……像东邦化成这样的大公司，是很重体面的，不可能将亲属中有犯罪者的人，提拔为公司领导人。事实上，公司担任技术工作的领导人，曾一度想把自己的女儿嫁给他，可是，知道他的家世后，就转舵另觅佳婿了！这样，在事实的教训面前，信正知道，不管自己如何为公司卖力，也得不到应有的赏识和报酬，从而萌发了叛逆之心，这大概也是人之常情吧？至少，我从心里无法责难他!”

小池祥一的辩护确有道理。士为知己者死。前程和希望既已渺茫，焉能不离心离德？如果是因为驽钝之才，能力有限，那是另一回事啊！三郎暗自想后，便问：“明白了……那么，那个专利权的申请是在什么时间被承认的?”

“大约在两年前。正式的日期和专利番号，现在记不起来了，如果要想知道，我以后可以告诉你。专利有关的文件在我那里保存着。”

“这些文件请一定让我看看——那么，这个专利权是和哪个公司订立使用合同的?”

“嗯……是和太阳化工订立的合同。我想您是知道的，这个公司最近发展很迅速，在吸收新技术方面意欲很高。但另一方面，和东邦化成、和过去一直是竞争对手的日新化学等公司相比，它的研究班底还是相形见绌的。”

“缔结这个合同时，您当然卷入到其中去了?”

“是的。缔结合同时，由于义宏君还在京都，因而不少场合是我代表他的利益行动的。那时，作为事务性的报酬，我也得了相应的谢礼、劳务费——如果对我有什么怀疑的地方，请检查合同和收据吧。”

“我们是要大致调查一下这些文件。不过，这个专利权每年得到多少利益呢?”

“条件约定是，产品出售额的百分之五。前年，因为生产还没走上正轨，记得只得了三百万元多一些；去年，产量越来越高，大概得了两千万元左右，当然，这是包括税金在内。今后，想必能得到更高的金额。”

“要是年收入两千万元以上，那岂止是‘若干权益’，难道不是滚滚而来的巨富之源吗?请问，这大笔金钱都如何处理呢?”

“当然形式上由义宏君领取，而实际上他只不过是渠道，扣去税金之后的大部分钱，我想，大概交给其兄了。而义宏君也得到一份一定量的金额，至于他们之间如何分法，那是他们兄弟间的事情。我虽是律师，也无须过问。”

“他们分成的比例可能是一比一，平分秋色吧?您说，大部分转到信正先生手上，有何根据?”

“不，我这样推测，不是妄说。信正先生曾考虑过，要在什么时间辞去公司工作而独立。他单靠自己的力量开办一个新公司，还是有困难的。因此，必须集中几个合适的投资者或助手。他自己也打算积攒尽可能多的资金，以备急需。为此，他除了买房子外，大概不动用这笔钱。义宏君也很知道这个计划。再说，他自己也有一定的收入，很难想象，他会不支持其兄的计划，而伸手要得更多!”

“有道理……那么，义宏买桔住宅的那幢房屋的费用，是从他自己那一份里取出来的吗？”

“三百万元不过是这笔年收入两千多万的约百分之十五，这一点钱从这笔款中取出，也是自然的。”

“信正先生说有必要和悦子谈谈，也是因为这件事吧，您昨晚去信正家谈话，是为这个问题吧？”

是的。信正先生的意思是将事情的原委告诉悦子后，放弃继承权。但是，关于如何分配专利权的利益，希望悦子继续采用过去的方法。因为专利权实质上是信正先生的东西。我认为，他这样做是妥当的，悦子是一定能接受的。”

“但是，实际上，还没将此事告诉悦子。”

“嗯……本来约定今天早上，信正先生直接同她交底，决定让我担任从旁劝告悦子的说客……”

“请问一下，信正先生打算以后付给悦子的一份，是多少钱呢？”

“昨晚信正先生告诉我，‘扣去税金以后，将余额的百分之二十或二十五给悦子，怎么样？’，我从悦子的立场考虑，觉得这已经是够宽宏大量了，满怀信心能说服悦子同意。”

“您知道，信正先生过去得到的钱，用什么形式储蓄起来呢？”

“不知道。我想，按照常识，由于有税金和别的问题，将款分成几笔，以伪名存到各个银行吧。”

“开设公司这件事，已经进行到什么程度了？”

“据我所得的印象，似乎还没进行到具体化的阶段。他经常会见各种各样的人，正在物色对象，进行筹备。这是需要筹措大量资金的，等到资金不成问题了，着手组建，起码也需要一年半载吧？”

“信正先生留下遗书了吗？”

"自从发生汽车事故后，他说过，'人，不知什么时候会突然地被夺走生命的，还是得把遗书先准备好……'现在想起来，这可能是他的不祥的预感吧！"

"这么说，有关信正的遗产，没有继承人了？"

"就我所知，是这样的！"

小池祥一长叹一声。

双方都沉默了。

三郎想，在没有遗书的情况下，法定的继承人，按照日本的法律：第一，是直系卑属；第二，是直系尊属[①]；第三，是兄弟姐妹。另外，配偶者只有作为特殊情况也有可能被承认。

在没有符合以上条件的继承人的情况下，由家庭裁判所选任管理人，让其暂时管理遗产。在一定期间内，如再没有出现要求继承权的人，遗产将归国家所有。在美国等一些国家，有人意想不到地会得到"飞来"的遗产；但在日本，只要没有遗书，此类事情是绝不会发生的。

信正既没有妻子也没有孩子，双亲和弟弟全死光了，因此一个继承人也没有了。不动产及存款，就这样将为国家所有，这一笔遗产谁也得不到了……那么……

小池祥一似乎立刻观察出三郎在考虑什么，自言自语似地问："检事先生，过去我一直处于激愤状态，没有细心留意，实际上，没有继承人，这是件极为奇怪的事。信正氏拥有一笔巨大的不竭之财，然而，因他的死而得经济利益者，却一个也没有……那么，作案的动机究竟是什么呢？难道存在有对冢本兄弟怀着刻骨仇恨的人吗？而这类人的线索，我却一直发现不出来……"

---

① 卑属：指儿女下辈。尊属：指父母上辈。

对于三郎，在目前，这是无法奉告的谜。冢本兄弟死后，的确留有专利权这样不公开的遗产。这种每年能获得二千多万元利益的权利，可以充分成为凶手作案的动机。可是，顺藤摸瓜推理的结果，从理论上说，凶手是悦子……

“在这之前，冢本悦子果真不知道专利权的事吗？难道义宏先生生前一直没有把专利权的事告诉悦子吗？”

“我想，不会有这样的事吧。在举行结婚仪式前两三天，我见到义宏君时，曾对他说，专利权的事必须告知你太太吧？他说，‘是要告诉的，不过，话要是说得不好，会引起悦子对哥哥人格的怀疑。嗯，在新婚旅行期间，选个适当的时机，详细说给她听。’义宏大略说了这么几句，所以我想，他还没有对悦子说出专利权的事。当然，要是在几天以后，结束了蜜月旅行，那可能就和盘托出了……”

“好，我全知道了……另外，知道有关专利权的事，除了当事者冢本兄弟和您之外，还有别人吗？”

“因为毕竟是一桩事情，虽然我认为，他们告诉别人的可能性很小；但不能断言，除了我们，就没有别人知道这件事。比如，信正先生未来事业的合作者，也许听到这件事，但究竟是谁，我是无法推测的……”

“再回到原来的话题吧，信正先生放弃义宏先生遗产继承权的正式手续，办好了吗？”

“本来决定今天早上，信正先生和悦子谈妥后，写成正式文书。您知道，放弃继承权，如不正式报告，提交家庭裁判所，是不能发生效力的——我也想在明后天帮他们办手续……”

“那么，结果放弃继承权没有实现了？”

“是的。我是力所能及维护冢本悦子的利益，为此，甚至打算和国家相争，因为现在关心信正先生遗产的，大概是象大藏省这样的部门了。”

“……另外，还想问一个隐秘的问题：就凭您的观察，义宏先生从心底里对这个专利权，到底是深感麻烦，还是视为乐事？”

小池律师皱起了眉头：“是这样的。说心里话，我最初听到这个消息，很不以为然，认为这并非什么了不起的研究成果，年间两三百万元的收入，算得什么！可是，目前的成绩，已逐渐引起了产业界的注目，义宏君也从内心感到烦恼了。悦子和他认识后，总觉得他身上好像笼罩着一层奇怪的阴影，不能说，和他这种微妙的内心活动无关。”

“有道理。因为一旦被人问到技术上的细节问题，作为发明者竟然张口结舌，那不是上台容易下台难吗？但是，其兄大概还有别的方面的烦恼吧？”

“为什么？”小池律师以暗淡的表情反问。

“很简单。比如，这项发明的制品销售额一旦达到每年几亿元的时候，作为商业竞争对手的东邦化成，不能不注意它的发明者是谁。如果说，在申请了专利权，但还未产生利益时，由于专利项目繁多，没有引起东邦化成的注意，那还说得过去。而当利益一旦产生，竞争的利害关系已经明显可见，一查这位发明者，竟是和这门尖端科研技术似乎沾不上边的经营学者，其兄又在自己公司里从事这门科技的研究，难道他们不会追根究底吗？当然，这和产业特务从别的公司窃取技术情报性质不一样，是自己从自己的头脑里，‘窃’去了别人所没有的机密技术情报，所以罪过也还是轻的。尽管如此，我不理解的是，信正为什么不会预计到这一层，在申请专利两年之后，还继续待在东邦化成？”

“是的，我也简单地认为，在他成立了自己的公司之后，必然立即辞去原职；但是……”

“不，不，我的看法是：获准专利权后，第一年姑且可以留在东邦化成；第二年，制品销售额已达目前这样的程度，自己的平均月收入已超过一百万元，他应该理所当然提出辞呈。可是，直到今天他仍未提出辞呈，这一点实在令人费解啊！”

小池律师轻轻地点头：“检事先生的话很有道理，坦率地说，我没有想到这一层。信正先生死了，有关这一点，我也不能再说什么了。”

三郎觉得，小池律师这个回答是真实的。他只是忠实地履行本职的事务工作，而对事务性以外的更深的事情，他没有深入考虑，无可指责。

接着，三郎和吉冈警部商量了几句话后，结束了询问。

“那么，您辛苦了！可能以后还要请您多协助。今天，就这样吧……另外，让刑事和您一道去借有关专利权的文件，可以吗？”

“可以。”

小池律师慢慢地站起来，脸上还带着紧张的神情，望着三郎说：“检事先生，由于我告诉了您这个专利权的事，我心里顿觉轻松了，如果在这方面还有什么细节问题，无论什么时候，都可以问我。只要我所知的，我都尽力提供。要是认为，我是否从中捞到什么好处，那是很遗憾的！

过了一会儿，结束了对住宅搜查工作的人们，回到了高井户署，他们几乎一无所获。

应该存放重要文件的抽屉，却只放着三十万元的邮局存折，和它一同塞在信封里的是九枚质量优劣不等的印章，看了这些印章，古冈警部露出“噢，原来如此！”的神情。

“检事，按照这种情况，存折是一直寄放在银行的吧？”

“嗯，大概是这样的。在脱税情况下，将存折放在家中，一旦家里被搜查，那是很不安全的。所以多采用这种将存折寄放在银行的办法。不过，从信正这种情形来看，预防被盗的目的，比这个更为强烈些。自己是单身汉，在家政妇随便进出的情况下，不担心恐怕不行吧。光用印章，只要不知道在什么银行，以什么名义存款，谁也没办法取出钱来。”

“大概是这样，——邮局的存折可能是为存取日常需用的钱而开设的，这个存款是经常存取的，可以叫人向银行了解。”

“是不是被害者在随身所带的笔记本还是什么地方，记着银行账号那样的东西，请再看一下，如果知道这些，以后的调查就轻松多了。”

“知道了。不过，要是谁掌握了特定的存款账户，又窃取了相应的印章，是能取出钱来的。我们要追查这样的事，那就困难多了。”

警部稍稍想了一下，说道：“有关北原先生所见到的女人，我们得尽快调查。我想，要是顺着‘公爵夫人’酒吧间的线索，是能很快调查出来的。也要调查一下，冢本信正工作单位，以及他的交友关系等，我认为，这两个案件不是互不相关的孤立的案件……”

“这方面，我和你想的一样……为了慎重些，有关这次案件，请根据各自的立场考虑。我认为，信正是要告诉悦子什么的，而这就是症结所在了……”

这天下午，接到三郎的电话后，恭子急忙准备去悦子的住所。虽然，三郎并没有告诉事件的真相，可恭子很快觉察出来，更加担心悦子了。

按了三〇一号室的门铃，出来开门的却是川路副教授。

“噢，是太太……您也听到今晨的事件了？嗨，真是祸不单行啊……”

说着，他的神色显然变得有点难为情了：“刚才，悦子给我家打来了电话……不知为什么，她好像受不了，我急忙赶来，幸亏今天我休息……”

“悦子对先生……”恭子没说下去。

她感到诧异。她知道，又发生了这样的不幸，悦子如何刚强，大概也无法忍耐心中的不安和恐惧啊！自己心中惴惴不宁，希望身旁有一个人，这可以理解。只是，为什么要叫川路达夫来呢？为什么不叫自己来呢？恭子想不透。

但她马上体察到悦子的心情。悦子的固执是不会轻易改变的，她肯定认为，又发生了新问题，不管是她恭子还是谁，肯定又要劝她回娘家了。在这方面，只有川路达夫一个人，从内心赞成悦子仍留在这个住宅，悦子对唯一理解自己的人产生依赖的心情，也没什么好奇怪的呢。

“我来了以后，她的心情好像平静了一点儿……”川路达夫低声说着，让恭子进去。悦子在里屋茫然若失地望着放在桌子上的失恋木偶人。那黑色的木偶，悲伤地抱着破碎的心。

“刚才，她就是这个样子的！”川路难过地望着悦子，低声对恭子说。“我……也想，无论如何得想个办法！”

这时，恭子忽然意识到，川路达夫是不是过去早就对悦子默默地怀有好感？最近，他对悦子的态度，看来已经不仅是同情了。由同情而产生爱情，往往是一纸之隔。

“恭子，实在一直都让你操心了……”

悦子终于苏醒过来似地望着恭子，茫然地说着。就在这时，门铃又发出了令人讨厌的声音。

川路达夫关起隔扇门，走了出去。从门口那边传来了什么人的争吵声，又听到有人跌倒的声音。接着，隔扇门被打开，一个人冒冒失失地闯了进来，恭子不认识他。

悦子睁大了眼睛，从唇间迸出一声悲惨的喊叫："通口先生!"

"悦子，你怎么瘦成这个样子啊!"通口哲也显出感伤万状的神色。

"这个家对我来说'门槛'太高了！说实在的，想来，难乎其难！见到你我心里难过，但我忍耐不住了……"

"我……没什么要对你说的……"

"别说了!"

通口哲也大声叫着，气势汹汹，以至于使恭子觉得他是不是要动手揪打悦子了。

"悦子，你不能再这样固执下去，你还要顽固坚持到什么时候？我今天是受先生所托，要把你带回去的！请赶快准备吧!"

"我不能接受你的指示!"

悦子脸色发青，全身痉挛似地在发颤。

"你难道对你父亲见死不教?"通口哲也以激烈的语气逼问着。

"对父亲……见死不救……?"

"当然。尾形老先生自从前一次受打击之后，身体迅速地垮下去了，从昨晚开始，他躺倒了，今天我去探望他，他还是躺在床上说话的……你父亲的身体本来就虚弱，受折磨到今天，你自己想想吧，还要我再啰嗦吗！先生虽然嘴上说，再不承认你这个女儿，可他心里是多么渴望你回去啊……"

悦子低头啜泣了。可通口哲也还是不放松，继续逼下去："这个案件的发展，我是十分担心的。昨天，我从关西回来，今早，一位在东洋新闻社会部工作的朋友告诉我，好像又发生了杀人案。为了先生，也为了你，我不能再置之不管了！大概冢本家是可诅咒的，父亲死在监狱里，三个孩子，两个被杀，一个被烧死……待在这样的家，说不定什么时候灾祸就要降到你自己头上，你现在……已经被沾上冢本家的污名了……”

悦子脸色骤变，嘴唇动了动，正要说什么，叉着脚站在隔扇门旁的川路达夫忽然插进话来：“义宏君和他哥哥被害，不是冢本家的罪过！有罪的是凶手，他们兄弟有什么可非难的地方？”

“你管什么？刚才你摆出多么了不起的架势，说什么悦子谢绝会客啦！你究竟是她什么人？有什么权利这么干？”

“你才没有权利强制悦子！从刚才的样子看，你大概就是叫通口哲也的律师吧？你的话，我都听见了，现在你还硬缠着她，不觉得可耻吗？”

哲也涨红了脸，紧握着双拳，但看到担任学校教授棒球队主要投手的身材魁梧的川路达夫，他只好忍下一口气，打消了行使武力的念头。

“你这是小人之见！我正是舍去私情，才这样堂堂正正来接悦子回去。失礼了，你如此煞费苦心要挽留一个孤身女子，到底是什么动机？”

他们你一言我一语吵个不休，这种出乎意料的局面使恭子十分担心，但她一筹莫展。

“你还算是个律师！你大概知道，你这话已经构成损毁他人名誉之罪行吧?!”

“事实上是你的行为使人不能不这样想，否则，你有什么理由反对悦子回她自己家?”

“我只是尊重悦子自己的意见，她是个聪明的成年人，没有必要接受他人的指示!”

“你难道看不出来，将悦子扔在这里，什么时候都有可能发生不测的变故吗？危险……算了吧，现在不是和你谈论法律的时候！”

“请你放心，悦子由我负责照顾。如果我觉得她还是回娘家好，我会慢慢地劝她，像你这样采取强制手段，申斥、威胁，悦子是不吃你这一套的。”

大概通口也觉得这样僵持下去解决不了问题，于是转向悦子，改变了刚才的态度：“悦子，跟我一起回去吧！这样的家伙在你身边，你会变得不正常的。请睁开你的眼睛，重新回到和平的生活中去吧，我现在的心情是，纵使要用绳子拴在你的脖子上，牵着你走，我也干，我一定要让你回到先生那里去……刚才，这个人说他要负责照顾你，难道你想和他结婚吗？”

“住口！我不愿意回娘家。”悦子气愤地回答。

“请您赶快想开点，走吧！”

“不……”

“悦子，我……”

“这是我的家，请你老实离开，不然我要告诉警察，你非法侵入住宅！”

通口哲也脸红脖子粗，紧咬着嘴唇；悦子可能由于激动，竟冲口而出：“我……不想和任何人结婚。不过，谁要是能在警察之前，替我报了杀夫之仇，并且他还是独身者，那个时候，我也并非不能改变自己现在的态度……”

通口哲也的双眼放出激烈的光，凝视着悦子和川路达夫。

“好吧！看来这次我又输了。你现在的话我也记住了，就这样转告先生……”

接着，他又一次凝望悦子，木然地说：“悦子，我刚才的说法可能不当，请你原谅！不过，请你不要忘记先生，你也是为人子女的呀……”

第十四章　非正式妻子

第二天中午前不久，雾岛三郎从真田部长检事那里回到自己的办公室时，北原大八带着略显轻松的表情告诉他："检事先生，刚才吉冈警部来电话：他将要到这里来。好像已经找到了过去我曾碰见的那个女人。"

第二个案件的突然发生，使本来坚信信正是凶手的大八，深感沮丧。现在用自己"漫不经心"地带回的火柴盒为线索，居然找到了这个女人，所以他的心情大概有所缓和了。

三郎苦笑道："我虽然想说，'老兄，这是你的功劳！'但我这次不能公开地表扬你呀。"

"有理，有理！要是公开了，我岂不是要被问'盗窃罪'了？因为没有不良动机，这就是侥幸的成功！"

两人正说着笑话，吉冈警部来了。

"先生，有问题的那个女人，确是'公爵夫人'酒吧间的服务员，叫菊池敏子。现在，她和刑事一起在会客室里等着，请您去见见她。这是她提出的要求；我也希望北原先生当面验证一下，是不是那个人。"

"难道这个女人还有话对我说吗？"

三郎为此略感惊奇。普通人在有事时，因为不得已才和警察见面，但都尽可能避免和检察官碰头。这个女人究竟为什么要见检事呢？

“总之，这是一位不寻常的女人，有关她的事后面会说。首先让我报告至今搜查的结果。先申明一点，并没发现关键的新线索。”

警部打开记事本：“对公司方面还未进行充分的调查，据见过研究所长岛上晋博士的部下所说，公司方面最近已经注意到专利权的事了。据说，制品叫PEC，由于公司规模大，部下在调查时，颇费功夫。岛上博士本来打算等信正养好伤，回到公司时，马上进行追究。并且根据情况，劝其辞职……”

“可现在，再也无须什么辞呈了！”

“是的。据说，博士一开始就说，已经没有办法了。博士还说，在一般情况下，多数人是先回到大学或别的地方后，才申请专利；而信正在申请专利之后两年仍待在公司！这种行为简直无耻之尤！部下说，博士是一个十分温厚的人，他说出这么难听的话，证明他已是忍无可忍了。”

“那么，信正的秘密已在研究所传开了吧？”

“好像是这样的。即使没发生这个案件，他在那个公司也待不下去了。还听说，他在那个公司几乎是‘孤家寡人’，连一个特别亲近的朋友也没有。他的助手们也说他，不知道处理人与人之间的关系。和他在一起时，只听到他讲专业方面的话，人情冷暖半句也没有。听了这些介绍，刑事也生气了。总之，公司方面我们还要继续调查。”

从脸色判断，在公司这一条线上，吉冈警部已经没有希望得到更大的收获了。

“有关信正的熟人这一条线，我们也作了调查。还没有发现可以被认为是创立新公司的协力者。正如小池先生所说，开办新公司也许正处在摸索阶段吧。另外，为慎重起见，我们又一次调查了千代田大学，有关荒木博士夫妇，我们发现了一件比较奇怪的事。这就是，发生第一个案件时，有教授当时不在现场的旁证，而其夫人则没有。第二个案件，两者恰相反。这好像带点偶然性，但他们和这两个案件到底有没有关系呢……”

三郎想，同案犯分别制造不在现场的旁证，这种例子并非没有。至于荒木教授夫妇，可以肯定不会有这样的事。

“据说，发生第一个案件的夜晚，夫人一直在家，所以没有旁证。而教授在结婚宴会后，带着家本义宏的助手岩田邦雄到神田‘喜久醉’小饭馆喝酒；之后，又到另一个酒吧间再喝，直至十一点左右两人才分别。教授没有汽车驾驶执照，而夫人却有一辆挺漂亮的体育车。”

略停，警部继续说：“发生第二个案件时，也就是前天晚上，据说，教授一直在家看书，因而没有旁证。而夫人却和别的几位太太一起去看戏，十一点左右回家，有好几个证人。从表面事实看，不管前案或者后案，和这两个人很难关联得上。”

“与本案有关的其他人，旁证都调查了没有？”

“小池先生的旁证，和我们所听到的相同。竹井敬之的证言与之符合。通口哲也乘前天晚上八时由大阪起飞的飞机回到东京，乘客名单里有他的名字，旁证勉强成立。川路达夫先生，说是和父母住在驹场的家，但又独自一人住在分开的另一间房里，自由进出，旁证颇难成立。据说，发生第一个案件那天，他八时左右回家，将送来的礼物交给父母后，就回到了自己的房间。而前天晚上，吃过晚饭后，他就马上回到自己房间了，一直到第二天！”

三郎默默地点头，脸上浮现失望的神态，轻轻地说，“根据以上情况，看来是不能采取‘旁证消去’法了！”

“眼下，有关本案的调查就到这个程度了。现在，您可以见菊池敏子吗？”

“关于这个女人，需要预先掌握什么吗？”

警部带着阴沉的表情回答：“看来不需要。总之，您见了她就一目了然了，我只能说，有关她的两性关系、朋友关系，正在调查之中。”

菊池敏子是一个约莫二十七八岁的百里挑一的美人儿。只是眼角颇带凶气，给人以贪欲的感觉，这是外貌的美中不足之处。她头发吹得乱蓬蓬的，向上耸着，穿着嵌有毛领的红衣服，使人一看便知是“公爵夫人”的服务员。

她进来时，大八使了个眼色，三郎确信便是其人了。

“您是菊池敏子女士吗？”

“是的。”

“是‘公爵夫人，酒吧间的——”

“商业伙伴！”

“有意思，奥林匹克运动会以来，这个新词儿被用上了！”

“因为我是这个店里老板娘的侄女，所以和普通的服务员有区别。”

“那么，也就是说，因为自己愿意，甘作店里的帮手，是吗？”

“嗯。”

“那么，您和冢本信正的关系？”

三郎单刀直入地发问，敏子一点也不害羞地回答：“法律上说是‘非正式的妻子’。”

三郎吓了一跳，果如吉冈警部所言：一见便知。原来如此！

“法律上说的非正式妻子，是指事实上过着完全正式的夫妻生活，而只是没有履行结婚手续而言。您是和他在一起生活的吗？”

“那么我说，我是他过去的非正式妻子，可以吗？”

“是指和他同居过吗？”

“是……”

“什么时间？”

“分手是在去年三月左右，在这之前大约九个月之间，我们一直生活在一起。”

“分手的理由？”

“是他把我赶出来的……”

突然，菊池敏子哭出声来了，瞬间判若两人。

“理由究竟是什么？”

“我一点也不明白……他说我和别的男人有两性关系什么的……可我怎么会有呢……我一想到他一定有了别的比我好的女人，就把我抛弃，感到很气愤。还说分手的赡养金只能给我二十万元！”

“你们是怎么相识的？”

“没有什么特别……不知为什么……这不是常有的事吗？”

“不知为什么？好了，这一点就暂且不提。据说，前天中午，你去了他家；是不是分手以后，你们还见过几次面呢？”

“是的……”

“破镜重圆了吗？”

“没有……”

她撅着殷红的嘴唇补充说：“是为了孩子。”

“孩子？”

三郎吃惊地反问了一句。这时，敏子犹如破闸之水，滔滔地倾泻起她久郁胸中的话：“和他分手的时候，我已经有身孕了……因为日子浅，我自己也不知道。我可以对天发誓，那时，我以身相许的只有他一个人，所以这是他的。为了即将出生的孩子，我想和他重归于好。可谁知道，他却借口说，这是别的男人的孩子……我感到难忍的悲痛，一度起了自杀的念头。可是转念一想，这么死了不是正中他的计吗？等到孩子出生后，他要是看到孩子——因为孩子多少总会有点像爸爸呀！他也许会回心转意，所以就一直挨到现在。”

“结果孩子生下来了没有？”

“本来想人工流产，在犹豫中错过了日子……终于在十一月十六日生下一个男孩子了。因为我从事这个职业，孩子只好托给母亲照管。可是，他至死也不承认这是他自己的孩子！”菊池敏子用手帕擦着眼泪，大声地抽泣。

“和他分手的准确时间是什么时候？”

“具体哪一天记不起来了，可以肯定是在二月底。怀孕的时间可能是分手的仅仅几天前……检事先生，难道您不相信我吗？”

“不，不是这样。不过，确实，这时间只能勉强说得过去。”

“可是，孩子的父亲是谁，作为母亲是最知道的呀！”敏子慢慢地擦着泪水，争辩似地说：“当时，我只要自己跑得动，我就硬着头皮到他那里，哭着哀求他：我自己就这样算了，至少希望你承认孩子！可他，只是狠心地在鼻子底下冷笑……”

“前天，您也是为了这件事去找他？”

“是的。因为听说他弟弟死了，我担心，他什么时候也可能出现不测……”

她的话听来真挚，却使人觉得有不留意而露出马脚之嫌。

“那么，他怎么回答呢？”

“‘现在还谈这个！’他发疯似的怒吼，我一点办法也没有……”菊池敏子挪了挪身子：“我想对检事先生提一个问题。”

“什么问题?”

虽然现在他死了，但我能否代表孩子，提出认领的诉讼呢?”

“嗯，是根据民法七八七条，即所谓死后认领的诉讼?”

“听说，在这种情况下，死去的人是不能作为被告的，所以把检查官作为对象控诉，是这样吗?”

“不错。”

“那么，我请求将您作为被告，进行控诉。请您赶快给我办手续吧。”

三郎不由得叹了一口气。

看来，菊池敏子的目的是很清楚的。但即使她被证明曾是信正的非正式妻子，她也不能得到遗产继承权。而只有孩子被确认为信正的儿子，那信正的全部遗产，都将以孩子的名义，转到作为母亲的这个女人手中。

“这条诉讼所说的检察官，并不是指所有的检事都可以。虽然有检察官和检事一体的法则，但在这种情况下，只是为了使裁判成立，检事才作为被告的代行人。而控诉提交地点，和民事诉讼一样，归裁判所管辖。所以，你应该找好相应的律师和他商量，确定被告代行人，不能直接向我控诉。”

“是吗！那这是相当复杂的事了，外行人真不知道……不过，检事先生，我希望您掌握这个情况，如果有谁妄图篡夺我儿子的权利，那么，他可能就是凶手……”

“有一定道理。请问，您受信正那样无情虐待，为什么不在他生前提出要求认领的控诉呢?”

菊池敏子第一次露出困惑的表情：“要是能够两人商量解决，就没必要提出控诉，进行不得已的裁判解决，既费钱又花时间……而且孩子出生到现在，还只不过三个月呢!”

“知道了。另外，再问一下，二月二十日晚，您在什么地方，怎样度过的?”

“噢，二十日，那就是前天，星期六晚上吧?我在店里，虽然近来生意不景气，但星期六还是繁忙的，不能休息。”

“您在店里工作到几点离开?”

“十一点半左右……怎么，难道您以为是我杀了他吗?我再恨他、讨厌他，但他毕竟是我儿子的父亲，我是决不会干这种事的呀……”

“您的心情，我很理解。作为我，是有必要这样问的——另外，您见过信正先生的弟弟义宏吗?”

“不，一次也没有……他弟弟来这儿时，我已经离开他了。”

“二月十五日晚，就是上星期一，您是怎么度过的?”

“我还是上店里了，有许多人可以作证。”

菊池敏子回答得很自信。

当天晚上，结束了工作后，雾岛三郎约北原大八喝酒。大八有一个习惯，他的话匣子常常要靠酒打开。杯酒下肚，谈笑风生，会说出大胆的见解，长期职业经验所磨炼出来的敏锐的直感观察力会借着酒力迸发出来。往往能提出可供三郎参考的有价值的见解。

“北原君，您对今天菊池敏子的谈话有何看法?”

大八捏着小酒杯一口一口呷着，以平常的口气答道：“这……她自己提出死后认领的问题，这就暴露了有可能作案的动机。妙得很，可她对自己不在现场的旁证，又似乎很有信心……检事先生，能允许我提一点自己的看法吗?”

“请不必一一征求我的意见，您什么都可以说。”

“我的感觉是，这个女人可能有个厉害的参谋。他也许曾经出现在第一线，自己拿着武器战斗过。你看，提出死后认领啦，以检察官为被告控诉啦，等等，我认为，这些无论如何是这个女人想不出来的。”

“嗯，我也有所考虑……”

“大概她被信正先生抛弃，是因为她和别的男人的关系，暴露出来了！您没看到，当您追问她，为什么不在信正先生生前提出认领控诉时，她掩饰不住而露出不安的神色吗？可能因为信正掌握了对她不利的证据，她没有希望取胜——”

“您的意思是，那个和她有两性关系的男人，充当了参谋的角色？”

“这是大可设想的。那个孩子或许是这个男人的孩子，至少，她本人大概也无法弄清到底是哪个人的儿子！”

“嗯，这有可能。因为时间这一点是非常微妙的，值得推敲。在普通的认领诉讼中，如果女的怀孕之时，还存在有非正式的夫妻关系，这本来对原告很有利。可菊池敏子显然有点特殊——”

“正因为如此，作为一个贪婪的女人，是可能会做一番冒险的。既然和信正已经共同生活了九个月，她不会对信正的财产状况熟视无睹，有可能她还观察出专利权的问题了——”

“不错，由此怀疑她想借机夺得遗产。而且，她以为儿子着想的名义，多次跑到信正先生家，大吵大闹，她以为我们不会不知道。不过，你所说的一番冒险，如果仅仅解释为比杀人更积极一些的行动，那还是有点道理的。”

“什么？您认为，菊池敏子和那个潜在参谋，是这次案件的同谋者的可能性，不可思议吗？”

“您再仔细想想。如果两人同谋作案，其动机不外乎是将孩子作为遗产的继承人，进而夺取自己的利益。那么，他们就得有取得死后认领诉讼胜利的绝对条件。在这种情况下，时间的微妙固然可以利用，而一旦进行实际裁判，孩子的血型等就成了问题了——”

“检事先生，就这一点吗？如果在孩子的血型问题上，他们有绝对的信心，那又怎么样呢？”

“您是说，信正和那个参谋偶然血型相同？这要是根据简单的分类法，比如‘O’型还是‘A’型，您的见解能成立。可是，现在的法医学，使用的是更高超的血液分类，例如，什么‘Ee’型、‘Qg’型，什么‘Rh’阴性、阳性等等。世界上绝对没有可以画等号的东西。使用如此细微的分类鉴别，两个的血型能笃定一致吗？”

“噢……”

大八说不下去了，不停地呷着酒。

“但是，检事先生，信正的尸体，今天已火化了吧？还能细分他的血型，进行调查吗？现在只能判断到，是‘O’还是‘A’这样的程度了。”

“是的。”

三郎微笑点头。是啊，这些仅是没有根据的臆测，然而不能不虑及。

“您看，按您这种说法，第一个案件的真相该怎么解释呢？”

“唉，我担心，这次又由于兴奋和上回那样，喋喋不休说过头了。不过还是乘着酒兴，让我说完吧！”

大八将杯里的残酒一下子灌下去。

“我认为，冢本义宏在举行结婚仪式的当天，就进行了结婚登记，这是作案者所完全没有预料到的。一般来说，无论谁代替他们交结婚登记，都是在仪式的第二天，这是普遍的社会习惯——”

“您是说，假如义宏和悦子的结婚未能正式成立，义宏死了，以他为名义的专利权，当然归信正所有；而后，信正再死……他们是这样谋算的吗?”

“可不是嘛！对于冢本义宏被杀的案件，检事先生不是早就提到，要害问题在于：凶手为什么一定要选择，在人家结婚的‘零的瞬间’作案。按我们刚才所说的情况联想起来，如果菊池敏子他们在‘零的瞬间’之前，还不知道他俩结婚手续的具体情况，这个要害问题不是可以迎刃而解了吗?”

三郎的酒意完全消失了，他皱着眉头，深思着。大八这回的假设至少要比上一回认为信正是凶手的推理更能成立。毛病是，这种假设又很难证明，凶手以什么借口可以将义宏从新房骗出来……

“嗯，有关这个问题，再叫警察调查一下菊池，看看结果。”

三郎结束了以上的话题以后，自言自语地说：“我现在觉得最伤脑筋的是渡边博的事……冢本信正不会不知道他的底细，要不要吐露他的真相，他显然焦虑重重、犹豫不决……”

大八没再插话，用筷子捅了捅素烧锅，轻轻地点了点头。

“信正提出要等他一天，在见我之前又叫弟媳妇去……他到底要说什么呢……是不是可以解释为，在吐露渡边博的真相之前，先要求得悦子的谅解?他的话肯定是有关渡边博啊……渡边博和悦子到底又有什么特殊关系，为什么非要求得她的谅解不可……”

三郎频频地自问自答。到末了，仍像过去所推理的那样，渡边博的秘密，还不至于会置冢本兄弟于死地的地步。信正说过，有关某个人的名誉，这某个人是谁?是义宏，还是悦子?要是能弄清，他为什么要在事前先求得悦子谅解的原因，那就好办了。可是，这“名誉”又是指什么呢？三郎仍在苦苦思索中。

“检事先生！”突然，大八颇带醉意地叫道。

“什么？”

“我有一个大胆的想法，可能完全出乎你的意料之外——和悦子结婚、被杀死的那个人，是不是就是冢本义宏本人？”

三郎愕然了！今晚，这位大八先生实在令人吃惊。

“你究竟什么意思？那可不是无头尸体呀？”

“不，不，我想到以前那件事了。在深山温泉旅馆烧死的果真是弟弟忠昭吗？如果死的是义宏，这在逃犯忠昭看来，可是千载难逢的好机会。他可以改名换姓成为义宏，至于脸型，他可以用火伤的整形手术欺瞒于人，从此，他就可以安然地逍遥法外了！

“忠昭本来就是他们的亲兄弟，冒名又有何难？而渡边博可能是忠昭过去的伙伴，他从什么地方刺探到了这个机密，屡次前来要挟？！”

三郎忍不住笑出声来：“北原君，这回你的炸弹发不了火了！冢本义宏是大学的副教授，他的职业和学问，不是外行人所能‘李代桃僵’啊！如果说，讲义方面还有笔记什么的，可以在课堂上滥竽充数；可是，伪装者能写出专业方面的书和论文来吗？而且，千代田大学的有关人士，不是异口同声称赞冢本副教授热心研究，有才华、干劲足吗？”

“嗯……我的想法行不通！太荒唐离奇了，可能是我酒喝得多了一点儿，请把它忘掉吧！”

大八爽快地否定了自己的想法。然而，就在此时三郎的脑海中却闪过一个非凡的念头，他腾地站起来。

“检事先生，是不是就此告别？”

“不，多亏你，我突然想到了一个问题。如果吉冈警部还在的话，我用电话托他办。你好好喝吧！”

“难道我的胡思乱想能起什么作用？”

三郎兴奋地笑答道：“有关温泉失火事件必须重新调查！”

第十五章　“狼群”

此后两天，没有出现新情况。因在本部工作的检事同时要处理几个案件，所以三郎仍处在繁忙的事务中。

傍晚六时许。三郎正站起来打算回家，电话铃响了。没有料到竟是通口哲也打来的。

“检事先生，我有事想跟您谈谈，如果方便的话，我们一起边吃饭边聊可以吗？当然不是我请你的客，而是以自己付自己的饭费的形式，怎么样？”

“您想谈什么呢？”

“当然是有关这次案件的啰。我想，我的话对您或多或少是有帮助的……”

通口哲也显然兴致勃勃。三郎考虑片刻，答道：“我很愿听您的意见，不过，和本案有关者一起吃饭，尽管各付各的饭费，恐怕也是不合适的吧。您能否正式地到这里来报告？”

“作为正式报告，我感到为难。我希望您将我的话始终当作非正式的告发……我想力所能及地给您协办，但不想冒被问成诬告或诽谤罪的危险……”

三郎不由得紧紧握住耳机：“那么，您打算告发谁是凶手呢?”

“所以，我才希望将这作为非正式的。我掌握的不是绝对可靠的证据；我只是说，我发现了多少能够作为检事先生参考的材料，因为，我实在是巴不得立刻就侦破这个案件!”

“您现在在哪里?”

“东京律师会馆，离检察厅近在咫尺。”

“那么，劳驾您到这里来吧。使用我的办公室，将谈话作为非正式的，好吗?为了避免您的顾虑，我先让事务官回去。”

“好的……既然检事先生这么说……我五分钟之内就到您那儿去。”

三郎放下电话。旁听的北原大八，以遗憾的表情，赶快准备离开。

“对不起了，我失陪了，望努力!”大八说着，走出了房间。

几乎擦肩而过，通口哲也如同参加比赛的拳击师，步履匆匆走进屋子。

“检事先生，我先声明一下，我不是出于个人的私情才这样做的。恩人尾形先生和悦子现在的状况，委实令人目不忍睹。我的正义感不允许我对此事置之度外。诚然，将来我和悦子是否有缘结合，那完全是另外的问题。”

哲也非常认真，以至三郎无法判断，这个人是一个厚脸皮的人呢，还是一个神经质得过分认真的人，或是一个诡计多端的策士?

“实际上，我是多么为她担心……悦子如果仍像现在这样生活下去，她就有可能得神经分裂症!她本来就经不起这样的打击，可现在围着她身边转的人，更加重了她的精神负担。我觉得她是一只被狼群包围的小羔羊!”

“狼群?您指的是谁?究竟是什么种类的狼?

“就是死去的冢本义宏的朋友们！物以类聚，他们完全是一群可疑可恶的家伙。”

“您所要告发的是他们吗？”

“是的。我对他们不得不怀疑。蒙蔽悦子视听、麻痹她的理性、让她过着疯子似的生活，正是他们。难道不可以认为，这里头隐藏着他们邪恶的动机吗？”

“您过于激动了，要不具体说明，我也无法理解您的意思。”

“现在我详细说明，不过，我还要再啰嗦一句，这不是正式告发。我只是期待，我所说的，能有助于弄清真相，或使悦子清醒过来。”

“知道了，请讲吧。”三郎故意以冷淡的口气说。

通口哲也将身子向前倾：“先说川路达夫副教授吧！他反对悦子回到自己家，不断地向她献媚。固然他对朋友的惨死，在那一瞬间洒了几滴眼泪，那也是为了现在拼命地追求他的未亡人的。这究竟意味着什么？”

“坦率地说，您的看法是否有点过激了？”

“检事先生，如果认为他从过去就开始不正当地打悦子的主意，那怎么样？难道不能断言，他就不算计，一旦义宏死了，他能得到女人和财产吗？因为他是义宏的朋友，大有可能知道专利权的事！”

“嗯，有这种可能，不过——”

“在举行婚礼时，提出当天将结婚证书交区役所计划的，就是他和小池律师。为了让悦子获得遗产继承权，又使之成为仅仅是名义上的妻子，就马上将义宏杀死，然后涉猎其继承者。这种推理，不就可以解释，为什么在那初夜刚要开始的一瞬间，进行作案的动机吗？人，不管在什么时候，并不是都能满怀百分之百的信心。如果有百分之九十的信心，作为冒险家，是敢于冒险的。而川路达夫就有这种程度的信心。”

“为什么?”

“可以这么看：义宏被杀以后，出现在悦子身旁的男性，按常识而言是屈指可数的。其中，能够成为她再婚的对象的，又有几人……首先，是义宏的哥哥信正，这是凶手一开始就企图杀死的人，在排除之列。小池律师，是有妇之夫，也可以除外。其后，我也算一个……”

通口哲也脸上现出为难的神色，继续说：“就像以前我对检事先生所说的那样，只要凶手未被逮捕，悦子就一定对我避而远之的。很可悲，现实就是这样……最后，仅剩下川路达夫一个人了。当然，不能肯定，将来和悦子结婚的，一定是这些身边的人物。但是，不能否认，川路达夫副教授，以悦子唯一知心者的姿态出现，乘虚而入，展开巧妙的攻心战，这就使他处于空前有利的地位。”

三郎想，这位律师先生确有高才。不管事实真相如何，他的每一句话都很有逻辑，又有一定程度的事实依据。他所运用的“消去法”推理，达到了无懈可击的程度。

“由此可知，川路达夫为什么反对悦子回娘家了。他是要把她完全置于自己的操纵之下……如果悦子能回娘家，他的如意算盘就不能顺利打下去了。”

“嗯……你的意见相当有趣。还有别的根据吗?”

“当然，他现在应该非常渴望得到钱。”

“何以见得?”

“据我的调查，川路副教授的父亲，从一个公司退职以后，和两三个人合伙开办从事产业界通讯杂志的工作。起先，好像比较顺别，从去年开始，受全国经济不景气的影响，几乎濒于破产，甚至连现在所住的驹场的住房也抵押出去了”

"那就是说，川路副教授自己经济方面并不困难，而为了解救父亲事业上的燃眉之急，不惜一切代价想谋一笔钱，是吗？"

"是。或许他已向义宏挪用了相当多的钱了。"

虽然企业家为了周转资金，将房子抵押出去，并不罕见；但此事已足以证明，川路家境之窘迫，缺钱实有其事。所以，哲也的话虽不应盲目相信，但毕竟是很值得重视的情报。

他是出于正义感还是被私念所驱使，能够在短时间内探听出这些细节问题？三郎无法判断，也没有理由可以批评人家。

"明白了，感谢你提供了情报。您刚才说'狼群'，那么你怀疑的应该不止川路副教授一个人啰？"

"我也认为，要是嫌疑者仅一个人，那好办，说实话，另外一个人——小池律师，也很值得研究。仅揭发川路副教授是不公平的，让我再说说小池律师吧。检事先生，您知道他的妻子——令子吗？"

"不，没见过面。"

"我也没见过……据了解，她出身于战后没落的华族家庭，父亲原是男爵还是什么。她在六七年前，被选到一家电影公司当演员，初上影坛不久，在刚刚崭露头角而还没有大显身手的时候，又被转去当时装模特儿了。"

"哦，那么——"

"这就是说，她过去是生活在一个虚荣的世界里，荣华富贵是她生活的目标。她自负、高傲、花钱如流水，因为是个大美人，又有一定的教养，所以小池律师迷上了她……"

"您是不是说，小池先生后悔了这场婚姻？"

"不，他的确爱自己的老婆，爱到神魂颠倒的地步。只是因为这位美人儿太会花钱了，把他搞得穷困不堪。事实上，由于他过分挣钱，在部分律师同僚中，名声颇不妙。我们有理由怀疑，他对冢本兄弟的专利权垂涎欲滴，在其中要什么鬼花招!”

“您如何知道专利权的事呢?”

“小池律师常向尾形先生报告这个那个的，我是从先生那里听来的。”

“是吗? ……关于这件事，我们正在调查中，而小池先生倒是自动向我们预先报告了。虽然是在第二个事件发生以后，但迟报的理由，我们是可以谅解的。如果说，他从中得到什么好处，第一，只要调查，不难弄清；第二，不可理解的是，他为什么主动端出秘密呢?”

通口冷笑道：“表面调查账目，能顶什么用! 在专利权合同后面，难道就没有某种不公开的合同吗?”

“不公开的合同?”

“这是常有的事。比如，将产品出售额的百分之五作为专利权的使用费，这是公开合同；而暗地里又额外规定百分之一，这就是不公开合同。如果收入达到几千万元，那被征的税金就会高得惊人，不得不里外一套。对于公司方面来说，不公开合同的支出部分，也必须以什么名目，从账本中销去，所以是有限的；但因为仅仅是几百万元，公司是能够照顾的。”

“很难想象，冢本兄弟将这么重要的合同完全委托给小池律师一个人，自己会撒手不管，也不知道暗中的条件?”

“事情未必就是如此。我只是说，从不公开合同里取出的钱，即使被小池律师私下开销了，大概也不会公开吧。”

三郎暗暗吃惊，通口哲也要是成为自己的对手，肯定是旗鼓相当难以对付的。

“那么，您是说，当小池先生一旦要被迫交还挪用的钱，而又毫无办法的时候，狗急跳墙，将冢本兄弟杀害?”

“还有，如果仅留下悦子一个人时，他更能得到好处了。这样，不公开合同的全部金额，就能源源不绝地流进他的口袋里，而谁也无法察觉。”

“嗯……这是极为危险的事情。要是不公开的合同一旦暴露，他就要遭到灭顶之灾。可是，至今还没有证据可以证实存在有这种不公开的合同。”

“这是因为，此类合同，公司是绝对保密的。我也无法更深入了解。”

三郎沉思一会儿何：“说小池律师可能是凶手，我有几个地方想不通。如果他是凶手，为什么对信正先生过去的存款无动于衷呢？即使签订了不公开的合同，其金额与公开合同比，简直是小巫见大巫。他要是完全隐瞒了专利权，那又另当别论；可人家是主动揭露了秘密，从这方面就再也得不到好处了。还有，剩下被认为没有继承人的巨额遗产，他要是干别的职业，那是另一回事，而他是律师，难道能于心不动，放跑这巨额遗产吗？”

“这……”

“家未信正似乎对悦子怀有相当的好感，小池完全有办法利用这种心情，让信正写下‘假如自己在未婚时死去，将全部财产留给弟妹。’这样的遗书。如果这样，本来就是匿名的存款，他只要从中暗施小计，就可以捞到更大的好处。而小池并没这么干。再说，同是杀人，首先杀死其兄，让其遗产全部转到弟弟手上；再杀死其弟，这不更合算吗？而事实恰好相反。”

三郎尖锐的反驳，使通口哲也深为困惑。接着，三郎又说：“总之，我认为，他为了不知何时总会暴露的不公开合同，将两个人置于死地；而对那更易到手的巨额金钱，却漠不关心、不去谋取，这不合常理。”

“我前面已有言在先，我这不是正式告发，我想提醒检事先生的是，小池律师方面，也有相当可疑之处。另外，也可能全是猜疑。如果检事先生认为，这两人是死者的密友，不会有什么问题，那么，我希望您略为留心留心……我就说这些了！”

通口哲也似乎自觉气氛不妙，急忙站起来，望着三郎，说：“百忙中打搅了您，实在抱歉。以后，如有新情报，还会来拜访的，请多原谅……”

吉冈警部拿着新的情报，于第二天傍晚时分来三郎处。

“检事先生，根据至今的调查，有关信正存款的事情，已经有了大概的眉目了。”

“您辛苦了，怎么样？”

“有关银行的名字、存款的数目，我将列成一览表交给你。目前，好像还没有什么特别的问题。据小池律师说，信正的收入大约两千万元左右，今年的税金还没扣。但扣去去年的税金、浜田山的家庭用费，以及购买那个小住宅，大概还余有一千万元左右。可是，付出后剩下的存款只有九百五十六万元多一点，这里，差额四、五十万，大概有什么问题吧？”

“有没发现小池祥一从中捞一把的迹象？”

“根据过去的调查，一点也没有这方面的漏洞。有关不公开合同，太阳化工一口咬定说没有。和该公司签订合同时，小池得了五十万元的谢礼，写了收据。看来，这个谢礼不算高。我认为他是出于友谊。此外，那去向不明的四五十万元，也不能断定是交到他的手里。”

“我们不能想象，为了这一点钱，作为正式律师，会去谋害两个人的生命！”

“我也这么认为。有关钱的问题弄明之后，还要写出详细报告送您过目。其次，是菊池敏子的事，她和冢本信正分手时，果然已另有新欢!”

“知道这男人的情况吗?”

“据说，他叫山崎千男，是暴力团体‘赤心会’的骨干分子。现在何处，还没查清；也不知道菊池敏子目前和他的关系如何。”

“这个男的通晓法律吗?”

“要是和自己的职业有关，另当别论；可那样的家伙是否有行家那样的法律知识，值得考虑。有关他的问题，已托四课办理，不久将有答复。其次，过去提出的有关温泉旅馆失火的事，我们终于弄清了大概的情形。地点名叫岩井温泉，从鸟取县乘两个小时的汽车便到。事件就发生在那里头一座叫‘神泉馆’的宿舍里。鸟取县警来的报告书在我这里。”

三郎立即把眼光热切地投向这些文件上。

“噢……根据这里报告，温泉宿舍失火后，留下来的尸体已经完全焦黑，无法辨认了。”

“对。关于死因，是先被烟窒息死的。失火的原因是跑电，别的没什么可疑的地方。”

“关于死者的身份，根据当地警察的调查，铁柜里的寄宿帐本所写的这个人的住址、姓名，纯属捏造。后来，由于查明了此人是来找冢本义宏的，而且就住在他旁边的宿舍里，就决定等义宏恢复健康后向他了解。”

“那么，义宏坦白地告诉了警察，这是自己的弟弟，对吧?”

“对。警察根据义宏的坦白，将被通缉的逃犯——忠昭的照片给宿舍的有关人员看，但没有从这方面获得确证。”

“为什么呢?”

“因为通缉的照片相当陈旧了，而忠昭本人因长期潜逃，外表自然在变化中。并且还可能有意戴着墨镜什么的，故意将自己乔装起来，凭照片当然无法确证。”

“嗯……虽则如此……”

三郎将报告书放在桌上，喃喃自语道：“警部，我为什么要重新提起这个旧案件，您可能会觉得奇怪。我是认为，渡边博其人的真面目，不可掉以轻心啊！您过去也说过，渡边博因为和忠昭有关系，可能掌握着冢本兄弟的什么秘密。这样，信正是不会轻易说出他的真情的。那么，在我询问的时候，他也就不会提出给他一日的考虑，而一定会随机应变捏造一个谎言搪塞过去，何必——”

“噢……是啊……”

“所以，从前后的事情联系起来判断，我们只能认为：信正之所以提出请等一天，无非是关于渡边博的事——求得悦子事先谅解。但是从表面看，渡边博对于悦子，好像毫无关系。结果，我们可以去伪存真得出一个答案，渡边博在某种意义上和义宏有极密切的关系，而一旦这种关系暴露，恐怕大有损于义宏的名誉。为此，信正在披露此人的真相之前，希望求得义宏妻子——自己弟媳妇的谅解。”

“您说得有道理啊……”

三郎接着推理下去：“‘有关名誉’这句话，未必一定指犯罪行为而言。使用这句话的背景，可以判断，即使触及了法律方面，也并非什么了不起的违法行为。诸如杀人、吸毒品之类走私，那么岂止所谓‘有损名誉’!”

“信正既然想告诉悦子，那么在信正看来，这件事的内容，至少能使悦子觉得并不太严重，而又不得已要这么干。作为兄弟，在这种情况下，不能做出毁坏悦子心目中其爱人形象的事情。”

“那‘有关名誉’问题，究竟又是什么性质的呢……有关父亲和弟弟的事，本人已坦白了，再也不成问题了。这只能猜测，此事，义宏自己应承担责任……我想，义宏有可能犯了一个罪过!”

“和失火事件有关吗?”吉冈问道。

“是的。”三郎继续说道：“不过，根据这份报告书，不能确证义宏借机收拾了令人烦恼的弟弟。他既没杀人，又没放火……虽说确没帮助其弟逃出火灾，自己单独脱逃；但在那种危急情况下，自保其身，恐怕也不能过于责备吧?”

“就像我前面所言，我不认为他杀人什么的；我还认为，义宏真的会忍心借机收拾自己的弟弟，见死不救吗?”

“检事先生，这……?”

吉冈警部迷惘地往前倾过身子。这时，电话铃响了。

“是的，吉冈警部在这里……什么?”

接电话的大八表情骤变。

“检事先生，警部先生，渡边博袭击冢本悦子，已被逮住了……”

第十六章　神秘者归案

雾岛三郎和吉冈警部急忙赶到警视厅。

电话里已告知他们，正用巡逻车将渡边博押送前来；冢本悦子乘小池律师的车也一起来。电话中，没有汇报事情的详细经过，说是时常去关照悦子的小池律师在逮捕渡边博时出了大力。

在等待他们到来的这段时间，三郎继续就渡边博的真相问题同吉冈警部进行推测。吉冈热心地听着，不时地发出“嗯、嗯”声。

不久，通知说：巡逻车来了。吉冈警部将三郎、大八留在屋里，自己出去将小池祥一和冢本悦子先带了进来。

“我正集中五个刑事审问那个家伙！对手确是顽固的犯人，这是他们对付这类罪犯的办法……即使是吃了豹子胆的人，也会令他脊梁冒汗，感到自己来到了地狱的第一道门。我看，效果必然不赖。在这期间，让我们先听听他们两位谈谈经过，如何?”

三郎轻轻地点点头，吉冈警部把座椅转过来，对着小池祥一和冢本悦子。悦子脸色铁青，但精神状态并不令人担心；三郎就坐在旁边，不知她意识到没有。小池律师双眼布满了血丝，嘴唇边泛着满意的微笑。

“请小池先生先谈谈吧。”

警部开口以后，律师摇了摇头，然后说：“我去悦子住宅，就撞上了这家伙，实在太偶然了。我去是因为遗产的问题，想找悦子商量。到了她家门口，按了电铃，没人应。可门又没有上锁，我往里探视，觉得有点奇怪，于是我推门而入。我惊愕了。那家伙正面对悦子做出要胡闹的样子。我知道警方正要寻找他，我对他也很怀疑，‘这坏蛋’，我想着，就猛扑过去。”

“后来就搏斗了?”

“他见到我，猛吓一跳，奋力推倒我，夺门而逃。我拼命追，在楼梯口和他扭做一团。这期间，悦子打电话向 110 报警……我虽然挨了几拳头，但总算没白费代价，他被逮住了。”

“对于先生的出力，我们表示感谢。”

“不，不，因为这个原因，我在巡逻车之后，因情急竟无视交通规则，违反了开车速度……嗯，这是开玩笑的话了！如果这家伙是杀死信正、义宏兄弟的凶手，我觉得自己总算尽了一点朋友的情谊，问心无愧了。嗨，幸亏学生时代参加体育锻炼，练了一点本领，要不然……”

警部转向悦子问道：“太太，这个家伙是如何袭击您的呢?”

“那个人，是不是想袭击我，我不知道……”悦子回答的声音很低，以至旁边的人几乎无法听清。

“我正在喝茶，电铃响了。我没有起来开门，我只是问：‘谁呀?’这是因为事情实在太多，我头脑很乱，简直有点神经麻木了……”

“有道理，您这是警惕，是应该的。那么，他以什么借口进来呢?”

“说是送快信的邮递员。”

“好家伙，强盗伪装成邮递员是他们的拿手好戏。是不是您把门一开，那人一脚就踏进来，强行挤进来了?”

“是……是这样的。”

“后来呢?”

“我忘不了那个狰狞的模样……‘啊，是他!’这个人突然出现，使我像从恶梦中惊醒似的，我情不自禁地惊叫起来!”

“嗯?”

“他急忙用手掩住我的嘴，说，‘不要怕，我是有些话要对您说才来的!’……”

悦子有点颤栗。

“我吓坏了，什么声音也叫不出来，眼瞪瞪地望着他。可是这个人却不顾我有没有听，一味讲着，讲了许多……他所说的，好像和我死去的丈夫有关系，但我当时心里扑腾腾的，没听明白。不过，我好像听他说什么‘你和我并不是毫无关系的人……’”

“嗯? 这么说，用‘袭击’这个词，是否适当，还值得推敲啰。可能有的地方把事情看得过于严重了吧……您能从他的态度，观察出他的企图吗? 比如，是不是要钱来的?”

“我当时不知所措，只是想，他如果要干什么越轨之事，我只好和他拼了……”

“是的，是的，”

“他不客气地把手放在我肩膀上，说‘坐下来好好谈!’，我正想甩开他逃出去，幸亏小池先生赶到了……”

听到这儿，三郎松了一口气。恭子说悦子的精神状态很令人担心，实际上从现在情形看来，觉得并不那么严重。而且依据他的推测，渡边博是不会加害于悦子的。也许因为迫于某种形势，他不得不对悦子采取什么行动。总之，见到悦子平安无恙，他深感安慰。

此时，进来一位刑事。

“主任，这家伙顽固得很，硬是不招，无论问他什么，他就是一句话——不知道。不知为什么，他倒说，若是这样由警察询问，他就这样坚持到底，行使‘默秘权’。也许由检事先生询问，就是现在，他说不定会一一招供。”

吉冈警部叉着胳膊思索着。

“检事先生，您看呢?”

嫌疑犯和证人之中，常有这种顽固分子。他们提出这种要求，多是瞧不起警察的缘故。但今天的渡边博可能有别的什么原因。按照惯例，检事是不参与最初的审问的。但是，如果这回检事避开，恐怕对此人的调查将无法进行下去。三郎认真考虑着。

“那么，我去调查吧。小池先生，您辛苦了；太太，您没有受伤，这比什么都好……”

悦子抬眼望着三郎。她的眼睛里闪出一种说不出的异样的光芒。三郎赶紧转过视线，点点头，走出屋子。但悦子那目光却烙进他的脑膜，久久未能消失。

在调查室里，一个穿着华丽的苏格兰呢西服的青年，被刑事们围成一圈。他傲慢地仰坐在椅子上。他的蜡黄的、显然有点病态的脸容以及那露出的几个大黄牙，给人的感觉十分不愉快。

吉冈警部使了一个眼色，除了一名护卫的刑事之外，其他人立即退了出去。气氛顿时改变了，对方似乎有点吃惊。

三郎在渡边博面前安然入座。

“我是东京地检的检事，雾岛三郎。你刚才表示，一切都可以向检事坦白，对吗?”

对方探出身子，认了认别在三郎上衣领子上的检事证章。

“看来真是检事先生了！没办法，我说。”

“首先，告诉我你的名字。”

“渡边博。是不是因为知道了我才抓我?”

“我要问的是真名!”

“我没有什么假名字呀……”

“你刚才不是说，愿意对我坦白吗？难道这就是你的态度?”

三郎目光炯炯地逼视着他。

“那么，由我来说出你的真名吧！你是安由忠昭，姓虽然不一样，可你是冢本氏三兄弟中的小弟。怎么样，有错吗?”

对方象被针刺了一下，霍地站了起来，盯着三郎，突然发出一阵无可奈何的狞笑：“对不起了，你竟然连这个也调查出来了……那么，我实说了吧，我住所不定，没有职业，流浪——”

“慢着！在鸟取县温泉被烧死的不是你，是另外一个人，大概是你的同伙什么的——而冢本义宏伪证那个人是你，为什么要这样？我要重新提出这个问题。我说得对吗?”

“嗯，对！检事先生，我真不知道，您是如何探听出来的……”

“请详细交代被烧死的人真名叫什么?”

“那个……是渡边博。”

“哼，不错。借用死人的名字。渡边博和你有什么关系?”

“是朋友。就像检事先生所判断的那样……年龄也和我相仿，他叫我哥哥……”

“是和你一起潜逃的吗?”

“不，不是这样。我们只是暗中保持联系。我在名古屋时得了肺炎，躺倒了，给他去了‘SOS’① 让他到我那里去。”

“是你杀了人之后，逃亡生活中的事吗？准确地说是什么时间？”

“检事先生，您所说的杀人，实际上是正当防卫那样的事情，因为对方带着短刀——至少说，大家都有责任！”

“这个话以后再说，先回答我提出的问题。”

“那是前年末的事情，是在他死的第四天，准确的日期忘了。”

“那么，是真渡边博受了你的委托去找你哥哥义宏？”

“是的。当时，我在逃亡途中，把钱花光了，人也病倒了，真是走投无路……渡边博也没钱，他说，他接到加急电报 SOS，赶来名古屋也是一路苦苦挣扎，好不容易才来的。这样，能依赖的只有我哥哥了，因为过去我给他们添了很多麻烦，说实在的，我再也没好意思亲自向他们求助了。可是，事到如今又有什么办法呢……我大哥是好讲歪理的人，说不通，哀求也没用，二哥心肠软，我想总归能同情我点儿的。”

“嗯，嗯？”

“我想，要稍为夸大一点自己不妙的处境。让他传达说，我已经处于生命垂危的关头，请二哥同情和接济我。渡边博就这样，带着我的话去找哥哥——”

“带有你的信去吗？”

“不，最初，本打算写一封哀诉自己苦境的信，但一想，既然夸大说自己快要死了，又怎么能写长信呢？所以只歪歪扭扭写了几个字：现介绍朋友渡边博，详情他告知。因为，如果这几个字也不写，哥哥怎么会相信他呢。”

---

① 国际通讯用的无线电呼救信号，此地为如急电报之意

“那么，渡边博在温泉找到义宏了吗？”

“是的……据说，渡边博到了京都找二哥下榻的地方，一步之差，二哥去温泉了……大体渡边博认为，此次搞不到钱不行，所以又从京都给我寄来明信片，说他追到鸟取县去了……”

忠昭说完，皱着身子，接着又说：“可是，这以后就杳无音讯了！我一点也不知道失火事件，还怀疑渡边博拿着哥哥的钱溜走了。我躺在床上，把他恨得咬牙切齿。大概是气太盛还发了高烧，心想，这下子可弄假成真，真会死了！

“那个失火事件，你真的不知道？难道你没读报吗？”

“那时我要是有钱买报纸的钱的话，我会买一片面包的！即使当时有看报纸，那个温泉失火事件，只能登在报角不显眼的地方，谁会注意呢。”

“以后，你怎么样呢？”

“真是天无绝人之路。一个意想不到的机会，我得到了在名古屋有势力的义盟会的同伴们的帮助。义盟会是和熊谷总吾叔叔有联系的团体，他曾经受到我父亲的关照，是右翼人士。总之，由于这种关系，我总算渡过了难关。”

“有关熊谷总吾的事，我们知道了。那时你见过他吗？”

“没有。据说，义盟会向他提到了我，他要求他们关照我……”

三郎想，这大概是忠昭见到义盟会分子时，忽然想起而提出熊谷总吾的名字来。这样，那位在交往中严守信义的老头，虽然为忠昭走上邪路而痛心，但还不想见死不救吧。

“那么，用句老话说，你就在义盟会脱去草鞋——落户了吗？”

“是的。病虽然好了，但我不能马上对他们说‘再见！’一直到春天以前，我蒙义盟会的关照，帮他们干一点事。当时我想，我如果马上去找二哥，会被他怀疑，我和渡边博结伙又来骗钱。”

“把那件事说下去吧，就是如何使用渡边博假名字的经过。”

“现在开始讲……我在名古屋其间，一想到渡边博，心里就恼火，我想，一定要弄清楚这家伙是不是骗了钱逃走了。当时，义盟会常常受到‘私购手枪’的检举，会长处于要被逮捕的境地。处境恶劣，我也感到不妙。不管怎样，我不能给他们添麻烦。再说，我也帮他们干了一些事了，尽到了自己力所能及的一些报答吧。不过，我在那里干的不是什么不好的事，而是一些无谓的小事……”

“这个不用说，当时你干了什么事，我们还要慢慢调查。你还是说化名的事吧。”

“这样，我决心去京都找二哥。这是去年四月中旬的事了，我到了京都一问，他已经搬去东京了。还说是他的弟弟在火灾中被烧死了。我听了，啼笑皆非。之后，我再打听，果然，人们都认为我已经被烧死了。”

“当时，你发现了其中的秘密了吗?”

“大概情况，我能猜得出来。这是因为渡边博过去也干过不少坏事，心中有鬼，登记住宿时，肯定不用真地址和真名字。”

“这么一来，你觉得很得意吧，既然‘死了’，再也不必担心警察的追捕了，而且有了用来敲诈你哥哥义宏的绝招。”

“检事先生，您说‘敲诈’，我觉得不妥当。我只是到哥哥那里问他，这是怎么回事?”

“你哥哥怎么说?”

“渡边博找到他时，他可能甚感为难。即使想拿出点钱，因为是旅行地点，可能不方便。据说，那个温泉交通极不便当，当天没有回去的公共汽车。结果，哥哥租了旁边的屋子让他住，对他说，让他考虑一个晚上再决定……”

“这样，那个晚上就发生火灾了吗？”

“是的。渡边博这家伙大概想，反正不用掏自己的腰包，就得意忘形地喝起酒来了，喝得酩酊大醉。对二哥来说，他毕竟和我不一样，在那种情况下，也就顾不得他了。”

“嗯。那撒谎这件事呢？”

“哥哥说，当时，因为火伤的痛苦，头脑糊涂，朦胧中突然闪过一个念头，要是将死去的人认作是我的话……他说，这是为我着想呢，其实于他自己，岂能无益！”

在婚姻以及许多事情上，因为有这个不肖的弟弟，曾数次给义宏带来了痛苦。机会难得，起了这种念头，是可以理解的。被调查履历时，一般对于死去的亲属，就不那么认真了。作为冢本义宏，想切断过去可怕命运的束缚，其愿望是强烈的，焉能不当机立断？

而且这种谎言，是不会构成伪证罪而被提到法庭上的。刑法第一百〇三条的有关条款，虽有窝藏或隐蔽在逃犯之罪；但刑法第一百〇五条的特例，又可为之开脱罪责。按照这个特例，如果隐匿的对象是亲属的话，可以免除这种惩罚。所以，义宏完全不必担心因此事而受刑事处分。

当然，即使如此，当秘密暴露时，义宏的学者前途也就断送了。这的确事关“名誉问题”。义宏死后，信正对此始终犹豫不决，在向雾岛三郎坦白之前，想求得悦子的谅解，或许他暗中还思慕着悦子，这就更不难理解了。

“那么，你只能了解到这个程度了吗？”

“我左说右说恳求他，他总算答应供养我一段时间。当时，渡边博告诉他我得了大病，他是很担心的。但因渡边博只说我住在名古屋，地址不详，所以他无法去寻找我。”

“这一切，信正大概都知道了吧，你见过信正了吗？”

“可我对大哥实在没办法。二哥把我的事告诉他以后，他说，‘纵然如此，我可以援助一些，但这是给你的，不是给忠昭的，那样的东西，以后怎么样都没关系，叫他绝对不要到我这里来！’他这一说，我当然不敢去了……所以，我到了东京以后，一次也没见到大哥。”

“这么说，你一直靠勒索义宏生活吗？为什么在义宏举行婚礼前不久，你离开了那个住宅呢？”

“那……自从二哥和那个悦子开始交往以后，我在这里就招风了，我想，我可能再也得不到二哥的供养了……”

“的确，在考虑和悦子结婚时，像你这样的人在旁边，无论如何也觉得不合适，那——”

“他发怒了，骂我在什么地方都要把他的生活搞得一团糟，既然如此，我就想，我还是退出去为好。”

“你如果惹怒义宏，你的处境是相当不妙的。你本来心中有鬼，义宏是否威胁过你，要把所有的一切告诉警察呢？”

“不，还不至于这样……是我自己主动地想到别的地方去的。当时，有人劝我参加去香港的秘航[①]，我和二哥商量以后，他说，他可以提供给我费用。”

“秘航？具体是干什么买卖呢？”

“我不能告诉您。我要是泄露了，从刑务所出去，我就没命了！到了香港之后的计划，也因为这个原因，我无法回答。”

“你是想，你还能从刑务所出去吗？”

忠昭突然从椅子上蹦起来：“检事先生，因为那是决斗杀死了人，充其量不过判三五年徒刑，我怎么不能出去？难道你认

---

① 即通过海上轮船走私。

为是我杀害了我的两个亲哥哥吗?”

“嗯……怎么说呢……那么，你们预定什么时间出发?”

“决定十三或十四日，这和平常的旅行不一样，视情况而定，计划有可能在临时紧急改变。所以，我在大约一星期之前，就结清了房租钱，奔走在几个熟悉的地方之间，等待出发时间。”

“可为什么你到现在还晃晃荡荡不走呢?”

“这个嘛，检事先生！哥哥只给我四十万元，三十万作秘航的费用，零用钱只剩下十万元了……为了到香港以后作乐一番，自己也想在东京赚一点钱，于是参加了竟轮[1]和赌博。唉，运气很坏……预定出发的时间延长了，对我很不利，越焦急越输……结果，秘航的事只好告吹了!”

“是不是最初就没有秘航的事，只是为了从义宏那里骗钱，一时编造的谎言?”

“不，不，绝不是这样……”

“那么，二月十五日夜，你在什么地方?是怎样度过的?”

“那时，我还留有旅费的钱。七点左右，我见到劝我参加秘航的朋友，他告诉我，如果顺利的话，大概二十日可以出发。和他告别之后，为了消磨无聊的时间，我到新宿看了电影，因为想，到了香港以后，再也看不到日本的色情影片了。”

“当夜，你住在什么地方?”

“那个……从电影院出来以后，找了一个女人！看她那个样子，好像是干这种买卖的，那天晚上，我也想在日本最后一次体会一下……”

“不要一一说了，你住的地方是温泉吗?”

---

① 一种游乐形式，也可用来赌钱。

“是新宿三光町，原青线的地方，房子下面是酒吧间，上面是几个小房间。当然是无执照的营业店了，如有必要我可以带检事先生去看。”

“那个女人叫什么名字?”

“没记住。首先不知道她告诉我的是真名还是假名……您可以问那个店里的人。”

“你什么时候得知义宏被杀的消息呢?”

“我是在那里看的报纸。十七日傍晚时，因为接连输了钱，正在生气，一个同伴把登在报纸上的消息指给我看。我本来还想赌，听了消息，一下子懵了，又输了不少钱。”

“后来呢?”

“我一点办法也没有。既不能参加哥哥的葬礼，钱又输光了……在二十日之前，想拼命赢回来，可运气更坏。”

“之后，你就一直在东京逛荡吗?”

“是的……”

“去过信正家求他帮助吗?”

“前面我已经说了，他那里我不敢去!”

“那么，二十日晚，你怎么度过的呢?”

“手头越来越拮据，想通过玩弹球[①]赢一些钱，转了新宿的几家弹球房，直到闭店，可是仍然失望……”

“所以，今天闯到悦子那儿，也是为了勒索钱吗?”

“是的，检事先生!”

忠昭赶紧借机说下去：“申报我死亡的事是背着我干的，我现在仍然活着，两位哥哥的遗产，我是有继承权的呀。当然，如果我是凶手，那是另一回事了；可我不是，我对自己是最清

---

① 日本一种游戏，可用来赌博。

楚的。”

“你去要求过给你遗产了吗?”

“我目前的身份，怎么能正正规规地提出要求呢！如果还能够得到够作秘航费用的钱，我是想不声不响地作罢，不要求遗产了。一者，两个哥哥都死了，我再也不能在日本待下去了；再则，听说月末还有秘航的船……唉，就这样，我又变成一个奇怪的人，突然在悦子面前出现了，这就是事情的全部真实情况。今天，真是倒霉透了!”

忠昭深深地叹了一口气，又说:“事到如今，我还能再蹦跶什么呢? 不行了，再蹲几年监狱吧……只是，我要恢复我的户籍该怎么办手续呢? 检事先生，你们要起诉我，我还是‘死去的人’，恐怕不行吧?”

三郎叹息了。这次询问，忠昭完全暴露他作为破产的穷途末路者的性格特征，而现在这种特征表现已达到极限，令人顿生怜悯之情。

今天，他之所以公开自己的身份，坦白了事情的经过，是因为这些原因：他认为，自己杀人乃是起自流氓间的决斗，刑期是有限的，他从刑务所出去后，按理说仍能继承他那份莫大的遗产，来日有望。

“请问，你为什么说你只对检事谈呢?”为了慎重，三郎问。

忠昭振振有词地答道:“因为我觉得，恢复户籍这样的法律问题，还是找检事先生商量为好；而且……警察中有粗暴的人，我要是说出这些话来，说不定要挨骂、挨揍呢……检事先生是绅士，我说的话，不管是什么他也能听的呀……”

第十七章　悬崖上的搏斗

案情急转直下，看来是向结局的方向发展了。二月二十七日傍晚，渡边博，即安田忠昭，由于是三桩杀人案的嫌疑犯，被指令办了送往检察署的手续后，人送回来了。

三桩杀人案中的第一件，是两年前刺杀了一个叫森田武的歹徒，曾被全国通令缉拿。这件事他已做了交代，证据也已齐全，大体上已不成问题。

剩下两件是杀害冢本义宏和冢本信正。在这两个案件上，忠昭至今拒不交代，矢口否认。由于缺乏直接的证据，吉冈警部很是费了一番周折，把现有的证据勉强归纳起来。

首先，对忠昭来说，极有害的是，他患了海洛因瘾症。胳膊上还有注射海洛因的青紫斑。在他随身携带的物品中，还有注射器和装有海洛因的小包。

吉冈警部认为，有注射海洛因瘾的患者，话语中多带谎言，言而无信；有时，仅仅因为急需买这种麻醉剂，找不到钱，就会发疯似的干出什么荒唐而凶险的事情来。即便残杀兄弟姐妹这种极不人道的行为，也并非不可思议。

再者，据调查认为，杀害义宏的现场——国铁大井工厂附近，曾是忠昭这帮流氓歹徒聚居的地方。他们把名叫“黑猫”的酒店，作为接头的地点。似乎也在这里研究秘航走私之类的事情。这样，照警察的行话说来，忠昭是个地道的“土地勘”①。

此外，警察巧妙的诱导询问，使忠昭完全暴露——他对信正家的情况了如指掌。当然，当进一步严厉地追问这一点时，他倒并不显出十分惊恐的样子，只是搔搔脑袋，若无其事地淡然一笑，回答道：“我没有撒谎，没见到大哥是真的。不过，曾有好几次我到了他家门口，但每次都是踯躅了一会儿，转念又回身了。因此，大哥家的情形我大体上是摸了底的。我也曾想过，应该和大哥一起，就义宏二哥的事好好交换意见。我私下也打算求求他，给我一笔去香港的费用。如果目的能达到，叫我在他面前叩头也无所谓……可是，我又害怕那个大哥，说不定他会马上把我交给警察。”

随后，警部又进一步判明，忠昭对专利权的秘密已经有所觉察。因为，一旦心中有了疑问，往专利厅一查，把事情摸个通明透亮，是完全可以办到的。这一点，作为犯罪动机是至关重要的。

有关现场旁证方面，未能发现一件能够对忠昭的自供起证据作用的东西。二十号晚上在弹球游艺俱乐部，也没有确实的人证。只要玩球者不是财运亨通，满载而归，店方是不会记起他来的。

十五号夜里，在原来青线一带那一幕，按忠昭所说的客店进行查访。二楼确有一间小屋。这间小屋，据推测是那个女人用来拉客的；可店方说，这是一间职业专用房，绝对没搞什么非法活动，也没见过忠昭和那个女人。当然，这些话未必可靠，

---

① 很了解当地情况的人。

但肯定对忠昭是不利的。

忠昭说，他进店之后，未曾与店里人照面，全部交易都由那个女人自办。可以认为，这不过是他黔驴技穷的借口。

在打给上级的报告里，关于犯罪的经过和动机，警部作了如下判断：

——嫌疑犯安田忠昭，可能由于赛车和其他赌博，失去了去香港秘航走私的资金。因而再次起了求助于二哥义宏的念头，在义宏新婚旅行出发之前，他觉得非要同义宏见上一面不可。于是在十五日夜，找了个借口把他骗到了品川国铁大井工厂附近。

义宏想必是对弟弟这种荒唐行为动了怒，拒绝对他提供援助。这时，凶手可能是久已停止注射海洛因后，瘾症发作，突然产生了杀机，向义宏的下腹部出其不意地猛击一下，然后把他勒死，抢走了他身上全部现金。作案后，又虑及自己同现场附近有瓜葛，怕留下线索，于是把死者的尸体装进小汽车内，拉到世田谷区喜多见町的水渠边上，扔掉。

（关于车是怎么来的，现正调查中。忠昭在学生时代已领了驾驶执照，不过这个执照是已经过期了。）

从被害者义宏身上夺到的钱，不够作为秘航走私资金，他不得已又在东京逛荡了几天，重新走入穷途。在手头窘迫之下又决意找大哥信正帮忙。二十五日夜悄悄潜往浜田山信正家。信正不但没给他钱，反而痛斥了他一顿。再加上信正流露出在杀害义宏这件事上对他有怀疑，促使忠昭一不做二不休，下了杀害信正的决心。

忠昭经过盘算后认为，只要两个哥哥一死，自己就成了专利权和其他财产的当然继承人，即使因杀害森田武一事进了监狱，但出狱后仍可以过上奢侈的生活，这比逃到香港要高明得多。

（通过测谎器测得结果表明，他不知道义宏已正式办了结婚登记手续。）

可以认为，由于海洛因中毒症的缘故，嫌疑犯已完全丧失了人性。审讯时始终表现出桀骜不驯的态度，无动于衷。但思考能力一般还可以，也没有心神衰竭的迹象——

雾岛三郎决定把安田忠昭拘留在检事处，继续对他审讯。但他对杀害两个哥哥的事，同样拒不承认。

在麻醉剂中毒的患者中，一旦停止使用这种麻醉剂，有不少人会因忍受不了由此而产生痛苦，从而供出一些真情实话来。忠昭已经明显地表现出，他正被这种痛苦所折磨。但是，他还是一口咬定事前并不知哥哥被杀！

在检事那里被拘留的第三天，忠昭已变得虚弱不堪了。他脸色憔悴，眼神恍惚，审讯中途又出现了轻度的症状反应。

“不好受吧？”三郎起身问道。

忠昭浑身淌着虚汗，强作笑脸道：“这……唉，什么好受不好受的……我也知道注射这种麻醉剂不好……只是凭个人的意志很难戒棹……这次虽然难受，也无法再光顾它了，出监后，我也要和它一刀两断……作一个真正的人，继承哥哥的遗志，办起一个公司来……”

这个人的神经似乎与一般人不一样。只要一想到出狱后能得到那么多钱，即使是非人的痛苦他都能咬紧牙关度过。对这种人，三郎也感到无能为力了。

此后，吉冈警部的搜查，在证据方面也没有多大进展。

三月三日——这是忠昭被拘留的第四天（不包括在检事处拘留的第一天），这天上午，对他再度审讯，依然一无所获。

检事处拘留，按规定在十天以内，如取得裁判所的同意，可以延期十天以上。在杀害森田案起诉后，还可以补充起诉。但三郎想尽快得出有关冢本兄弟案件的结论。

结束了上午的审讯后，三郎完全沉浸在思索中。目前这个阶段，虽然有了些一般证据，但离作结论实在是一丈之距还差八尺！

据告书中吉冈警部的推断，有不少分析是牵强附会的。比如，在新婚之夜，把义宏骗出去这件事，虽然表面上解释得颇有理由，但用心一推敲就出纰漏了。因为这个推论要成立，必须有一个前提条件：那就是忠昭用光秘航走私的钱，其时间必须限在十四日晚到十五日。如果在此之前就已囊空如洗，在举行婚礼之前，忠昭完全应该再千方百计地向义宏讨钱了。为什么恰好在当夜想起要钱呢？没有可资证明的有力材料。

三郎也从各个角度反复进行了审问。但忠昭一直坚持说，他十五号还留有秘航所需的最低限度的费用。忠昭的口供始终没有自相矛盾而马脚毕露的地方。

还有，忠昭通过什么渠道了解到专利权的事呢？回答也是含糊不清的。信正和义宏绝不会把这个秘密告诉这位惹是生非的弟弟。小池律师，也不至于把这件事告诉给一个同自己毫不相干的人。

忠昭本人在回答三郎的追问时说："我觉得二哥的经济状况出乎意料的好，或许……"

假如忠昭对专利权这件事，一开始就掌握了详情的话，那么杀害义宏就成了有预谋的犯罪行为了。如果这样，他犯罪的日期为什么非要选在十五日夜——这个极为麻烦的日子不可呢？这个当初的问号又强烈地冒出来了。

三郎将这个案件又从头到尾重新过滤了一遍。在苦思冥想之后，他脑际里突然浮现了一个奇特的方案。由于有点过于离奇，所以对吉冈警部也“保密”了。于是，三郎在没有把自己的计划告诉任何人的情况下，派大八担任了秘密调查任务。

几个小时之后，大八根据调查情况，提出了一份机械式的、按部就班的事务性调查报告。这样，三郎对这一案件的真相，看清晰了，有了一个自认为万无一失的估计……

那天晚上，三郎回到了常盘松的住所。吃完晚饭后，出奇地沉默起来。

“你呀，说话又不算数了!”

恭子沏了一杯咖啡，特意以爽朗的口气笑着说。

“什么?”

“结婚的时候，你不是跟我说，检事这个差事是个忙差事，不能保证不把工作带到家里来；但只限在书斋里。是吧?”

“啊……是说过。”

“看你现在的神态，对这个忙差事简直着了魔了，心里根本就没我了!”

“噢，对不起，请原谅!”

三郎知道恭子不是在撒娇，也不是责备。至少她是在鼓励自己。但作为一个检事，如果把自己的所有预想，不折不扣地告诉妻子，那是不合适的。

“后来，悦子怎么样了?”三郎打破了沉默。

“是一般人，由于抓到了嫌疑犯，心情应当平静下来。可她，并不是这样。开始时所说是渡边博，她想，虽说是个远房亲戚，但毕竟不是一个关系密切的人。到了当她得知嫌疑犯竟是丈夫的亲弟弟，又想到这位亲弟弟竟然如此残忍无情杀死了自己的两位亲哥哥。对她说来这无疑是第三次大打击！仅仅一二十天，她从幸福的顶峰被摔到了绝望的深渊作为人来说，这恐怕比落入十八层地狱还要痛苦吧……我觉得我比任何人都理解她的惨痛心情!”

恭子说着，目光紧盯着丈夫的眼睛。

“你可以不必插嘴，你要听我说完……难道这位弟弟真是这个案件的凶手吗?”

三郎什么也没回答。但恭子从他的目光里，已“读”到了一切。

“我懂了……让我再啰嗦一句。通口说‘冢本家是可诅咒的’，这次，我也感到他的话是不是真的了！不过，他也没有能耐可以往悦子脖颈上套根绳子，把她拉回娘家去。弄不好就适得其反……对了，说起相反的效果，我看出来，从那时起，通口似乎曾几次向悦子发动了攻势，‘你无论如何一定要回娘家去’……你瞧，怎么着? 悦子连大门也不让他进了，让他尽吃闭门羹！可通口不死心，三番五次给她打电话。这么一来，真是适得其反了!”

“噢? 他对悦子还没死心啊?”三郎的眼里突然放出一种使恭子迷惘的光：“怎么样，你难道不可以劝劝悦子吗? 让她给通口一个感到机会尚存的希望吗?”

恭子像被冲击了一下，身子缩了回去：“为什么? 你这是……”

“当然，这不是检事应该说的话。即使是检察厅也无权干涉他人的婚姻。只是，悦子是你的好朋友，再说，因为过去的挫折，我对她也是感恩不尽的……所以，从个人方面讲，对朋友的婚姻问题放心不下，别人恐怕也不会多加责难的吧。”

“你以为她现在想结婚吗?”

“这我知道，就是有这个想法，也结不成。从法律上说，今年八月十五日以前，她不可能再婚。”

“那，仅仅是法律上的问题吗？”恭子脸色变白了，接着说：“我想，男女之间，是不是存在着一种叫作‘缘分’的东西，这是用法律或道理都解释不了的。喜欢还是讨厌，第三者无论如何劝解也无济于事。通口这个人是悦子父亲的得意门生，作为律师，也是一个前途无量的人。但是，我觉得要想叫悦子喜欢他，那简直比登天还难。悦子肯定会说，‘要我和他结婚还不如死了好！’。”

“那么，请她只做出这种姿态可以吗？演演戏行不行呢？”

“不，她现在的心情，连任何假姿态也是作不出的。即使是为夫报仇所需要演的戏也不行！”恭子简直是用男子的目光逼视三郎：“我说，你今晚酒喝醉了吗？怎么想出这么荒唐的事来呢？或者是坐着说梦话？”

“噢，就算是吧。这可是一个机密！假如说，我在分析这个案件的过程中，发现了一条很微妙的线索，那该如何呢？如果我或者警官，把这个机密透露了出去，做贼心虚的对方就会嗅出味道来，他就会巧妙地、成功地逃脱掉，这么一来，这条线索就化为乌有了——我甚至把那机密泄露时，他的巧妙应付的对答之词，都想象出来了！这多么遗憾哪，这是一条照公式处理就要弄糟的微妙的线索……”

“嗯……你是说，要我出马，到悦子那里刺探一下，对吗？这真不好办！你还不了解女人的心理……”

三郎长叹了一口气，又陷入深深的沉默中。

三月七日，星期六早晨。三郎以最近以来所未曾有过的轻松爽快的语调对助手说：“北原君，我主意已定。星期一，先就杀害森由一案，起诉忠昭……这样，事情就算暂告一段落，作为对迄今一直辛苦活动的一种慰劳。也是为今后的工作养精蓄锐。我下决心今天晚上先消遣消遣，您方便吗?”

“那太好了！如果是干几杯的话，我任何时候都可以奉陪。到哪个店呢?”

大八说着，咽了一口很响的口水。

“今晚要来个像样的。到伊豆兜一圈，在那里住一夜。过伊豆不远，有一个不太为人所知的环境十分恬适的旅馆……这也不是花检察厅的钱，请您不必过虑!”

“哟，那么豪华，不敢当！我马上给家里通个电话，告诉妻子——免得她怀疑、吃醋。也请您向我妻子说明一下!”

大八要拿起电话机时，好像想起了什么，又把伸出的手收了回来：“检事先生，您夫人也同行吗?”

“是的。”

大八的脸顿时灰了。

“检事先生……那么……我忘记说了，我有点不舒服，泻肚子……”

“哈哈哈，你这个人哪！肚子真会闹毛病，一有不如意的事就闹，大概是神经性肠胃障碍吧？别怕，你放心好了，我妻子同行是同行，但这回她不当驾驶员。开车的是我一位表弟，他是大学汽车俱乐部的干事，开车能手中的能手，全日本学生驾驶技术比赛的优胜者，保险万无一失。怎么样？肚子还泻吗?”

“不是……好像……已经止住了!”

三郎仰天大笑：“我也是不愿坐女人驾驶的车。这件事就这样吧。除你之外，吉冈君我也邀请了，他在这个案件上出了不少力，这次，也算是我的一点心意……”

同一天下午刚过四点。川路达夫到了代代木上原的小池律师的家。小池律师以颇带愤慨的神情把川路接进家里。

“刚才在电话里，我已经说了。你到底把悦子藏到哪儿去了？你我之间关系不错，我又是她的律师，至少事先要和我通个气呀。昨天，我想和悦子联系一下，但折腾了半天人也找不着。”

“实在对不起，因用电话不容易说清楚……她前天夜里给我打电话时，我听出她说话的声音很不妙，像是要疯了。我急忙跑到她家，她哭着告诉我说连恭子也说出不象样的话来了，现在什么人都不能完全相信了！”

“就是那个雾岛检事的夫人吧？她要悦子回娘家吗？”

“只这些还不算什么……据悦子说，她还提出要悦子和通口律师重修旧好呢。”

小池祥一怔了一下，紧蹙着眉头道：“事情有些怪……这，难道是恭子个人的主意吗？”

“这方面，我说不上。这也许是雾岛检事出于一时的苦恼而采取的一着吧……”

川路达夫脸露歉意，又继续说：“我给家住在那个公寓附近的一位医学系神经科讲师挂了电话，请他马上来给悦子检查一下。第二天是教授诊察的日子，我又把她带到了大学医院……说实在的，真没工夫和您联系。”

“噢，原来这样。其实，我也并不介意——后来诊察的结果怎么样？”

“当然并不是什么精神病，连法律上说的心神衰竭也不是，主要还是由于一连串的刺激所引起的一时精神失常，如静养二十天左右即可恢复过来，诊断结果就是这样。”

“那，我也放心了。不过你把她带到哪儿去了？”

“我和医生商量了一下，据认为让她回到公寓去是不妥当的。通口律师会发疯似的给她打电话；据说还有一个中年女人，听声音可能是荒木教授的妻子，也幸灾乐祸地给她去电话。这样一来，神神失常是好不了的。可她死也不肯回家，所以除了改换地点，没有别的办法。你看呢？”

“是的，不管是谁，都会认为这是上策。那么地点在哪儿？”

“我想起我叔父在南伊豆的丰浦有一栋别墅。除了住着看管别墅的一对夫妇之外，别无他人，也没有电话。我就同她商量，暂时在那里住一阵子可以不可以？她立刻同意了我的建议。而后我又取得了尾形先生的同意，就把她领走了。到那儿，她特别高兴，并且说，她要在这个安静的环境中好好考虑一下今后的方针……”

这时，川路达夫突然想到什么似的问道：“您今晚有空吗？”

“嗯……倒也没有别的安排。”

“那么，跟我一起到别墅去一趟，在那里住一夜，如何？那儿可是个好地方，有可口的鱼，新鲜的空气，您可以把肚子填得满满的。如有事找悦子，在那里也好办。再讲，能搭您的车去，对我也是个极大的方便。不过，对您妻子恐怕有些不太合适吧？”

“这倒没什么，我妻子近来黏在娘家了，后来回来过一次，说是她母亲有病，又回去了。”

“那就好极了，一个人在家里也怪无聊的。”

“嗯，那就一起去吧。要是决定了，就越早越好，再说，还有一些文件要她盖章……”

两人立即谈妥了。男人之间，干脆利落，小池律师说话间就上了车，握住方向盘，把车发动起来，前后不到十分钟。

坐在助手席上的川路达夫，边说边不住地盯着路线图。

车驶出东京后，小池祥一的心情可能感到舒畅了，他问川路达夫："川路君，这里除你我之外，没有旁人。你说雾岛要让悦子和通口结合在一起，他是怎么打算的呢？"

"这只不过是我随便的臆测，我想——"川路交叉着手继续说道："这么一来，悦子就会陷入新的激动之中。雾岛检事就可以转移视线，盯住那个菊池敏子，这个女人掌握着案件的要害。当然，这只是传闻中的传闻，无奈证据不足，不过——"

"那个女人，也来过我这儿，实在是个泼妇。"小池祥一转动着方向盘，苦笑着说。

"可是，这个女人的法律知识，即使内行家也感到相形见绌……因此，从检事方面来说，可能会怀疑这女人的幕后有法律家。可是，过去和这女人有关系的那个男人，却是一个暴力组织的成员，现在情况如何不得而知。通口律师似乎曾办理过这个暴力组织的案件，因此，他们可能有冤家对头的关系。即使不是检事，普通人也会产生这种疑问的。"

"通口在当研修生的时候，有个外号叫'锥子壁虱'，象锥子那样有锐利的穿透力，像壁虱那样咬住不放，脸皮也厚得像锥子扎不透。这个外号很有深意……"

此后出现了一阵短暂的沉默。车驶向横浜新道，开始向以前被称为专制路的高速公路前进。

这时川路有些羞涩地说："我，最近终于下决心了，只要时机成熟，就向悦子求婚……上次带她到别墅之前，见了尾形先生，透露过这层意思。"

"噢……为悦子起见，那当然好！不过……"小池祥一摇了摇头，又说："如果仅出于单纯的友情，或出于某种责任感，同朋友的遗孀结婚，问题就大了。将来你敢保证绝对不后悔吗？"

"我不光是出于同情。对她那刚强的性格、善良的心地、聪敏的头脑，我是爱、是钟情。由于一次不幸的事故，我失去了妻子，这你是知道的。我们是同病相怜，可以互相慰勉，重新走向生活，我想，这不是很有意义的吗？”

“倒也是……可是尾形先生说什么没有？”

“他一开始就说，一切按女儿的意向而定。女儿是那样的任性，做父亲的又能说什么呢。他说着，老泪纵横。之后，我说，‘如果先生非要一个律师做女婿的话，我可以辞掉大学的工作，开业当律师。’我当法学系的副教授，很快就五年了，无须任何条件就可以取得律师的资格。”

“你想得好绝的……尾形先生也感到惊奇吧。当然，了解你性格的人，谁也不会说——你的这个结婚是奔着钱去的，可是……”

小池祥一的话语中似乎含有一种困惑之情。

“这个嘛，肯定有人在背后说我的坏话。这一点，我倒有了思想准备。首先，我问心无愧，不是迷恋金钱；否则，我从一开始就不会选择学者这一行了。”

须臾沉默之后，川路达夫大概对小池律师那句话有所顾忌，声音显得有些激动：“谈到金钱，小池君，在你这方面恐怕更应该慎重行事罗！”

“你这话什么意思？”

“你，受她委托，作为律师，正在办理遗产方面的事情。可是，当你接受委任状时，她正由于受到惨重精神打击，正处在不能清醒判断的时候。因此，对这一委托行为本身，保不住会有人出来评头论足！当然，从法律上说，不会有任何问题，可你受到无谓的怀疑，难道不会心烦吗？”

“那就是说，我居心叵测，趁人家心神衰竭之时乘虚而入，企图从中浑水摸鱼，对吗？”

“嗯，怎么说呢？我也问了尾形先生，似乎通口哲也他们正在到处‘广播’!”

“太无聊了……这也是为什么他被人叫作‘锥子壁虱’的原因！身为律师竟如此对同行中伤，岂有此理！如在这方面受到怀疑的话，律师是不可能安心工作的。一来，悦子有个当律师的父亲，二来，义宏的遗产包括专利权在内，都向警察和检察厅公开了，可以说这方面的工作，是在光天化日之下，根本没有我从中策划的余地。我完全是为悦子着想，出于一片好意。”

“这我知道。不过，暂时避免积极的交涉，不是更好吗？要是菊池敏子这个女人到你那里再大吵大闹，恐怕就更难办了。”

“根据我的判断，这个女人是不可能在‘死后认领’的诉讼方面获胜的——”

“问题还不单单是这方面。假如忠昭不是杀害他两个哥哥的凶手，他就还有继承权。问题岂不更复杂了？因此，眼下还是把委任状当作废纸一张，不是更清爽吗?”

“亏你还是法律家呢，会说出这种话！相反，我觉得，正因为如此，悦子才需要律师。难道你打算现在立刻成为律师，替我去关照悦子吗？当然，倘若如此，我将退避三舍。只是，不管怎么说，你不应该从明天起辞去大学的工作!”

“这倒也是……说实话，我是想尽量让她多得一些，我的这种心情你是了解的啊!”

“噢……可是，你为什么不明说呢？绕了这么一个大弯子，简直对我抱有什么成见!”

“这一点，请你原谅，我只是……”

川路达夫望着小池祥一的侧面，他的目光是冰冷的。

“另外一件事，怎么样了?”

“您指的是什么?”

“我想你不会不知道的!”

川路达夫嘴角露出一丝冷笑。

这一天清晨，雾岛三郎他们正在大矶的“崎阳馆”旅馆里进早餐。

这个旅馆面临大街，有些嘈杂。但恭子推荐说，旅馆做的鱼美味可口，因此大家决定早一点用餐后提前走。

吉冈警部如卸重负，显得很轻松。最兴致勃勃的莫过于北原大八了。

“检事先生，您表弟的驾驶技术可真棒。我坐在后面也明显感觉到了，不过有一点我觉得奇怪——”

大八一唠叨起来就没个完：“一路上，一会儿突然飞驰猛进把前面的车辆统统甩在后头；一会儿又老牛拉破车似的，眼看着后头的车一部部从窗前闪过，老是这么疯疯癫癫。是不是引擎出毛病啦?”

“不，不！所谓驾驶技术比赛，就是一种用规定的平均时速，跑完全程的竞赛。在规定的时间内不能通过规定的地点，就要减分。我表弟经常做这样的练习。”

“噢，是这么回事！”

当大八表示已经理解时，离开座位的恭子回到了房间，她告诉三郎：“帐已经算好了。”

大家掐灭烟头，离开了座位，走出房间。吉冈警部扑哧一声笑道：

“检事先生，明天去钓鱼，怪有意思吧。”

徐徐降临的夜幕使四周昏暗起来了。

小池祥一的车现已穿过伊东城。

“那么……那位先生也许已经来到这个城镇了吧。”川路达夫开口道。

“那位先生……指的是通口哲也吗?”

“嗯，今天中午，尾形先生来电话告诉我，他也要到丰浦的‘观世庄’去。我想，通口不会知道悦子的住处，也许这个家伙雇了私人侦探在跟踪监视!”

“通口哲也真是个使人无可奈何的‘壁虱’……他那种执拗劲我以前略有所闻，没想到这么厉害。这样一来，你有一个情敌了，心里不是滋味吧?!”

小池祥一平静的回答里掩饰不住地透出一种奇特的微笑。

“笑话……他哪能算得上情敌！悦子讨厌他，谁都知道。不过，我也要想得复杂一点。有什么办法呢？反正，在这件事上，他是个十足的小丑……”

“总之，你要是有这么自信，那就好了。”

“啊，是那里——往右拐!”

按照川路达夫的指点，小池祥一转动了方向盘。汽车驶离了大道，开始爬上一条弯弯曲曲的小路。穿过丛林之后，道路更不好了，一边是悬崖，一边是深谷，狭窄的路面勉强通过一辆汽车。

“这条路真难走，还远吗?”

“不，说话间就到，还是留神驾驶为好!”

车又跑了一阵，道路显然宽了一倍。这里大概是车辆交会地点。

“喂，停一下。”川路达夫叫道。

“怎么了?”小池祥一踩着闸，疑惑地问。

“我想解个小手。这一带，白天真是风景如画啊！从叔父的别墅步行，三十分钟就到了。”

川路达夫讲话时，声调听来若无其事，但脸色不知何故却紧张而苍白。

雾岛三郎一行乘坐的车，现在减缓速度在这个坡道上爬行着。三郎不时望望手表，紧抿着嘴唇，注视着前方。

车里的气氛是奇妙的，有点令人窒息。大八刚才还问路程远不远，话头不断，此时也渐觉情况异常，不安地扫视着四周。吉冈警部显出一种焦躁的表情，恭子紧张得脸色煞白。

三郎又定睛看了一下手表，捅了捅司机表弟的膝盖。表弟领悟地点了点头，猛踩加速器，汽车便风驰电掣般地向山道上奔去。

“慢……慢点儿，检事先生！下面是万丈深渊，驾驶技术比赛，就这么个劲头吗?”

大八已经受不了了，声音像哀鸣。三郎没有搭理他。车，在一种绝好的驾驶技术的驾驭下，忽而右拐，忽而左弯，贴着狭窄的山间险道，急速飞驰。大八开始时两眼圆睁，现在用双手紧紧地遮住面颊。

须臾之间，在汽车灯光中看到了一处稍为宽畅的地方：那里停着一辆小车，悬崖边上，有两个人影在激烈地搏斗着……

急刹车的同时，三郎迅速打开车门，跳了出来。

两个搏斗者，其中一个把另一个推到悬崖的边沿，竭力猛推一下想逃跑；另一个以打橄榄球抢球的动作，奋力抱住对方的双腿，两个人在地上滚翻，进行拼死的扭斗。

三郎和吉冈警部同时向悬崖扑去。

被抱住双腿者突然给对方一脚，纵身跳起想要逃走。挨了一脚倒下去的一方，捡起身边的石块，朝对方的脚打去，石块准确无误地击中逃跑者的脚跟，他打了个趔趄，一瘸一拐地连滚带爬往前跑。

“警部先生，把他抓住！”

三郎指着逃跑的黑影喊，警部飞跑追去，对方被追到穷途，停了下来，想要反击，警部瞧了瞧他，猛地以柔道技巧给对方一脊背，把对手撞倒在地。

三郎把投掷石块者扶起：“不要紧吧？”

“没关系……连擦伤都没有……”

听到这个回答，三郎把他交给了追上来的恭子，让她照管，然后向警部走去。

“检事先生说，也许能享受钓鱼的乐趣，想不到是这种夜钓……”

吉冈警部给那个人边上手铐边气喘咻咻地说。

那个人眨动着眼睛，颤动着肩膀，喃喃道：“圈套……原来是圈套……”

三郎以严厉的表情向对方宣布：

“小池祥一！作为预谋杀害川路达夫副教授的现行犯，现在予以逮捕……”

第十八章　抛弃失恋木偶

三月九日，星期一。雾岛三郎对安田忠昭以杀害森田武的嫌疑犯而起诉的同时，对刚被送到检察署进行身份检查的小池祥一，也开始了调查。

对小池祥一的嫌疑有三件：第一，谋害了冢本义宏；第二，谋害了冢本信正；第三，谋害川路达夫未遂。

对于警察的审问，小池祥一起初连第三个嫌疑也想抵赖。他采用反咬一口的手段为自己辩护说，是川路达夫突然发狂似的向他袭击，他才动手反击云云。

但是，在依据事实的严厉追究下，也许他觉得自己的辩解已经不能自圆其说，态度一下子变老实了起来。既然承认了第三个嫌疑，那么再能言善辩的律师，也无法否定第一、第二个嫌疑了。

尽管如此，小池祥一还企图行“默秘权”进行顽抗。开始由三郎提审他了，三郎把他作案的真相详尽地揭露了出来，小池再也无法抵赖了。

最后，小池以犯罪者特有的虚荣心，自我夸耀，说出了他的巧妙的计划。于是在这个周末，三郎已完整地总结了起诉材料。

当天晚上，三郎回到家。摇晃着盛着白兰地的酒杯，开始对妻子详述始末。

“侦破这一案件，第一有功者是川路先生；第二有功者可以说是你了……首先，你从我的一句话得到暗示，劝说了川路先生，这是成功的第一步。而川路先生能巧妙自如地扮演诱惑的角色，这是第二个成功……要是没有这最后的一幕，这个案件将怎么样，前途未卜。因为，实际上我们没有掌握任何具体的证据。”

“不，最高功劳者还是你呀!”

恭子欢悦地笑着说，随即不解地问道：“你既然没有具体证据，如何推测小池祥一是凶手呢？过去我一直怕打搅你，忍耐着不敢问……”

“那么，现在，我把推理结果讲给你听。”

三郎一口气将杯子里剩下的白兰地喝干。

“归根结底，此次案件的最大特征，可以说在于第一个案件发生的时间，即在新婚初夜时，将新郎义宏从饭店里诱出来杀死。第一，凶手究竟以什么借口将义宏骗出来呢？第二，为什么要特地选在那样奇特的时间作案?”

恭子轻轻地颔首，默默地听着。

“有关第一个疑问。可以想象许多借口，可是凶手无论用什么借口，只要义宏将这个借口的内容告诉悦子，那对凶手来说，是危险的，为了防止这个危险，凶手只能用义宏对悦子也需保守的秘密作为借口……在搜查的初期阶段，我们猜测不出这究竟是什么秘密。”

“还是那个叫忠昭的弟弟的事吧?”

“是的。除此之外，义宏还隐瞒着专利权的事，不过这件事他还是打算在什么时候告诉悦子的。我们想象不出，因为这个事，在当时会发生必须争分夺秒的紧急事态——有关这个专利权问题，在后面将谈到。”

三郎兴致勃勃地接下去说：“设想以弟弟的秘密，将义宏从饭店骗出来，首先最令人怀疑的是其弟弟本人——忠昭。我一直在想，作案的还是这个无赖吧？继而，我发现了一个奇怪的不可理解的事——”

“什么事呢？”

“那就是：忠昭能够作为借口给义宏打电话的，无非是秘航时间已到，费用不够，哀求义宏赶快给他钱罢了。在这种情况下，拿出钱来的是义宏，他是主动者，他怎么会慌慌张张特地跑到一个指定场所去呢？再说，他身上又有新婚旅行用的相当多的现金，他难道不可以把弟弟叫到饭店的走廊或附近的吃茶店，把钱交给他吗？”

“有道理……要是这样，义宏离开房间的时间充量也不过十分钟左右，这也不会使悦子感到疑虑。只用这么一点时间，义宏总可以想出适当的借口敷衍过去的。”

“是。我就是从这里想开去的。要是第三者以忠昭的事情给义宏打电话，使他慌慌张张跑出来，乖乖地按指定地点走，这就不足为奇了。比方，对接电话者说，‘忠昭来到这里了，正大吵大闹’，这样的话，作为哥哥，如何能置之不理呢？”

“嗯。凶手实际上采取的是什么手段？”

“小池自己坦白说，他给义宏打电话时，说了这样一席话：‘你们走了以后，我接到了打到学士会馆给您的电话，一听是忠昭。他吵着说，有什么紧急的事要见你。你要是不在这里，他就要赶到饭店去。我想，要是那样，就不好办了。急忙赶到他这里来，原来，他赌输了钱，旅费还差十万元……是啊，我现在身上要是带钱，早给您垫上去了，真不巧，匆匆忙忙，身无分文哪！又不能等到明日银行开门，你看是不是把钱马上拿来给他？’”

“难道义宏没有叫小池到饭店来拿吗？”

“义宏是这么说，可是凶手又找了借口，他说‘忠昭喝得醉醺醺的，不知要干出什么事来。赌徒们威胁说，要是当场不把钱交出来，他本人就休想平安出去，还说不交钱要敲断他的腿，把他扔出去！我实在不能离开这里呀！’”

“义宏这时候是绝对信任小池的。再说十万元的钱，暂时从旅费和贺礼中是可以拿出来的。自己缺钱，明天还可以给大哥去电话，让他把钱电汇到京都来。总之，他是想，把钱交完以后，赶快回来，所以急忙跑出饭店。接着，就被正等待着的凶手杀害了。”

“的确，他这个借口很妙，义宏跑出去，是迫不得已的……义宏本来觉得，弟弟的事情已经处理好了，可以放心了，谁知——在那种情况下，他是多么担心，在新婚旅行期间，又会因弟弟的事而发生意想不到的不愉快的纠葛！”

“那么，话再说回来吧。推理到这里，凶手的范围大略被限定下来了……知道渡边博就是忠昭，并借此能将义宏骗出来的人没有几个——好吧，这个问题先放一放，先说另一个问题，这就是为什么要选择在义宏结婚的初夜作案？”

三郎慢吞吞地点上一支烟。

“有关这个问题，北原君在他怀疑菊池敏子和幕后‘参谋’作案的说明中认为：菊池敏子在那瞬间之前，并不知道义宏他们的亲事，更不知道他们采取无宗教形式，已经提交了结婚证书。因此，为了阻止义宏结婚而……这种说法，看来有一定道理。但是，再细细一琢磨，问题又出来了：在那种短促时间内，凶手要探出他们住在什么饭店，并且编造出不出纰漏的借口，可以将义宏骗出来……实际上，这是几乎办不到的。”

“那么，这就是说，凶手作案不是仓促应战，而是早就拟出了计划，定在结婚初夜的那一瞬间。请问，他有什么必要非得这么干不可呢？”

“是的，其必要性是什么呢？这得从举行结婚仪式当天，就办理正式结婚手续这样有特殊意味的事来考虑。总之，凶手作案的最终预期效果，就是要使悦子从真正结婚生活的观点看来，完全处于‘零的瞬间’。”

“零的瞬间？”

“是的。结婚以前，恋爱阶段，两人的关系是纯洁的，处于‘虚’的状态。而只有提交了结婚证书，并且两性已经结合了，结婚才进入了真正的‘实’的状态。而实际上，那时候的悦子，尽管法律上是义宏的正式妻子，但并没有体验过两性结合的正式的夫妇之间的爱情，这就是零的状态。”

“凶手之所以特地选择这个时间，是为了求得这个‘零的瞬间’，使悦子停留在名不符实的‘虚’的状态吗？”

三郎深沉地点了点头。

“从理论上看，这是必然的结论。根据这种情况，最初产生的推测是：凶手的目的，是不是使悦子仅仅成为义宏名义上的妻子，使她取得遗产的继承权，而后再和她结婚。尤其专利权的问题公开以后，这种怀疑更深了。然而，又产生了另一个疑问：凶手无论是多么自信和独断的人，他的这个计划已经超过原有的自信和独断的程度了——”

“嗯。凶手无论是什么人，在那个时候是不可能确信无疑地断定：义宏死了以后，自己一定能被选为悦子的再婚对象。即使是带有强制态度的厚脸皮的通口哲也，也绝不会狂妄自信到这个地步。”

“没错。既然一方面没有绝对把握可以得到悦子，而另一方面却马上将义宏杀死，拿杀人之罪跟自己开玩笑。他不是疯子，就是白痴。这使我闪过一个念头：在这零的瞬间，一般情况下，丈夫是不会将所有的秘密都告诉妻子的，这个案件的关键是否在这里呢？这么一来，我对很早就取得了悦子的委托书，开始进行律师行动的小池祥一，产生了疑问——”

“当时，我也觉得小池律师过于性急了……但是，对他进行了大致的调查，不是证实他是清白的吗？”

“是的……如果说，他隐瞒了义宏尚未告诉悦子的那个专利权的话，那么就有理由怀疑他杀死了义宏和信正，一切都符合逻辑了。然而，正是小池祥一自己主动交代了这个专利权的事。这就首先说明，他不能从这个专利权上得到什么利益。也就是说，他没有任何杀人的动机。那个时候，我也感到，案件的解决已经走入迷宫了……但是，一考虑到零的瞬间这个问题，最令人可疑的还是小池祥一……”

三郎深深地叹了口气，反省似地说：“当我想到，到底还有没有第二个以义宏名义的专利权时，我情不自禁地跳起来了——我悟出了这样一条道理：为什么在第一个专利权生财之后，信正仍昧着良心，继续待在东邦化成……这只能解释为，他需要利用东邦化成的财力、物力、设备，完成他的第二个、第三个专利研究。我多么痛恨自己啊，这么一个简单的问题，过去竟没有注意到！但是，真理是朴素的，而就像朴素的真理并不是所有的人都知道一样，这样简单的事情，也不为众人所知。

“噢……好狡猾的罪犯！公开的专利收入，年间已达两千万元，这在平常人看来已是了不得的利益了。小池律师就充分利用了这一点，将此秘密公开，谁都会认为他是清白的了！

“这位‘清白人’毫不觊觎信正的存款……总之，这是凶手苦心设下的最大的心理圈套。公开一个专利，而隐瞒另一个专利，深入了解是一失一得。实际上，所隐瞒的专利，看来能产生远比公开的专利更大的利益。我让北原君到专利厅调查的结果，事实果然如此——前不久以义宏名义申请的另一个新合成树脂的专利，最近已经被批准了。详细的事，我虽然不清楚，但请教专家，据说，这个专利远比上一个专利更能获利!”

“这样，凶手从悦子那里取得全权处理遗产的委托书，他就可以将新的专利卖给别的公司，从而，每年就有几千万元不知不觉地流进了他的钱库！他就受益无穷了。”

“岂但如此，他还有更周密的打算：待到这个案件平静下来以后，利用委托书，以悦子已经把专利让给他的形式处理专利权，这样，他就不必担心，因悦子交的税金问题而使罪行暴露出来。如此下去，他是既当了婊子又立了碑坊。千古之谜，谁晓其中奥妙?”

三郎停了会儿，感慨地说：“如果义宏在结婚之前，将全部秘密告诉了悦子，凶手就没戏唱了。这一点，小池作为被害者的朋友，他是掌握了内情的。据坦白，凶手还劝义宏在结婚仪式结束前，不要将此事告诉悦子。就像刚才所言，当结婚进入‘实’的状态后，一切都不保险了，义宏就可能在枕边厮磨之时或在蜜月旅行之间，将所有秘密告诉妻子。所以，凶手认为这个作案时间，非取‘零的瞬间’而不可了。”

三郎再向杯子里倒入白兰地。

“因为这些，我确信小池祥一是凶手……但这又都是些微妙的线索。冒冒失失地询问他吗？他可能会因事情被人识被而吓了一跳，紧接着会这样抵赖，‘噢，另一个专利的事嘛？因为我觉得还没有产生利益，暂且不说也行；另外，唉，许多事情实在忙得我晕头转向，哪能关顾那么周到呢……’这样一来，我们将毫无办法。我们甚至连不充分的现场旁证也没有，抓不住他的狐狸尾巴。所以我想，要是有一位从内心钟情于悦子，又有敢于自我牺牲的勇气的人，为我们进行非正式的冒险行动……你知道，我当初想到通口君。”

“这个人扮演不了这个角色！于是我问你，‘川路先生怎么样?’这大概是神灵保佑吧!”恭子用手抚胸，以庆幸的神态说：“这件事对川路先生来说是个严酷的考验。叫人担惊受怕！但他想到为朋友报仇，就毅然接受了。你看，这个角色多么可怕：他要故意想方设法向凶手挑衅，再一次挑起凶手的杀人之心，尽管有我们跟在他的后面，他心里也是忐忑不安的。”

“我也冒冷汗。当接到从大矶有名的饭馆拨来的电话时，才松了一口气……可是过了伊东，我又全身冒汗了……据小池祥一的坦白：当听到川路先生说，他要转行当律师，要和悦子结婚时，他觉得大事不妙了，但还没有产生杀死对方的念头。到了川路达夫转弯抹角地提出，要他把全权委托书变成一张‘废纸’，又同时问及另一个专利权时，他这才火攻心头，切感有前功尽弃之危，由此产生了杀死川路达夫的念头。”

“他大概想到，川路先生和他一样，是义宏的密友，义宏将秘密告诉了他，也是自然的了。”

“是的。小池那时候只要说‘那个新的专利还没有被承认’，看来是可以蒙混过去的……可他觉得没有人知道他和川路达夫一起出来，又听说通口哲也来到了伊东，觉得这机会再好不过了。可以‘天然’地嫁祸于人！另一方面，他想，要是干得顺当，可以为通口行凶制造现场旁证；干得不顺，也可以假以事故死亡之说。”

“我也担惊受怕。下了车往悬崖走去的川路先生处于多么危险的境地啊！完全可以设想，小池祥一从后面如何冷不防袭击他……多么可怕……”

“是的，特意给凶手创造一个千载难逢的良机……不过，川路先生的这一番辛劳，难道不能得到应有的报答吗？”

“要是这样就好了……另外，请问，凶手是想让人们对忠昭产生怀疑的吧？他知道忠昭仍在国内吗？”

“据坦白还不知道。忠昭是那样的人，他说去香港，凶手心里也怀疑他是不是真的去了。要是忠昭在国内被逮捕，的确会产生恢复户籍的问题。不过，凶手盘算，忠昭因为背着杀死三个人的罪名，被判死刑是极有可能的。”

三郎津津有味地呷了一口白兰地，又道：“再下去就没有什么可说的了。据调查，小池是很缺钱的，他的妻子虚荣心很强，而小池本人又爱摆阔气，所以搞了许多不正当的事。最终，因欲壑难填、财迷心窍，走上了杀人犯罪的道路。为了赚钱，他也曾到商品市场去尝试过，结果亏了老本。就在此时，出现了两只下金蛋的鸡，于是产生了将其中一只据为己有的念头。”

“还取肥的一只，对吧？”

“往后就剩下关于如何对待和这只鸡一起留下来的悦子的问题了……好吧，以后再说。”

三郎感慨万端地喃喃自语，恭子又将白兰地倒入丈夫的杯中。

“干杯吧，今天部长大发雷霆了！”

“为什么？”恭子皱着眉头问。

“是这样的，部长训我，‘你这种别出心裁的做法，难道是检事的正当行为吗？岂有此理！’”

“你怎么回答呢？”

“我说，‘部长先生，对不起！的确，作为检事，我的做法是怪诞的。但作为普通人，我不愿尽走错路。我可以造成这样的一个局面：在我和吉冈警部、北原事务官出去进行周末旅行时，偶然在我们的旅途中发生了那么一回事。我对自己说，今天我不是检事，而是一个叫雾岛三郎的人。这样，我行动了!'末了，我又补充道，'如果您认为，作为检事，我的行动是非法的，我什么时候都可以提出辞呈!'。”

“哟，结果呢?”

“真田部长不悦地说道，'动不动就提出辞呈，这是你的坏习惯!'接着，他缓和了口气，最后他突然笑起来了，'我也作为真田炼次个人，想起过去关照过我的尾形老先生，向你表示感谢!'他又笑道，'对于去度假的吉冈君，手铐随身带着，这是居安思危、忠诚职守的武士精神。是可喜的。'好了，这个案件总算解决了。对我来说，也算是尽到了义务，也是对悦子过去对我的恩情的一个微小的报答吧。来，干一杯，将这个案件忘掉吧!”

他们俩碰了杯，呷了一口白兰地。恭子亲昵地对丈夫说：“你算完成任务了……可我好像还有一件事要做。”

五月十二日，这是风和日丽的一天。

恭子利用三郎到外地出差三天不在家的机会，约悦子到箱根去玩。她想借此机会鼓励悦子，让她尽快医治好精神创伤，重新鼓起生活的勇气。

在这次旅行中，恭子清楚地看出，悦子的心灵已经复苏一点儿了。一种重新生活的希望，已从她的心底里萌芽了。

坐小田急的快车到汤本去的途中，悦子和着车轮的节奏，轻轻地哼着什么曲子。

从强罗坐着索车，在青山绿水中穿过，望着蔚蓝的天空，她眼睛闪着泪花，低声自语着，“多美啊……”途中，对对情侣，包括新婚旅行的伴侣，擦身而过，或远望他们依依叙情，悦子也没变得神情暗淡。

过了大涌谷，来到了芦之湖畔。从湖的下游坐游艇前往箱根，湖面上倒映着白色的富士山，山水相映，十分动人。

“恭子……”

恭子正凝视着往后流逝的被轮船鼓起的浪花，听得悦子一声唤，回头望她时，吓了一跳。

悦子两手抱着个偌大的纸盒，想必是从旅行包中取出的。朝她看了一眼，低下头，眼里泪花闪烁。刚才那种明朗愉快的神情，飞得无影无踪了。

“这是什么?”

恭子困惑不解，不安地问。悦子脸上又泛起了微笑。她轻轻地揭开了盖子。

盒子里露出那个抱着破碎的心的形态滑稽的黑色木偶——“失恋木偶人”!

悦子将它放在甲板上，上了发条。两个人默默无言地望着木偶人的表演。

一会儿，木偶不动了。悦子将它重新放进盒子，用一条黑带子捆了起来。

“盂兰盆的最后一天，还有放河灯的仪式吗?”悦子低声问。

“离盂兰盆会，还有很长时间；再说，这是木偶人，不是灯笼，你想……”

悦子的手颤抖了一下，放木偶的盒子像被吸下去似的，落到了蓝色的水面上。它飘着飘着，远去了，被白色的浪花吞没了，最后从俩人的视野中消失了。

悦子的嘴唇微微颤动着，好像在说什么。

“悦子!”

恭子觉得有一股热流在胸中翻腾激荡，她轻轻地把手放在悦子肩上，默默地看着她。她看到盈盈的泪水溢出了悦子的眼眶，悦子没有擦去，脸上泛起一丝笑容：

“我……不需要……再不需要它了……”

恭子无言地紧握她的手。她知道，这位女友，又一次改变她的姓的时间，并不遥远了……